자산어보 2

자산어보 2

초판   1쇄 발행 2021년 4월 15일

지은이   오세영
펴낸이   한승수
펴낸곳   문예춘추사

편집   양정희
디자인   심지유
마케팅   박건원

등록번호   제300-1994-16
등록일자   1994년 1월 24일
주소   서울시 마포구 동교로27길 53 지남빌딩 309호
전화   02-338-0084
팩스   02-338-0087
블로그   moonchusa.blog.me
E-mail   moonchusa@naver.com

ISBN   978-89-7604-444-0 (04810)
            978-89-7604-442-6 (세트)

자산어보 2

오세영 역사소설

茲山魚譜

문예춘추사

차례

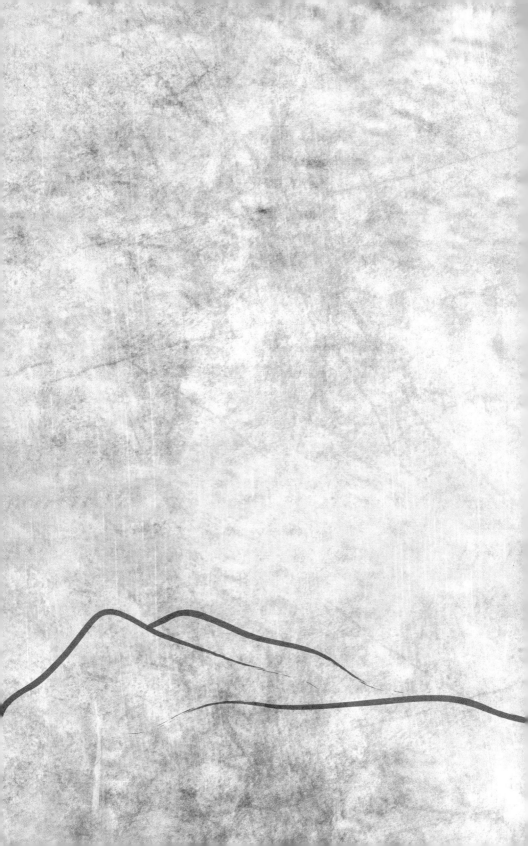

귀향 歸鄕

안남 해상단 단주 진복명은 고상운의 처지를 불쌍히 여겨서 동행을 허락했다. 이렇게 되어서 고상운은 머나먼 남쪽 나라 안남으로 가게 되었다. 오문을 떠난 해상단은 안남국 동경만에 있는 해방이란 곳에 도착했다. 그곳은 안남 해상단의 근거지로 안남국의 왕도인 승룡부(昇龍府 하노이)에서 과히 멀지 않은 항구다.

가까스로 몸을 추스른 고상운은 해상단에서 잡역부 일을 시작했다. 말도 통하지 않는 낯선 땅에서 안 하던 일을 하려니 고생이 이만저만이 아니었지만 어떻게 해서든 살아서 처가 기다리고 있는 고향으로 돌아가야 했다. 고상운은 이를 악물고 힘든 현실을 참아 냈다. 다행히 바다에는 익숙했고 몸은 이내 회복되었다.

그렇게 해상단 잡역부로 오문과 광동, 양주를 몇 차례 다녀오면서 고상운은 차츰 단주의 신임을 얻게 되었고 말도 통하면서 선단의 서기를 맡게 되었다. 셈에 능했던 고상운은 어렵지 않게 서기 일을 익혔다. 서기 일을 보면서 먹고 지내기는 한결 나아졌지만 그래도 고향으로 돌아갈 길은 막막할 따름이었다. 조선으로 돌아가기 위해서는 어쨌거나 청나라를 거쳐야 하는데 청 조정은 안남 상단 서기를 조선 표류민으로 인정하려 들지 않았다. 단주가 나서서 아무리 애를 써도 결과는 매한가지였다.

그래서 고상운은 방법을 달리하기로 했다. 일단 소주로 가서 그곳에서 조선 연해로 불법어로를 떠나는 배들, 흔히 황당선이라 불리는 청나라 불법어선을 얻어 타고 흑산도로 잠입하기로 한 것이다. 문제는 그러기 위해서는 돈이 적지 않게 들어간다는 사실이다. 흑산도로 돌아가려면 황당선을 얻어 타고 흑산도 부근까지 가서 다시 작은 배로 갈아타야 하는데 청국 어민들은 적지 않은 돈을 요구할 것이다.

하지만 아무리 많은 돈이 들더라도 고상운은 꼭 고향으로 돌아갈 생각이었다. 갓 혼례를 치른 아내를 청상과부로 만들 수는 없었기 때문이다. 고상운은 남편을 바다에 빼앗긴 여인들의 삶이 어떤지 잘 알고 있었다. 더구나 아내는 친정 쪽으로 아무도 없는 사고무친의 가련한 여인이다.

'기다려 줘. 꼭 돌아갈 테니.'

힘든 일이 있을 때마다 고상운은 아내를 생각하며 이를 악물었다. 하지만 먼 이역에서 낯선 사람들 틈에 끼어 돈을 모은다는 게 생각만큼 쉽지 않았다.

그렇게 이를 악물며 지내는 동안에 어느덧 삼 년의 세월이 흘렀고 고상운은 비로소 황당선에 탈 수 있는 돈을 모으게 되었다.

'돈을 모았단 말이지? 그렇다면 이제 고향으로 돌아갈 수 있겠군.'

단주는 고상운이 고향으로 돌아가고 싶다고 하자 즉시 허락해 주었다. 고상운은 꿈에 부풀었다. 머지않아 상단이 소주로 출항을 한다. 소주에서 황당선을 얻어 타면 꿈에도 그리던 고향으로 돌아갈

수 있다. 그 사이에 소주를 여러 차례 들락거렸던 탓에 그런대로 청
국말도 알아듣게 되었고 황당선을 물색하는 것도 그리 어렵지 않게
되었다.

고상운은 일각이 여삼추의 심정으로 출항할 날을 고대했다. 그
러나 고상운의 먼 여정은 아직 끝나지 않았다. 청천벽력 같은 소식
이 날아든 것이었다. 남쪽 바타비아(자카르타)로 떠났던 배가 풍랑을
만나 그만 뒤집힌 것이다. 배가 침몰하면서 상단은 풍비박산이 났
고 고상운도 단주에게 맡겼던 돈을 다 날려 버리고 말았다. 이럴 수
가……. 그때의 절망감은 필설로 형용하기 힘들 것이다. 고상운은
그냥 죽어 버릴까 생각도 했었다. 절망. 희망이 없는 삶은 죽음보다
못한 것이다.

그러나 고상운은 마음을 고쳐먹고 다시 시작하기로 했다. 아내가
기다리고 있는 마당에 이대로 주저앉을 수는 없었다. 고상운은 선
단에서 함께 일했던 여(黎)씨의 권유를 받아들여서 그의 고향인 하
롱만으로 거처를 옮겼다. 그곳에서 물고기를 잡으며 재차 기회를
엿보기로 한 것이다.

백등강(白藤江) 하구에 자리 잡은 작은 어촌 하롱(河龍 하롱베이).
고상운은 지칠 대로 지친 몸을 이끌고 해변으로 나갔다. 며칠째
쉬지 않고 고기잡이를 나갔더니 몸은 젖은 솜처럼 무거웠다. 여씨
는 곯아떨어져서 아무리 깨워도 일어나지 않았다. 계속 허탕을 치
자 아예 출어를 포기한 모양이었다. 고상운은 더 깨우지 않고서 혼

자 바다로 나가기로 했다. 작은 배는 고상운 혼자서도 충분히 다룰 수 있었다.

점점이 흩어진 수많은 하룡만의 무인도들을 볼 때마다 용이 여의주를 뿌려 놓았다는 전설이 저절로 떠올랐다. 하늘은 쪽빛으로 푸르렀고 물살은 잔잔했다. 고향 흑산도와는 또 다른 경관이다. 고상운은 볼수록 신기한 하룡만의 절경에 감탄을 하며 천천히 노를 저었다. 괴상하게 생긴 안남오징어를 잡으면 제법 쏠쏠한 값을 받을 수 있는데 그게 쉽게 낚이질 않았다.

마음먹었던 곳에 이르자 고상운은 배를 세우고 낚시를 드리웠다. 여기서는 돔 종류가 주로 잡혔는데 처음에는 안남식 낚시에 익숙하지 못해서 허탕을 쳤지만 차차 익숙해지면서 요즘은 오히려 여씨보다 더 많이 잡고 있었다.

고향으로 돌아갈 수 있을까. 고상운은 하루하루 자신을 잃어 가고 있었다. 하루 종일 배를 젓고 고기를 잡아 봐야 겨우 입에 풀칠이나 할 정도여서 언제 황당선을 탈 돈을 모으게 될 지 그저 막막할 따름이었다. 그래도 참고 지내다 보면 무슨 수가 나겠지. 귀향의 꿈을 절대로 포기할 수 없는 고상운은 그렇게 스스로를 위로하며 열심히 살아 갔다.

어황이 신통치 않기 때문인지 고기잡이배는 별로 눈에 띄지 않았다. 고상운도 계속 허탕을 치고 있었다. 아무래도 새 곳을 찾아보는 게 좋을 것 같았다. 고상운은 낚시를 거두고 무인도 사이로 배를 저어 나갔다.

이런 곳도 있었나. 점점이 흩어진 무인도 사이를 빠져나가자 마치 낯선 세계에 온 느낌이었다. 바다는 여전히 광활하고 푸르렀는데 여태 고기를 잡던 곳과는 사뭇 다른 느낌이었다.

저편에 뗏목에 묶인 어항이 떠 있었다. 고상운은 노를 저어 그리로 다가갔다. 얼마나 잡았는지 구경해 볼 요량이었다. 어항 주인은 어디 갔는지 부근에는 아무도 보이지 않았다. 어항을 들여다보니 칸칸이 나뉜 어항 속에서 물고기들이 펄떡이며 요동치고 있었다. 종류 또한 다양했다. 감성돔을 닮은 안남돔과 바다뱀장어는 물론 비싼 값으로 팔리는 새우와 안남오징어도 가득했다. 남들은 다 허탕을 치는데 어항 주인은 무슨 재주로 이렇게 많이 잡았을까.

호기심이 인 고상운은 어항을 붙들어 매고 있는 뗏목으로 올라섰다. 둥글둥글하면서도 괴상하게 생긴 안남오징어가 좁은 어항이 답답한지 꼬리를 맹렬하게 나풀거리며 빠르게 배회하고 있었다. 생긴 것만큼 성질도 사나운 것 같았다. 저놈을 잡아야 돈이 되는데. 고상운은 안남오징어를 자세히 살피기 위해서 뗏목에 주저앉았다. 특성을 잘 파악하면 잡는 데 도움이 될 것이다.

"꼼짝 마라! 이 도둑놈!"

갑자기 여인의 고함 소리와 함께 뒤에서 몽둥이가 날아들어 왔다. 창졸간의 기습인지라 고상운은 피할 길이 없었다. 그대로 등을 얻어맞고서 물속으로 떨어지고 말았다.

"드디어 잡았군! 숨어서 지켜보고 있었다!"

언제 나타났는 지 젊은 여인이 긴 막대기를 들고서 물에 빠진 고상운을 내려다보며 호통을 치고 있었다. 아마 부근 무인도에 숨어 있다가 소리를 죽이며 다가온 모양이었다. 보아하니 어항 주인으로 근자에 물고기를 도둑맞은 일이 있어서 숨어서 범인이 나타나기를 기다리고 있었던 것 같았다.

꼼짝없이 죄를 뒤집어쓰게 되었다. 고상운은 혀를 찼다. 해명을 해야 할 텐데 주인이 저렇게 노기등등해서 설쳐 대니 순순히 말을 들어줄지 걱정이었다. 그런데 젊은 여인은 고상운을 알고 있었던지 헤엄을 치고 있는 고상운에게 얼른 사과했다.

"내가 사람을 잘못 봤어요. 당신은 여 아저씨와 함께 일하는 사람이로군요."

젊은 여인이 사과를 하면서 손을 내밀어 고상운이 뗏목으로 오르는 것을 도와주었다.

"물고기 도둑이 있는 모양이로군요."

고상운은 뜻밖의 봉변을 당했지만 젊은 여인이 먼저 사과를 하는 판에 따지고 들지 않기로 했다.

"그래요. 그래서 숨어서 지키고 있었어요. 그런데 그만 당신이 뗏목에 올라타는 바람에……. 당신 얘기는 들었어요. 먼 동쪽 나라 사람으로 여 아저씨와 함께 해방의 해상단에서 일했다고."

젊은 여인은 근처에 사는 모양이었다. 고상운은 오로지 돈을 모으는 데만 정신을 쏟고 있었기에 다른 데는 신경을 쓰지 않고 있었다.

"그렇소. 오징어를 구경하고 있던 참이었소. 나도 고향에 있을 때 어부였소. 그래서 물고기잡이라면 그런대로 자신이 있소만 여기 오징어는 처음이라서. 그런데 아가씨는 솜씨가 좋은 모양이로군요."

"소안이라고 해요. 내 집은 여 아저씨 집에서 멀지 않은 곳에 있어요. 오징어잡이는 다른 물고기잡이와 달라요. 방법을 모르면 아무리 출어를 해 봐도 허탕을 치지요."

자신을 소안이라고 소개한 여인은 미안한 마음에서인지 고상운에게 친절하게 오징어잡이에 대해서 이것저것 얘기해 주었다. 남국 여인 특유의 마른 몸매에 여인치고는 큰 키, 그렇지만 다른 안남 여인들에 비해서 하얀 살결. 고상운의 눈길이 소안의 하얀 목덜미에 머물렀다. 자세히 보니 꽤나 귀엽게 생긴 여인이었다.

"그렇다면 이제부터는 소안을 따라다니면서 오징어를 잡으면 되겠군. 오징어잡이를 가르쳐 주는 대신에 어항의 물고기들을 지켜주겠소."

"좋아요."

소안이 환하게 웃으며 고상운의 제안을 승낙했다. 고상운은 표류 이래 처음으로 편안한 마음을 느꼈다.

———◆———

이렇게 되어서 고상운은 소안과 함께 일하게 되었다. 앳되 보였지만 소안은 열여덟 살로 자기 몫은 톡톡히 하는 여인이었다.

"불쌍한 아이지. 아직은 어린것이 살아 보겠다고 저렇게 혼자서 매일 바다에 나가고 있어. 소안의 부친은 하룽에서도 이름난 어부였어. 나도 소싯적에 소안 부친에게서 고기잡이를 배웠거든."

여씨는 소안의 부친이 하룽만에서 이름난 어부였는데 십여 년 전에 바다로 나갔다가 돌아오지 못했다고 했다. 그리고 출어에 따른 빚을 떠안게 된 소안 모친은 빚을 갚기 위해서 모진 고생을 하다 끝내 세상을 떠났다고 했다. 고상운은 소안이 자기에게 호의를 보이는 것이 어쩌면 부친을 바다에 잃은 데 따른 동병상련일지 모른다는 생각이 들었다.

아무튼 소안과 함께 출어를 하면서 고상운은 드디어 안남오징어를 잡게 되었다. 부친의 재질을 물려받았음인지 소안은 웬만한 남자보다 낚시를 하는 솜씨가 뛰어났다. 거기에 어부로서 잔뼈가 굵은 고상운이 가세를 했으니 어획량이 부쩍 느는 것은 당연지사였다.

"혼자서 출어할 때보다 어획량이 몇 배나 늘었군요. 당신 몫은 분명하게 쳐드리겠어요."

소안이 크게 기뻐했다. 아직도 남은 빚이 꽤 됐지만 이렇게 오징어가 잘 잡히면 머지않아 빚을 다 갚을 수 있을 것이다.

"내가 온 후로 도둑놈들도 자취를 감추었으니 그 값도 쳐주시오."

그 말에 소안이 활짝 웃었다. 물고기 도둑은 고상운이 나타난 후로 자취를 감추었다. 고상운의 건장한 체격에 겁을 먹고서 도망가 버린 것이다. 기쁘기는 고상운도 마찬가지였다. 소안을 만난 후로 훨씬 많은 돈을 만지게 된 것이다.

"솔직히 말하면 그 반대요. 소안에게서 안남오징어 잡는 법을 배웠으니 그 대가를 내 몫에서 공제해도 불평하지 않겠소."

고상운의 말에 소안은 또 한 번 박장대소를 했다. 환한 웃음에서 소안의 착한 마음씨가 전해졌다. 문득문득 느껴지는 어린 티와 의연하고 당당한 모습이 묘하게 대비되며 고상운은 점점 소안에게 끌리게 되었다. 소안 또한 고상운을 의지하면서 두 사람은 조금씩 정이 깊어 갔다.

달빛이 환한 밤이었다. 그동안 출어는 계속 만선이어서 어항이 가득 찼다. 게다가 대부분 값비싼 안남오징어들이다. 날이 밝으면 어상들이 몰려올 것이다. 인근 계양(桂陽)이나 당안(唐安)은 물론 하내(河內 하노이)에서도 올 텐데 제법 큰돈을 손에 쥐게 될 것이다. 고상운은 벌써부터 가슴이 뛰었다. 여태껏 만져 보지 못했던 거금을 일시에 손에 넣게 될 판이다.

고상운은 잠이 오지 않았다. 창을 통해서 하룡의 달빛이 잔잔히 흘러들었다. 그리고 그 찬연히 부서져 내리는 달빛 사이로 아내 이국영의 청초한 모습이 떠올랐다. 고상운은 저도 모르게 한숨을 내쉬었다. 고향을 떠난 지 벌써 오 년의 세월이 흘렀다. 정신없이 지내는 사이에 세월이 그렇게 지나가 버린 것이었다.

'흑산도에도 달빛이 저렇게 환하게 비치고 있을까. 국영은 지금 무엇을 하고 있을까. 내가 이렇게 살아 있다는 것을 짐작이나 하고 있을까.'

고상운은 가슴이 메어질 것만 같았다. 비록 같이 살았던 날은 얼마 되지 않지만 남달리 정이 깊었던 부부였다. 해맑은 얼굴에 가려린 자태, 그리고 고운 마음씨. 떠나던 날 낭군의 무사귀환을 빌며 수줍은 듯 고개를 돌리고 서 있던 모습이 아직도 눈에 선했다.

그런데 어쩌다 이역만리 먼 곳에서 돌아갈 기약조차 못 하는 신세가 되었단 말인가. 아무리 뱃사람들은 칠성판 위에 몸을 얹고 산다고 하지만 그래도 그렇지 이제 막 혼례를 치렀는데. 고상운의 두 눈에서 뜨거운 눈물이 흘러내렸다.

'나 이렇게 살아 있소. 기다려주어. 꼭 돌아갈 테니.'

고상운은 그렇게 다짐을 하며 억지로 잠을 청했다. 내일 어상들과 흥정을 하려면 잠을 자 두어야 했다. 그런데 얼마나 잤을까. 고상운은 벌떡 일어났다. 집이 날아갈 듯 바람이 거세게 불어온 것이다. 그렇다면 파도도 심할 것이다. 어항은 괜찮을까. 다 떠밀려 가면 큰일이다. 고상운은 자리를 박차고 밖으로 달려 나갔다.

아직 날은 어두운데 바람은 집채를 날려 버릴 듯 거셌고 파도는 허연 이빨을 드러내며 맹렬하게 달려들고 있었다. 표류 이후로 이렇게 거센 바람은 처음이었다. 부두에 매어 놓은 작은 배들은 사정없이 요동치고 있었다. 이렇게 파도가 높으면 어항도 무사하지 못할 것이다.

어떻게 해야 하나. 이렇게 파도가 세게 칠 때 쪽배를 타고 바다로 나가는 건 목숨을 내던지는 것과 마찬가지다. 그렇지만 하룽만은 삼천여 개에 달하는 무인도들이 점점이 흩어져 있어서 그 사이를 비집고 나가면 그런대로 파도를 피해 갈 수 있을 것도 같았다. 빨리 판단을 내려야 했다. 고상운이 전전긍긍하고 있는데 뒤에서 소안의 고함 소리가 들렸다.

"뭣하고 있어요! 빨리 배에 타요!"

소안이 어느 틈에 배를 풀고 있었다. 고상운은 더 생각할 겨를도 없이 배에 뛰어올랐다. 거센 파도에 두 사람을 태운 작은 배는 사정없이 흔들렸다. 고상운은 만류할 걸, 하는 후회가 일었다. 고상운은 아무 생각하지 않기로 하고 부지런히 노를 저었다.

"물고기들이 다 도망가기 전에 빨리 가서 어항을 닫아야 해요."

소안이 다급하게 말했다. 빚을 갚아야 하는 소안과 귀향 자금을 마련해야 하는 고상운에게 어항 속의 물고기는 생명만큼이나 소중한 존재였다.

"서두른다고 될 일이 아니야. 파도에 휩쓸리면 모든 게 끝장이니까."

바다라면 고상운이 소안보다 잘 안다. 고상운은 허둥대는 소안을 제지하며 몰려오는 파도에서 눈길을 떼지 않았다. 집채만 한 파도가 허연 이빨을 드러내며 달려들었다. 두 사람을 태운 작은 배는 당장이라도 뒤집힐 듯 위태로웠지만 그때마다 고상운은 무인도 뒤로 피하며 용케 파도를 피해 나갔다.

16

고상운은 오기가 일었다. 하룡만에서는 흔치 않은 파도일지 몰라도 흑산도의 거센 바람에 익숙해 있는 고상운에게는 상대하지 못할 정도는 아니었다. 배가 너무 작은 게 걱정이지만 그래도 곳곳에 널려있는 무인도가 파도를 막아 주었기에 잘하면 헤쳐 나갈 수 있을 것 같았다. 결심이 서자 용기가 백배했다. 고상운은 노를 움켜쥐고서 파도를 향해 돌진했다.

"저기!"

소안이 소리쳤다. 어항을 고정시켜 놓은 뗏목이 뒤집힐 듯 심하게 흔들리고 있었다. 일부는 벌써 뚜껑이 열려 있었다.

"빨리!"

소안이 울부짖었지만 이렇게 파도가 심하게 몰아치면 배가 마음먹은 대로 움직이질 않는다. 파도의 골을 잘 피하면서 다가가야지 허둥대면 배가 뒤집힌다. 고상운이 파도의 골을 살피는 사이에 뗏목은 사정없이 요동쳤고 이러다가는 뚜껑이 열리는 것은 고사하고 어항들이 통째로 떨어져 나갈 판이다. 고상운과 소안, 두 사람의 꿈이 담겨 있는 어항이다. 그러니 어떻게 해서든 지켜야 했다.

"뭐해요! 빨리 접근시키지 않고!"

소안이 악을 써 댔다. 하지만 파도의 골을 타는 게 그리 쉬운 일이 아니다.

"조용히 해! 파도라면 내가 더 잘 알아."

고상운이 흥분한 소안을 진정시켰다. 고상운은 침착해야 한다고 스스로에게 타이르며 일단 무인도 뒤로 배를 대피시켰다. 다시 접근할 시기를 노리기로 했다. 어항은 이미 절반 이상 뚜껑이 열려 있었다. 바람은 점점 더 거세졌고 파도는 사정없이 몰려왔다.

"더 기다릴 수 없어요. 빨리 안 가면 물고기들이 전부 달아날 거예요."

소안은 제정신이 아니었다. 소안 말대로 더 지체했다가는 모두 떠밀려 갈 판이다. 고상운은 위험을 감수하기로 하고 조심스레 뗏목으로 접근했다. 작은 배는 전후좌우로 흔들리면서도 용케 파도를 헤치고 나갔다. 그만큼 고상운은 파도를 읽는 눈이 뛰어났다.

그러나 아무래도 더 이상의 접근은 어려울 것 같았다. 고상운은 엄청난 파도가 몰려오는 것을 보고 방향을 바꾸려는데, 그 순간 소안이 물속으로 뛰어들었다.

"안 돼!"

미처 말릴 틈도 없었다. 소안은 파도에 휩쓸리면서도 뗏목을 향해 필사적으로 헤엄을 쳤다. 소안이 아무리 헤엄에 능하다고 해도 이런 파도를 헤치고 나가는 것은 무리다. 배를 돌리려던 고상운은 소안을 따라서 물속으로 뛰어들었다. 그리고 사력을 다해서 헤엄쳤다.

앞서 헤엄을 치던 소안은 힘이 다했는지 허우적대기 시작했다. 고상운이 얼른 다가가서 소안을 끌어안고서 죽을힘을 다해 뗏목을 향해 헤엄쳤다. 바람은 여전히 거셌고 파도는 높았다. 이대로 죽는 것인가. 그러나 아직 죽을 목숨이 아니었는지 고상운은 요행히 뗏목을 잡았다.

고상운은 소안을 뗏목 위에 올려놓고서 자기도 얼른 몸을 솟구쳤다. 그리고 그대로 뗏목 위에 쓰러졌다. 이미 탈진을 한 마당이다. 손가락 하나 까딱할 힘이 없었다. 뗏목은 거칠게 흔들렸고 뚜껑이 열린 어항에서 고기들이 빠져나갔다. 그와 동시에 두 사람의 꿈과 희망도 사라졌다.

"안 돼! 안 돼!"

소안이 울부짖으며 황급히 뚜껑을 닫았다. 얼마나 달아났는지 몰라도 남은 것들만이라도 꼭 지켜야 했다. 허겁지겁 뚜껑을 닫은 소안은 기진한 듯 그대로 고상운 옆에 드러누웠다. 두 사람은 그대로 뗏목 위에 쓰러졌다.

날이 밝으려 하는데 파도는 조금도 수그러들지 않았다. 파도에 휩쓸려 갔는지 타고 온 작은 배는 보이지 않았다. 뗏목은 점점 더 심하게 흔들렸다. 이러다가는 뗏목도 버티지는 못할 것 같았다. 고상운은 결심을 했다.

"어항들을 전부 떼어 내."

소안이 멍한 얼굴로 돌아봤다. 무슨 소리인지 알아듣지 못한 모양이었다.

"우리가 살 수 있는 길은 하나 뿐이야. 어항들을 전부 떼어 내고 뗏목을 저어서 저 무인도로 가는 수밖에 없어."

"미쳤군요. 그나마 남은 게 이건데 내 손으로 떼어 내라니. 그럴 수는 없어요. 죽어도 못 해요!"

비로소 고상운의 의도를 알아챈 소안이 악을 썼다. 여기서 다투고 있을 때가 아니었다. 고상운은 옆구리에 차고 있던 칼을 빼어 들고서 어항을 묶어 놓은 줄을 끊어 버렸다.

"무슨 짓이야!"

소안이 고상운에게 달려들었다. 고상운은 소안을 거세게 밀어버리고서 계속해서 어항 줄을 끊어 냈다. 어항들이 떨어져 나가면서 뗏목은 한결 가벼워졌다. 고상운은 나머지는 천운에 맡기기로 하고 노를 집어 들었다.

집채만 한 파도가 덮쳐 왔다. 피할 길이 없었다. 고상운은 노를 집어던지고 얼른 소안을 부둥켜안았다. 휩쓸리면 그대로 끝이다. 붕 뜨는 느낌에 이어서 그대로 쑥 꺼지면서 파도를 탄 뗏목은 사정없이 떠밀려갔다. 물살이 사정없이 몰아쳤다. 요행히 무인도로 밀려가면 목숨을 부지하고 그렇지 못하면 물귀신이 될 것이다. 고상운은 바들바들 떨고 있는 소안을 힘껏 껴안고서 눈을 감았다. 이제 죽어도 함께 죽고 살아도 함께 사는 것이다.

다시 한 번 솟았다 꺼지는 기분에 이어서 '쿵' 하는 충격이 전해졌다. 천만다행으로 무인도로 밀려온 것이다. 고상운은 얼른 몸을 일으키며 소안을 무인도로 밀어 던졌다. 그리고 자신도 재빨리 몸을 날렸다. 곧 집채만 한 파도가 덮쳤고 뗏목은 공중으로 솟구쳤다가 그대로 먼 바다로 떠밀려 갔다. 생사의 기로를 간신히 넘은 것이다. 파도는 그칠 줄을 모르고 몰아쳤지만 일단 무인도에 올라선 이상 파도에 휩쓸리는 걱정은 하지 않아도 될 것이다.

"어항들은? 내 물고기들은?"

소안이 잠에서 깨어나기라도 한 듯 사방을 두리번거렸다. 고상운이 고개를 가로저었다.

"어쩔 수 없었어, 소안. 물고기는 또 잡으면 돼."

소안의 귀에 고상운의 위로가 들어올 리 만무했다. 소안은 주위를 둘러보더니 그대로 털썩 주저앉았다. 그리고 실성한 사람마냥 멍한 얼굴로 하늘을 올려다보았다. 그러더니 미친 사람처럼 울부짖었다.

파도는 여전히 거세게 몰아쳤고 소안의 울부짖음은 바람 소리를 타고 퍼져 나갔다. 꿈이 일순간에 물거품이 되어 버린 것이다. 고상운은 멍하니 서서 소안을 쳐다보았다. 울고 싶기는 고상운도 마찬가지다. 귀향의 꿈이 물거품이 되어 사라지고 만 것이다. 멍하니 하늘을 쳐다보던 고상운은 더 이상 참지를 못하고 소안을 껴안은 채

오열했다. 참았던 울음이 일시에 터진 것이다.

　그렇게 끝없이 몰아칠 것 같았던 파도도 하늘이 환해지면서 거짓말처럼 잔잔해졌다. 울음을 그친 소안이 멍하니 하늘을 올려다보았는데 꼭 실성한 사람 같았다. 고상운은 소안을 그냥 내버려 두었다. 무슨 말을 해도 귀에 들어오지 않을 것이다.

　"이제 어떻게 하지요? 모든 것을 잃어버렸으니."

　소안이 비로소 제정신이 든 듯 고상운에게 얼굴을 돌렸다.

　"나도 몰라. 하지만 우리가 살아난 것만은 분명해."

　고상운인들 뾰족한 수가 있을 리 없었다. 그저 또 다시 목숨을 부지한 자신의 끈질긴 명에 스스로 감탄할 따름이었다.

　"어항은 내 전부였어요. 나를 그대로 죽게 내버려 두지 왜……."

　다시 생각이 났는지 소안이 흐느끼며 고상운에게 매달렸다. 당찬 듯해도 결국은 열여덟 살의 어린 여인이다. 고상운은 소안을 꼭 안아주었다. 그렇게 한참을 있자 차츰 용기가 솟아올랐다. 절망은 없다. 다시 출발한다. 고상운은 그렇게 다짐했다.

　소안의 어깨가 심하게 들썩였다. 이럴 때는 실컷 울도록 내버려 두는 것이 좋을 것 같았다. 고상운은 흐느끼는 소안을 꼭 껴안아 주었다.

　그날 이후로 소안은 삶의 의욕을 잃은 사람처럼 멍하니 앉아서 꼼짝도 하지 않았다. 망연자실하기는 고상운도 마찬가지였다. 그래도 이전과 다른 점이 있었다. 소안이 옆에 있다는 사실이다. 고상운은 동병상련의 소안을 보면서 다시 용기를 회복했다.

고상운은 모든 것을 훌훌 털고서 다시 바다로 나갔다. 그래서 열심히 낚시를 드리우고 그물을 던졌다. 어항을 만드는 일도 빠뜨리지 않았다. 물고기를 잃은 것은 소안만이 아니었다. 하룡만 일대의 물고기 어항들이 모조리 휩쓸려 가고 배들도 파손되면서 물고기 값이 폭등했다. 열심히 일하면 생각보다 빨리 돈을 모을 수 있을 것 같았다.

실의에 빠져 있던 소안도 열심히 일하는 고상운을 보고서 다시 일을 시작했다. 그리고 물고기 시세가 무섭게 뛰면서 돈이 모이기 시작하자 의욕을 되찾았다. 두 사람은 부지런히 출어를 했고 어항에 물고기들이 다시 가득 찼다. 고상운은 이제 소안 못지않게 능숙하게 오징어를 낚아 올리고 있었다.

"고마워요. 나를 살려준 것도, 그리고 다시 일할 수 있게 해준 것도."

소안의 얼굴에는 오랜만에 웃음이 떠올랐다. 밝게 웃는 소안의 얼굴을 보며 고상운은 열심히 산 보람을 느꼈다. 소안은 볼수록 사랑스럽고 정이 끌리는 여인이었다. 그렇게 하루하루가 지나면서 두 사람은 점점 더 서로를 필요로 하게 되었다.

"하내를 다녀와야겠어요."

소안이 갑자기 승룡부를 다녀오겠다고 했다.

"그동안 돈을 조금 모았는데 후(侯) 노인의 빚을 갚아야겠어요. 한꺼번에 다 갚으면 좋겠지만 그럴 수 없으니 일부라도 갚고 오겠어요."

후 노인이 소안의 부친이 빚을 끌어 썼다던 하내의 부호라는 사실은 알고 있었다. 하내라면 남자 걸음으로도 가는 데만 족히 하루가 걸리니 어쩔 수 없이 그곳에서 하루를 묵어야 할 것이다. 고상운은 조심할 것을 당부하고서 여씨의 집으로 향했다.

"후 노인은 아주 고약한 노인이지. 소안의 모친도 결국은 그자에게 시달리다가 죽었거든."

여씨의 말하는 품새로 봐서 후 노인은 아주 질이 나쁜 사람 같았다. 고상운은 걱정이 되었다. 소안이 일부만이라도 빨리 갚겠다고 한 이유를 알 것 같았다.

"어민들에게 고리를 놓고 있는데 피도 눈물도 없는 자야. 소안이 얼마나 돈을 모았나? 후 노인 빚이 꽤 될 텐데."

"대체 소안이 떠안은 빚이 얼마나 됩니까?"

고상운이 얼른 되물었다.

"나도 자세한 것은 잘 모르지만 제법 될 걸? 다른 사람 같으면 벌써 배를 뺏고 집에서 내쫓았을 텐데 소안만 특별히 봐주고 있는 것을 보면 그자의 속셈이 다른 데 있는 것 같아."

속셈이라니……? 일순 불길한 느낌이 들었다.

"후 노인은 진작부터 소안에게 눈독을 들이고 있었어. 후 노인은 소실이 여러 명인데 대개가 빚을 제때 갚지 못해서 끌려온 여자들이지."

그럴 수가. 사정이 그러하다면 소안을 혼자 보내서는 안 될 것 같았다. 고상운은 황급히 일어섰다. 아무래도 소안을 따라가 봐야 할 것 같았다.

홍강(紅江)에 연한 하내는 십여 년 전에 완(阮)씨 왕조가 새로 창업을 하면서 기반을 조성한 대도읍으로 하룡과는 비교도 되지 않을 만큼 번화했다. 소안을 설득해서 하내까지 따라온 고상운은 복잡한 거리를 거닐며 문득 고향에 있을 때 가끔 들렀던 나주목이 생각났다.

예상대로 후 노인의 집은 고대광실이었다. 고상운과 소안은 대문을 세 개나 지나서 잘 꾸며진 정원이 내려다보이는 안채로 들어섰다. 후 노인은 안남인 치고는 드물게 둥글고 기름진 얼굴인데 동정을 모르는 냉혹한 눈빛에 고상운은 경계심이 일었다.

후 노인은 거만한 자세로 의자에 앉아 있었다. 소안을 따라서 들어온 고상운을 힐끗 쳐다보더니 소안에게 시선을 돌렸다. 고상운은 그 음험한 눈빛에서 여씨의 말이 사실임을 직감했다.

"빚을 갚겠다고? 그래 얼마나 가져왔느냐?"

"이십 관이에요."

소안이 적개심 가득한 눈길로 후 노인을 쏘아봤다.

"뭐라고? 겨우 이십 관이란 말이냐? 갚기로 한 돈은 팔십 관이다. 그런데 이십 관이라니?"

후 노인이 언성을 높였다.

"알아요. 하지만 가진 것이 이게 전부니 우선 이십 관만 갚겠어요."

소안은 후 노인의 징그러운 눈빛을 애써 피하며 당차게 대답했다. 소안은 속이 쓰렸다. 그때 어항만 잃어버리지 않았어도 충분히 다 갚을 수 있었는데 하는 때늦은 회한이 인 것이다.

"어쨌거나 육십 관이 모자란다. 어떻게 할 셈이냐?"

후 노인은 돈은 쳐다보지도 않고서 소안을 윽박질렀다. 과연 악질 고리채 업자였다. 설사 전액은 못 될지라도 그래도 채무자가 고생 고생해 가며 마련한 돈을 가지고 왔는데 어찌 저렇게 냉혹하게 나올 수 있단 말인가. 후 노인도 얼마 전의 하룡만에 폭풍이 몰아쳤음을 잘 알고 있을 것이다.

"되는 대로 빨리 갚겠어요."

소안이 굴욕을 참으며 대답했다. 그저 후 노인으로부터 빨리 벗어나고 싶은 생각뿐이었다.

"그 말은 이미 여러 차례 들었다. 그리고 오늘은 네 입으로 약속한 날이다. 그러니 어물쩍 넘어갈 생각을 말거라."

"폭풍 때문에 잡아 놓았던 고기들을 다 놓쳐 버렸어요! 사정을 뻔히 알면서 그렇게 몰아붙이지 마세요!"

궁지에 몰리면 쥐도 고양이에게 덤벼드는 법이다. 소안이 눈에 불을 켜고 대차게 쏘아붙이자 후 노인의 좌우에 시립해 있던 인상 험한 남자들이 소안에게 슬금슬금 다가왔다. 고상운은 더 이상 보고만 있을 수 없었다. 얼른 소안의 앞을 가로막고 섰다.

고상운이 소안의 앞에 버티고 서자 다가서던 사내들이 주춤하며 걸음을 멈추었다. 당당한 체격과 형형한 눈빛에 압도된 것이다.

"소안, 그만 가지."

고상운은 흥분을 삭이지 못하고 씩씩거리고 있는 소안에게 그만 돌아갈 것을 재촉했다.

"아무튼 이십 관은 분명히 갚았으니 빠뜨리지 말고 기재하시오. 나머지는 되는 대로 빨리 갚겠소. 다행히 요즘 고기들이 잘 잡히고 있으니 그리 오래 걸리지는 않을 것이오."

고상운이 소안을 대신해서 후 노인에게 일침을 놓았다.

"너는 누구냐? 보아하니 여기 사람 같지는 않은데 소안하고는 무슨 관계기에 나서는 것이냐?"

후 노인이 눈을 부릅뜨고 물었다. 그러자 잠시 주춤했던 사내들이 다시 다가왔다. 험악한 분위기가 계속되자 소안은 겁을 먹고 바들바들 떨었다.

"네가 여기 물정을 잘 몰라서 그러는 모양인데 여기서는 빚을 못 갚으면 속전을 마련할 때까지 돈을 빌려준 사람에게 몸을 저당 잡히게 되어있다. 그러니 소안은 돈을 갚을 때까지 이 집을 벗어날 수 없다."

후 노인은 애초부터 소안을 그냥 돌려보낼 생각이 아니었다. 남자들은 여차하면 달려들 기세였다. 고상운은 일전을 각오하고 소리쳤다.

"나는 소안의 남편이오. 얼마 전에 소안과 혼례를 치렀소. 아내를 감금하겠다는데 가만히 있을 사람은 없소. 분명히 빚을 갚겠다고 했소. 그런데도 사람을 강제로 감금하겠다면 좋소. 당장 관아에 고발하겠소."

관에 고발하겠다는 말에 후 노인의 안색이 변했다. 새 왕조가 들어서면서 승룡부 관아에서는 지금 탐관오리와 악덕토호 색출에 열을 올리고 있었다. 지금 상황에서 일을 벌이는 것은 현명한 행동이 아니다. 후 노인은 일단 물러서기로 했다.

"좋아. 그럼 돌려보내 주겠다. 하지만 내 돈을 떼먹을 생각일랑 꿈도 꾸지 말거라."

고상운은 소안을 이끌고서 서둘러 후 노인의 저택을 빠져나왔다. 거리는 벌써 어두웠다. 소안은 창백한 얼굴로 아무 말이 없었다. 제법 늦은 시간이었다. 고상운은 방을 얻기로 하고 객가를 찾아보았다.

　객가(客家)는 많은데 방 값이 만만치가 않았다. 하지만 이미 날이 저물었으니 빨리 숙소를 마련해야 할 텐데 간신히 방 하나를 얻을 돈 밖에 없었다. 고상운은 여차하면 밤길에 하룡으로 돌아갈 생각이었다. 고상운이 주저하는데 소안이 나서면서 방을 하나만 빌렸다.

　"우리는 부부잖아요. 혹시 후 노인이 살피러 사람을 보낼지도 몰라요."

　나름 일리가 있는 말이다. 고상운은 소안을 따라 방으로 들어갔다. 방으로 들어서자 비로소 아까의 일들이 떠오르면서 슬며시 겁도 났다. 얼떨결에 빠져나오기는 했지만 하마터면 맞아 죽을 뻔했던 것이다. 긴장이 풀리면서 온 몸에서 힘이 빠져나갔다. 고상운은 그대로 털썩 주저앉았다.

　"당신이 아니었으면 큰일 날 뻔했어요. 아마 후 노인의 집에서 빠져나오지 못했을 거예요."

　소안의 옆에 앉으며 다정하게 말을 붙였다.

　"당신이 그렇게 용기 있는 사람인 줄은 몰랐어요. 여기 사람들은 누구도 그렇게 후 노인에게 덤벼들지 못해요."

　"후 노인이 어떤 자라는 것을 잘 알면서 후 노인의 집으로 찾아가다니. 소안은 바보로군."

　"찾아가지 않으면 후 노인이 무뢰배를 마을로 보내서 행패를 부렸을 거예요. 어머니도 그자의 행패를 견디다 못해서 돌아가셨으니까요."

　그러더니 소안이 생각이 났다는 듯이 고상운을 쳐다보며 말했다.

　"그런데 어떻게 남편이란 말을……. 그럴 생각이었으면 나에게 미리 얘기해 주지 그랬어요. 하마터면 놀라서 소리 지를 뻔했어요."

위기를 모면하기 위해서 즉흥적으로 한 말인데 이제 와서 생각을 하니 소안에게 미안한 생각도 들었다.

"미안하게 되었소. 다급한 김에 그만……."

사과를 하려던 고상운은 정이 듬뿍한 눈길로 자기를 쳐다보고 있는 소안을 보며 정말 소안의 남편이었으면, 하는 생각이 들었다. 그 사이에 많이 가까워졌고 허물없는 사이가 되었지만 고상운은 비로소 자기가 소안을 사랑하고 있다는 사실을 깨달은 것이다. 소안도 같은 생각일까. 소안은 아무 말 없이 고상운을 쳐다보기만 했다. 고상운은 가슴이 뛰었다.

흥 강에 반사된 달빛으로 방안이 환했다. 고상운은 살그머니 소안을 껴안았다. 느낌이 더없이 좋았다. 소안은 가쁘게 숨을 몰아쉬었다. 고상운은 소안의 얼굴을 찬찬히 들여다보았다. 이렇게 가까이서 보기는 처음이었다. 눈빛이 사랑스러웠다. 고상운은 더 이상 참지 못하고 소안을 힘껏 껴안았다.

그때 문밖에서 인기척이 들렸다. 어쩌면 후 노인이 보낸 자들일지 모른다.

"누구냐!"

고상운은 소안을 뒤로 숨기며 소리쳤다. 정말로 후 노인이 보낸 염탐꾼이었을까. 고상운의 대갈일성에 인기척은 사라졌다. 고상운은 떨고 있는 소안에게 아무런 걱정하지 말라며 다시 껴안아 주었다. 소안은 그제야 떠는 것을 멈추었다.

하롱으로 돌아온 후로 고상운은 거처를 소안의 집으로 옮겼다. 마을 사람들도 두 사람을 부부로 여겼다. 소안도 고상운을 남편으로 대했고 고상운 역시 마찬가지였다. 고상운은 그렇게 해서 먼 안남에서 새로운 보금자리를 마련하게 되었다.

　합친 후로 더 바빠졌다. 빨리 돈을 모아서 후 노인의 빚을 완전히 갚기로 하고서 두 사람은 더 열심히 일했고 바다는 심술을 부렸던 것에 대한 보상이라도 하듯 순풍의 나날이 계속되었다. 고기가 많이 잡혔는데 오징어 값이 오르면서 고상운과 소안은 짧은 시간에 제법 목돈을 손에 쥐게 되었다. 소안은 돈이 되는 대로 후 노인의 빚을 갚아 나갔다. 후 노인은 어떻게 해서든 트집을 잡으려고 했지만 고상운이 옆에 버티고 있어서 더 이상 수작을 부리지 못했다.

　다시 일 년의 세월이 흘러갔다. 풍어가 계속되면서 마침내 후 노인의 빚을 전부 갚게 되었다. 두 사람은 무척 기뻤다. 하늘을 날 것만 같았다.

　"당신의 도움이 없었다면 어림도 없었을 거예요."

　소안의 눈에 눈물이 글썽였다.

　"무슨 말을. 나야말로 소안에게 감사를 해야지. 소안이 곁에 있었기에 힘든 줄도 모르고 열심히 일할 수 있었으니까."

　행복이란 이런 것일까. 고상운은 품에 안긴 소안이 더없이 사랑스러웠다. 좋은 소식이 이어졌다. 해방에서 일할 때 알고 지내던 해상단주 완승영이 고상운에게 선단 서기 자리를 제의해 온 것이다.

　"그러는 편이 돈을 모으는데 훨씬 유리할 것 같소."

　고상운은 다시 배를 탈 뜻을 비쳤다.

"그렇게 하세요. 이제 어장은 당신이 없어도 꾸려 갈 수 있으니까."

소안은 섭섭해하면서도 고상운의 뜻을 반대하지는 않았다. 그렇게 되어서 고상운은 다시 선단 서기 일을 맡게 되었다.

내일이면 다시 선단 일을 시작한다. 그런데 왜 이렇게 잠이 오지 않을까. 잠을 이루지 못하고 이리 저리 뒤척이는 고상운은 잠을 포기하고서 밖으로 나섰다. 파도가 하얀 포말을 일으키며 쉬지 않고 백사장으로 몰려왔다.

고향 흑산도가 생각났다. 바다 저 멀리에 있는 고향 흑산도, 이어서 떠오르는 아내 이국영의 모습……. 수줍은 듯 고개를 돌리고 배웅을 하던 아내의 마지막 모습이 뇌리를 스치고 지나가자 고상운은 가슴이 메어질 것만 같았다. 잠시 잊고 있었던 얼굴이었다.

'미안해 여보. 나 여기서 이렇게 살고 있소. 어떻게 해서든 돌아가려고 했는데 그게 내 뜻대로 되질 않는군.'

한동안 잊고 지내던 아내의 모습이 떠오른 것은 다시 배를 타게 되었기 때문일 것이다. 완 단주의 선단은 진 단주의 선단처럼 크지는 않지만 그래도 가끔 오문이나 복건까지 출항한다고 했다. 절강이라면 몰라도 오문이나 복건이라면 조선으로 가기는 쉽지 않을 것이다. 그렇지만 청국 땅을 밟는다는 사실만으로도 고상운은 벌써 마음이 뛰었다.

"잠이 오질 않나보군요."

어느새 소안이 뒤에 있었다. 소안은 보통 때는 어린아이처럼 천진난만했지만 어떤 때는 세상물정 다 경험한 사람처럼 행동했는데 지금은 후자라고 고상운은 생각했다.

"그렇소. 다시 배를 탄다고 하니 이런저런 생각이 머릿속에서 떠나질 않아서……."

"그렇겠군요. 더구나 당신은 감회가 남다를 테니까요."

고상운은 가슴이 뜨끔했다. 두 사람은 백사장에 나란히 앉았다. 달빛은 처연했고 파도는 쉬지 않고 흰 포말을 드러냈다.

"궁금해요."

한참 만에 소안이 입을 열었다. 그리고 정을 듬뿍 담은 눈길로 고상운을 쳐다봤다.

"그녀는……, 어떤 여인인가요? 예쁜가요?"

그예 그 말을, 소안은 여태껏 금기시하던 말을 돌연 입에 담았다. 고상운은 망설이지 않고 고개를 끄덕였다.

"마을에서도 미인으로 소문이 난 여인이오. 그리고 심성도 착했고. 여러모로 나에게는 과분한 사람이었는데 어쩌다 혼례를 치르자마자 그런 일을 당했소."

홀연 그리움이 용솟음쳤다. 소안은 감정의 변화를 보이지 않고 잠자코 있었다. 고상운은 먼 하늘을 바라보며 말을 이었다.

"그 사이에 해가 여러 번 바뀌었군. 처는 소안과 나이가 비슷할 것이오. 그야말로 꽃 같은 나이에 과부 아닌 과부가 되고 말았소."

"많이 보고 싶으시겠군요."

소안이 차분한 목소리로 물었다.

"그야 당연한 일 아니겠소. 하지만 다 부질없는 일이오. 그 사람은 내가 죽었다고 생각하고 있을 것이오. 아마 제사를 지내고 있을지도 모르지. 어쩌면……."

재가를 했을지도 모르겠다는 말은 차마 입에서 떨어지지 않았다. 고상운이 쓸쓸한 표정으로 소안에게 손을 내밀었다. 소안의 손끝에서 따뜻한 정이 잔잔하게 전해졌다. 그런데 추운 걸까. 손끝이 가늘게 떨고 있었다. 그러다가 소안은 가만히 고상운의 품에 안겼다.

"차라리 재가를 했으면 하는 생각이 들 때도 있소. 여자 혼자 사는 게 쉽지 않을 테니. 아내는 일가붙이가 아무도 없는 사람이오."

제발 어려움을 겪지 말았으면……. 이국영을 생각할 때마다 고상운은 미칠 것 같았다.

"당신의 아이를 갖고 싶어요."

소안이 나직한 목소리로 말했다. 아이라니……, 고상운은 깜짝 놀랐다. 하지만 생각해 보면 크게 놀랄 일도 아니었다. 두 사람은 부부로 행세하고 있었고 사람들도 그렇게 믿고 있었다. 부부가 아이를 낳는 것은 지극히 당연한 일이다.

그런데 왜 여태껏 한 번도 그런 생각을 해 보지 않았을까. 망향의 정을 버리지 못하고 있기 때문일까. 아마도 소안은 그렇게 생각하고 있는 것 같았다.

소안은 지금 두려워하고 있다. 귀향의 의지가 많이 약해진 것은 사실이지만 그렇다고 완전히 끊어 버린 것도 아니다. 고상운은 비로소 여태껏 이국영과 소안을 별개의 여인으로 생각해 왔다는 사실을 깨달았다. 조선으로 돌아가는 것은 곧 소안을 떠나는 것을 의미한다.

"당신을 빼앗기고 싶지 않아요. 절대로."

소안은 고상운의 품으로 파고들었다. 고상운은 당황스러웠다. 무슨 말이든 해야 할 텐데 선뜻 떠오르는 말이 없었다.

"아무 말도 하지 마세요."

소안은 대답을 듣는 것이 두렵기라도 한 듯 고상운의 입을 막았다. 목소리가 애처로울 정도로 떨렸다.

"그러던 차에 오문에서 순득이 형님을 만나게 되었네. 정말 기적과도 같은 일이었지. 그러면서 가물거리던 망향의 불씨가 다시 타올랐고 기회를 엿보다가 선단이 항주에 들렀을 때 황당선을 수소문해서 이렇게 다시 돌아온 것일세."

고상운은 긴 한숨을 토해 냈다. 묵묵히 듣기만 했던 약전과 창대도 덩달아 한숨을 내쉬었다. 참으로 곡절 많고 사연 깊은 귀향이었다. 고상운의 길고도 먼 표류담을 듣는 동안 어느덧 해가 중천에 솟아 있었다.

"소안은 늘 불안해했어. 내가 떠날까봐. 항주로 간다고 했을 때 낯빛이 싹 변하더군. 그렇지만 못 가게 가로막지는 않았어. 나를 말없이 바라보던 소안의 그때 그 눈빛이 지금도 눈에 선해. 참으로 착한 여자야."

"자네 얘기를 듣고 나니 그쪽 사정도 간단치가 않군. 그래 처를 만나 보겠는가?"

창대가 입을 열었다. 대체 무슨 말이 나올 것인가. 약전과 창대는 긴장해서 고상운을 쳐다봤다.

"오로지 처가 보고 싶다는 일념으로 돌아온 것일세. 다른 것은 생각해 본 적이 없어. 그래서 이렇게 돌아온 건데……. 아아, 참으로 세월이 야속하군. 하필이면 이때 돌아왔단 말인가. 나도 어찌해야 좋을지 갈피를 잡을 수가 없네. 선비님, 소인은 어떻게 하면 좋겠습니까?"

고상운이 땅이 꺼져라 한숨을 토해 냈다.

"글쎄……, 사연이 이리도 기구한데 누가 너더러 이래라저래라

하겠느냐. 어느 쪽으로 결정하든 가슴 아픈 일일 텐데. 아무튼 감정을 가지고 결정할 일은 아닌 것 같구나. 냉정하게, 그리고 차분히 생각해 보기로 하자."

약전이 동정 가득한 눈길로 입을 열었다. 고상운은 죄 지은 사람마냥 고개를 푹 숙이고 있었다.

"자네 처는 자네가 이렇게 살아 있는 것을 알면 회영이와의 혼례를 없었던 일로 하자고 할 걸세."

창대가 말했다. 그 말에 동의하듯 고상운이 고개를 끄덕였다. 이국영은 틀림없이 그럴 여자다.

"그럼 자네가 돌아가지 않으면 그 안남 여인은 어떻게 되는 건가? 그 나라에서는 여인이 재가하는 것이 큰 흠이 되지 않는가?"

"글쎄. 안남의 습속을 다 알지는 못하지만 아마 여기보다는 쉬울 거라고 생각하네. 하지만 소안은 언제까지나 나를 기다릴 거야."

고상운의 목소리에 확신이 배어 있었다. 그 분명한 어조에서 고상운에게 소안이, 그리고 소안에게 고상운이 어떤 존재인지가 확실하게 느껴졌다.

"창대가 좋은 것을 물어봤구나. 그렇다면 그만 결정을 내리기로 하자. 내 생각으로는 흑산도의 선량한 어부 고상운은 칠 년 전에 고기잡이를 나갔다가 풍랑에 휩쓸려 불귀의 객이 된 것으로 해 두는 게 좋을 것 같다."

약전이 조용하지만 분명한 어조로 말했다. 고상운은 고개를 숙인 채 아무 말이 없었다. 숙고 끝에 내린 충고지만 역시 결정은 본인이 해야 할 것이다. 창대와 약전은 번민에 빠진 고상운을 지켜보았다.

시간이 얼마나 흘렀을까. 고상운이 천천히 고개를 들었다. 그리고 비장한 어조로 입을 열었다.

"잘 알겠습니다. 조용히 돌아가겠습니다. 천신만고 끝에 간신히 고향에 돌아왔는데 이렇게 발길을 돌려야 하는 현실이 너무 야속하지만 역시 선비님 말씀을 따르는 게 순리일 것 같습니다. 가슴이 찢어져도 소인 혼자서 찢어지는 게 좋지 공연히 애꿎은 사람들 가슴까지 찢어 놓을 필요가 어디 있겠습니까. 처도 그렇고 회영이도 그렇고 또 소안도 그렇고……. 아무 죄도 없는 사람들 아닙니까."

고상운은 끝내 울먹였다. 결심은 했지만 감정을 추스르는 게 쉽지 않을 것이다.

"네게 못할 짓을 시키는 것 같아 나도 가슴이 찢어지는 것 같다. 그렇지만 역시 그러는 것이 순리일 것 같구나."

"나도 선비님하고 같은 생각일세. 상운이, 자네 마음이 어떠하리란 걸 잘 알지만 역시 그 길이 모두에게 제일 좋을 것 같네. 참으로 힘든 결정을 했네."

창대가 비통해하는 고상운을 위로했다.

"소인도 회영이를 잘 압니다. 그리고 혼례를 치르기 전에 처에게 연정을 품고 있었다는 사실도 잘 알고 있습니다. 그런데 이제 와서 처가 회영에게 재가를 한다니 두 사람의 인연도 무시할 게 못 되는 것 같습니다. 선비님 말씀대로 흑산도 어부 고상운은 칠 년 전에 죽은 것으로 알겠습니다. 이제 섬을 떠나면 다시는 돌아오지 않겠습니다. 그리고 멀리 떨어진 안남 땅을 새 고향으로 알고 남은 인생을 안남의 어부로 열심히 살겠습니다."

감정이 다스려졌는지 고상운의 목소리가 한결 차분했다.

"소안이 왜 귀향을 극구 만류하지 않았는지 이제야 알 것 같습니다. 여전히 남아 있는 미련의 불씨를 완전히 태워 버리지 않고는 둘은 진정으로 부부가 될 수 없다고 생각한 것 같습니다. 소안이 옳았습니다. 이제 모든 회한을 다 묻고서 돌아가서 열심히 살겠습니다."

"그리 생각한다니 나도 마음이 조금 편해지는구나. 그래 돌아갈 방법은 마련했느냐?"

"해가 지면 청국인들이 소인을 데리러 오기로 되어 있습니다. 그런데 내게 아들이 있다니. 먼발치에서라도 한 번 보고 싶은데……. 그 역시 참기로 하겠습니다. 회영이가 잘 키워 줄 테니까요."

고상운이 의연하게 대답했다.

"무슨 말을 해야 할지 모르겠구나. 아무튼 밤새워 이야기하느라 많이 피곤할 테니 배가 올 때까지 여기서 눈을 붙이고 있도록 하거라."

약전의 말에 고상운이 설레설레 손을 내저었다.

"선비님 방에서 눈을 붙이다니요. 해상단 일을 하다 보면 하룻밤 정도 새는 것은 일도 아닙니다. 마음 쓰지 마십시오."

"선비님 말씀을 따르는 게 좋겠네. 괜히 돌아다니다 마을 사람들 눈에 띄면 곤란해질 테니. 내가 나가서 먹을 것을 좀 마련해 오겠네. 그 사이에 선비님에게 안남의 풍속에 대해서 아는 대로 말씀을 드리게. 그러다 보면 날이 저물 걸세."

창대가 먹을 것을 가져오겠다며 일어섰다.

"창대 말대로 하는 게 좋겠다. 사실 안남에 대해서 궁금한 것이 많았는데 네 형편이 그러해서 따로 물어보지 못했다."

그렇지 않아도 문순득의 유구와 여송 표류담을 정리하던 중이다. 약전은 뜻하지 않게 안남의 생활상을 접할 수 있는 기회를 잡았다.

"그럼 그간 소인이 보았고 들었던 일들을 생각나는 대로 말씀 드리겠습니다."

고상운도 그 편이 시간을 보내는 데 한결 편할 것이다. 창대는 약전이 지필묵을 끌어당기는 것을 보며 무거운 발걸음을 옮겼다.

그렇게 다시 돌아가기로 마음을 굳히고 고상운이 착잡한 심정을 누르며 안남 표류담을 늘어놓는 사이에 해가 서산으로 뉘엿뉘엿 저물기 시작했다. 약전은 묵묵히 적어 내려갔고 창대는 들락거리며 끼니를 나르고 잔심부름을 하며 두 사람을 도왔다.

"해가 넘어가는구나. 약조 시각에 대려면 그만 일어서도록 해라. 그간 수고가 많았다."

약전이 붓을 내려놓았다.

"네 안남 표류기는 소중한 기록으로 남을 것이다. 이제 떠나면 다시 흑산도 땅을 밟지 못하겠구나. 네 비통한 심정은 충분히 헤아린다만 살다 보면 사람의 힘으로는 어찌할 수 없는 일들이 있는 법이다. 어디서 살든 올곧고 심성 착하게 살도록 하거라."

약전이 큰절을 올리는 고상운에게 작별의 말을 건넸다.

"명심하겠습니다. 선비님 말씀대로 흑산도 어민 고상운은 이미 칠 년 전에 죽었습니다. 이렇게 고향 땅을 다시 밟을 수 있게 된 것만도 커다란 복으로 여기겠습니다."

밖을 살피던 창대가 손짓을 보냈다. 주위가 제법 어두워져서 얼굴을 들여다보지 않으면 누군지 알아보기 힘들지만 그래도 성가신 일은 피하는 게 상책이다. 두 사람은 재빨리 승선네를 빠져나와서 해안으로 내달았다.

"우여곡절 끝에 칠 년 만에 돌아온 친구를 이렇게 떠나보내야 하다니. 정말 사는 게 야속하네. 이제 헤어지면 다시는 자네를 볼 수 없겠지?"

만나자마자 이별이라니. 창대는 현실이 야속했다.

"그렇겠지. 하지만 너무 슬퍼말게. 어차피 나는 칠 년 전에 죽은 사람일세. 나는 지금 자네와 선비님에게 진심으로 고마워하고 있네. 그래. 그게 순리일 게야. 내 어찌 그걸 모르겠나."

약조한 시각에 아직 여유가 있는지 고상운은 서두르지 않았다.

"조금 이른 것 같군. 그럼 옥녀봉에 잠시 들르기로 하세."

고상운이 옥녀봉 쪽으로 걸음을 옮겼다. 옥녀봉은 창대와 고상운이 어렸을 적에 무시로 놀러 다니던 곳이다. 그 옥녀봉을 이렇게 영원한 작별을 고하면서 다시 걷게 될 줄이야. 형용키 힘든 감회가 창대의 가슴을 스치고 지나갔다.

"나보다도 창대 자네가 더 힘들 것 같네. 그렇지 않아도 내가 살아 있다는 사실을 회영이와 처에게 감추느라 애먹었을 텐데. 두 사람에게 감춰야 할 일이 또 생기지 않았나. 걱정이군. 창대 자네는 천성이 남을 속이는 걸 못하는 사람인데."

"우습군. 자네가 내 걱정을 하다니. 하지만 너무 걱정하지 말게. 감추는 것과 속이는 것은 다르니까. 당사자들을 위해서 내색을 않는 것이라면 나도 누구 못지않게 천연덕스럽다네."

그렇게 얘기를 하면서 걷는 동안에 두 사람은 마침내 옥녀봉에 이르렀다. 어릴 때 함께 뛰놀던 추억이 주마등처럼 스치고 지나갔다. 여기서 멀지 않은 곳에 이제는 빈집이 된 고상운의 집이 있다.

"그런데 이상하군. 아직 혼례를 올리지 않았다면서 벌써 살림을 합치다니. 회영이나 처나 남의 눈총을 받을 짓을 할 사람들이 아닌데. 혹시 무슨 일 생긴 건 아닌가?"

고상운이 문득 생각났다는 듯이 물었다. 창대는 가슴이 철렁했다. 저간의 사정을 고상운에게 말할 필요가 없다고 판단했기에 입을 굳게 다물고 있던 차였다.

"일은 무슨……, 어찌하다 보니 그렇게 된 게지."

역시 창대에게 거짓말은 어울리지 않는 모양이었다. 창대는 우물 쭈물하며 당황했지만 다행히 고상운이 더 캐묻지 않았다.

그때 저쪽에서 횃불이 너울거리며 이쪽으로 다가오고 있었다. 두 사람은 본능적으로 바위 뒤에 몸을 숨겼다. 누굴까. 여기는 사람들이 지나다니는 곳이 아니다.

"군졸들이 아닌가!"

횃불 아래 모습을 드러낸 사람들은 흑산진의 사령들이었다. 사령들이 왜 여기에……. 황당선을 단속하기 위해서? 창대와 고상운은 사색이 되어 자세를 낮추었다. 황당선을 놓치면 돌아갈 길이 막막하다.

관헌이 흑산진 사령들을 통솔하고 있는데 아마도 나주목에서 파견된 자 같았다.

"여기서 잠시 기다리고들 계시오. 내가 불러냈으니 곧 이리로 올 게요."

사령들 뒤에서 웬 남자의 목소리가 들려왔다. 창대는 목소리의 주인공이 누구인지 쉽게 짐작이 갔다. 그렇다면 고해문이 끝내……. 창대의 얼굴이 백지장처럼 하얗게 바뀌었다.

"해문이 아저씨 아닌가! 아저씨가 여기서 뭘 하는 거야?"

고상운도 횃불에 모습을 드러낸 남자를 금세 알아보고서 얼른 창대에게 물었다. 창대가 어찌해야 좋을지 몰라 당황하고 있는데 저편에서 누가 헐레벌떡 달려오는 소리가 들렸다.

"이 사람들을 불러다가 뭘 어쩌겠다는 거야!"

달려온 사람은 허회영이었다. 허회영은 몹시 흥분해 있었다.

"그걸 몰라서 물어? 지금이라도 애를 이리로 데려오면 네 노모 보는 앞에서 망신을 당하는 꼴은 면하게 해 주겠다."

귀향 歸鄕... 39

고해문이 득의만만해하며 소리쳤다. 자세한 사정을 모르는 나주 목사는 고해문의 송사를 들어주었고 뒷일을 마무리 짓기 위해 관헌을 흑산도로 파견한 것이다.

"회영이 아닌가? 회영이가 왜 해문이 아저씨와 싸우고 있는 건가? 무슨 일이 있었군!"

숨어서 지켜보고 있는 고상운이 창대를 다그쳤다. 어찌도 일이 이리 꼬인단 말인가. 간신히 마음을 다져 잡고 섬을 떠나려는 판에 하필이면 고해문과 허회영이 다투는 현장을 목격하게 되다니.

"저자 집으로 갑시다! 애가 저자 집에 있는 것 같으니."

고해문이 눈을 부릅뜨고 고해문과 허회영 두 사람을 번갈아 쏘아보던 관헌을 다그쳤다. 관헌이 고개를 끄덕이자 사령들이 횃불을 너울거리며 앞장섰다. 참으로 치사한 인간이로군. 허회영은 당장이라도 달려들 듯 고해문을 노려보았다.

"제발 이러지 마세요!"

갑자기 여인의 비명이 들리더니 이국영이 가쁜 숨을 헐떡이며 이쪽으로 달려왔다.

"아니 저 사람이 왜 여기에? 대체 저 사람이 왜 저러는 것인가? 하나도 감추지 말고 내게 말을 하게!"

이국영의 모습을 확인한 고상운이 더 참지 못하고 창대를 옥박질렀다. 당장이라도 달려 나갈 듯한 얼굴이었다. 도리가 없었다. 창대는 얼른 고상운을 잡아끌며 사실대로 얘기했다.

"실은 자네 막내 숙부가 회영이 하고 자네 처의 혼례를 훼방 놓고 있다네. 이 집을 달라고 하는 걸 회영이가 안 된다고 했더니 그렇다면 자네의 아들을 자기가 데리고 가겠다고 떼를 쓰는 거야. 고씨 가문의 혈통을 이어야 한다며."

"말도 안 되는 소리! 명색이 숙부라는 사람이 도와주지는 못할망정 그런 억지를 쓰고 있단 말인가! 그래도 내게는 숙부가 되는 사람인지라 험담을 늘어놓기가 뭣하지만, 해문이 아저씨는 가문이 어쩌고저쩌고할 자격이 없는 사람이야. 세상에 이런 몹쓸 짓이 있나."

고상운의 얼굴이 달아올랐다. 창대는 고상운이 흥분을 참지 못하고 뛰어나갈까 봐 죽을 맛이었다.

"양필이를 데리고 오라고 했는데 애는 어디 가고 왜 질부가 와! 빨리 양필이를 데리고 오란 말이야!"

고해문이 허회영과 이국영을 번갈아 쳐다보며 호통을 쳤다. 대강 일의 전후를 짐작하고 있는 흑산진 사령들은 눈물을 흘리고 있는 이국영을 보며 고개를 외면했지만 엄연히 나주목에서 나온 관헌이 눈을 부릅뜨고 있는 마당이라 나서지 못하고 있었다.

"서방을 얻든지 말든지 마음대로 하라니까! 나는 양필이 하고 둘이서 이 집에서 살 거야."

의외로 쉽게 나주목에서 판결을 얻어내자 고해문은 의기양양해서 집마저 차지하려고 덤벼들었다.

"제발 이러지 마세요, 시숙. 양필이 없으면 나는 못살아요."

이국영이 눈물로 호소를 했지만 고해문에게 통할 리 없었다.

"어허! 사내 만나서 팔자를 고치면서 울기는 젠장. 누가 억지로 등 떠밀기라도 했나."

고해문은 기세등등해서 소리쳤다. 허회영은 속이 터져 버릴 것 같았다. 혼례를 준비하느라 고해문의 일을 잠시 소홀히 했던 것이 탈이었다. 이렇게 빨리 나주목을 다녀올 줄 몰랐고 또 그렇게 쉽게 판결이 날지도 몰랐다. 진작 그쪽에 손을 써 두었어야 했는데.

"안 되겠소. 말로는 해결될 것 같지 않으니 저자의 집으로 가서 우리 조카를 데리고 와야겠소."

고해문이 관헌을 다그쳤다.

"가자!"

관헌이 앞장사령들을 막아서려 했지만 헛수고였다. 서자사령들
이 뒤를 따랐다.

"비키거라!"

다급해진 허회영이 사령을 인솔하는 관헌에게 호통을 쳤다. 사정
을 대강 짐작한 관헌도 측은한 표정을 지었지만 목사가 판결을 내
린 마당이어서 어쩔 도리가 없었다.

"양필이를 절대로 내줄 수 없어요!"

이국영이 와들와들 떨며 뒤따라갔다.

"기다리시오!"

허회영이 소리치며 이국영의 뒤를 따랐고 고해문은 쾌재를 부르
며 집을 휘둘러보더니 천천히 사령들의 뒤를 따랐다.

"어떻게 이럴 수가 있단 말인가!"

숨어서 지켜보던 고상운이 더는 참을 수 없다는 듯 자신의 처지
도 잊고서 소리를 높였다. 말 한마디 나누지 못하고 떠나는 것이 모
두를 위하는 길이라 믿고 떨어지지 않는 발걸음을 옮기려던 차에
청천벽력과도 같은 일을 당한 것이다.

"이대로 그냥 돌아갈 수 없네. 내가 나가서 해문이 아저씨에게 따
지겠네. 도대체 집안 어른 노릇을 한 것이 뭣이 있다고 불쌍한 사람
을 저리도 못살게 군단 말인가."

고상운이 몸을 일으켰다.

"참게. 자네가 지금 나서면 일이 더 복잡해지네. 내가 어떻게 해서
든 일을 수습해 볼 테니 상운이 자네는 그냥 떠나도록 하게."

"그런 소리 말게! 저 사람이 곤경에 빠진 것을 뻔히 알면서 어떻게 그냥 떠나란 말인가!"

고상운이 창대를 밀치더니 그대로 어둠 속으로 내달았다. 큰일이었다. 창대는 간이 콩알만 해져서 고상운의 뒤를 쫓아갔다.

송림을 빠져나오자 저 앞에 사령들의 횃불이 눈에 들어왔다. 절벽 아래에는 모래사장이 넓게 펼쳐져 있는데 파도가 하얀 이빨을 드러내며 쉬지 않고 달려들고 있었다. 늘 보는 풍경이건만 오늘따라 창대의 눈에 낯설게 느껴졌다.

고해문은 사령들로부터 조금 떨어져서 유유자적 걷고 있었다. 아마도 못 이기는 체하면 양필이를 내주는 대신에 집을 차지할 생각을 하고 있을 것이다.

"아저씨!"

숨을 헐떡이며 달려온 고상운이 고해문을 불렀다. 고해문은 누가 자기를 부르자 뜨악한 표정으로 돌아보았다.

달빛 아래 웬 장정이 버티고 서 있었는데 누군지 모르는 자였다.

"나요. 아저씨. 나 상운이요."

고상운은 천천히 고해문에게 다가갔다. 잔뜩 경계심을 품고 쳐다보던 고해문은 비로소 상대가 누군지를 알아보고는 까무러칠 듯 놀라며 뒤로 물러섰다.

"너……, 너는 상운이 아니냐?"

"그렇소. 나 상운이요."

"네가 어떻게……, 그럼 살아 있었느냐? 나는 네가 죽은 줄만 알고 있었다."

놀란 고해문이 말을 더듬었다.

"그렇소. 아직 죽을 때가 아닌지 용케 목숨을 건져서 먼 곳에서 살고 있소."

"그렇구나. 우리는 네가 죽은 줄만 알고 제사까지 지냈다."

고해문은 마치 제가 제사를 지내기라도 한 듯 말했다. 잔머리를 굴리는 데 둘째가라면 서러울 고해문도 고상운의 느닷없는 출현에는 어지간히 놀랐는지 당황해서 어쩔 줄을 몰라 했다.

"창대 너도……!"

고상운과 뒤따라 나타난 창대를 보고는 일의 전말을 짐작했는지 다시 표독한 얼굴로 돌아갔다. 고상운은 일을 빨리 끝내기로 했다. 어물거리다가는 고해문의 잔꾀에 말려들 것이다.

"조금 전에 숨어서 다 보았소. 회영이는 나도 잘 아는 친구요. 나는 이미 죽은 것으로 되어 있는 몸이니 그 사람이 회영이와 잘 살았으면 좋겠소. 그러니 공연히 가문 운운하면서 그 사람을 괴롭히지 마시오. 아저씨는 고씨 가문을 운운할 입장이 못 된다는 건 누구보다도 아저씨가 잘 알 것 아니오."

고상운이 매몰차게 말하자 고해문의 안색이 싹 변했다. 자칫했다가는 다 된 밥에 코를 빠뜨릴 판이었다.

"그게 무슨 소리냐? 숨어서 봤다니 잘 알겠구나. 지금 네 처는 새 서방을 얻어서 팔자를 고치려하고 있다. 그런데 어떻게 그런 말을 하느냐. 그럼 너는 어쩌고? 네 집은? 네 새끼는?"

고해문이 따지듯 물었다.

"나는 먼 땅에서 잘 살고 있소. 처는 참으로 불쌍한 사람이오. 이제부터라도 행복하게 살 수만 있다면 나는 아무것도 더 바라지 않겠소. 아저씨도 나랑 같이 갑시다. 언제까지 이런 식으로 남의 등이나 처먹으면서 살 수는 없는 일이 아니겠소. 열심히 일하면 그런대로 먹고살만한 곳이오. 곧 황당선이 데리러 올 거니 채비하시오."

그래도 촌수로는 숙부다. 고상운은 고해문이 안남으로 따라 간다면 먹고살게끔 도와줄 셈이었다. 창대는 옆에서 지켜보면서 이전의 고상운이 아니구나 하는 생각이 들었다. 언행이 의젓하고 사려 깊었다. 안남 여인이 울며불며 매달리지 않은 것이 절로 이해가 되었다. 일순간의 정에 치우쳐서 대사를 그르칠 사람이 절대 아니었다.

"싫다. 네가 어디서 뭘 하고 사는지 몰라도 나는 흑산도를 떠나지 않겠다. 가겠거든 너 혼자 가거라!"

고해문이 완강하게 거부했다. 고상운의 느닷없는 출현은 고해문에게는 득보다 실이 컸다.

"정히 싫다면 강제로라도 끌고 가는 수밖에."

고상운이 창대를 힐끗 쳐다보더니 고해문을 덥석 잡았다.

"놓아라! 이게 무슨 짓이냐!"

고해문이 손을 내저으며 반항했지만 완력에서 고상운을 당해낼 수 없었다. 창대가 옆에서 거들자 고해문은 도리 없이 끌려갔다.

"어이! 빨리 따라오지 않고 뭐하는 건가?"

관헌이 큰소리로 고해문을 불렀다. 저만치 앞서가던 횃불이 멈추어 섰다. 길잡이가 빨리 따라오지 않으니 짜증이 난 것이다.

하필이면 이때……. 창대와 고상운은 서로를 쳐다봤다. 어떻게 한다. 사령들이 이리로 오면 일은 다 틀어진다.

고해문이 그 틈을 놓칠 리 없었다. 느슨해진 손을 뿌리치며 뛰쳐나갔다. 잡아야 했다. 창대와 고상운 두 사람은 황급히 고해문의 뒤를 따랐다.

"여기, 여기다!"

고해문이 다급한 목소리로 사람들을 불렀다. 사령들이 달려오는 소리가 들렸다. 낭패였다.

"악!"

그때 외마디 비명 소리가 들렸다. 다급하게 달아나던 고해문이 그만 발을 헛디디고 낭떠러지 아래로 떨어진 것이다.

"이제 어떻게 해야 하나?"

창대는 당황했다. 횃불이 점점 가까이 다가오고 있었다. 낭떠러지는 꽤 높은 곳이다.

"사령들에게는 나와 다투다 그렇게 되었다고 하게. 곧 황당선이 올 텐데 나는 그 배를 타고 달아나면 되니 내 걱정은 말고. 그 사람을……. 물론 회영이를 믿네만 그래도 잘 부탁하겠네."

그 말을 남기고 고상운은 황급히 절벽 아래로 내려갔다. 모래사장을 가로질러서 약조한 장소로 달려간 것이다.

"뭐야? 비명소리가 들렸는데."

사령들이 다가오며 창대에게 물었다.

"황당선이 나타났소. 황당선을 타고 온 청국인 어부가 고해문에게 발각이 되자 그만 고해문을 절벽 아래로 밀어 버리고 저쪽으로 도주를……."

창대는 모래사장을 가리켰다. 그 사이에 절벽을 내려간 고상운이 사력을 다해 내달리고 있는 모습이 달빛에 환히 드러났다. 조금만 더 가면 배를 탈 수 있을 것이다.

"저기다! 쫓아가서 잡아라!"

관헌이 악을 쓰자 사령들이 우르르 절벽 아래로 내려갔다. 황당선이 출현한 것만도 작은 일이 아닌데 청나라 어부가 상륙해서 사람을 죽였다면 절대로 그냥 넘어갈 일이 아니다. 관헌이 호령하자 사령들이 우르르 그리로 몰려갔다.

창대는 얼른 낭떠러지 아래로 내려섰다. 그리고 어렵지 않게 고해문을 찾았다. 추락할 때 바위와 부딪혔는지 안면에 출혈이 낭자했다. 창대는 맥을 짚어 보았다. 맥이 뛰지 않고 있었다. 고해문은 즉사를 한 모양이다. 마음씨를 그렇게 쓰더니 그예 이렇게……. 창대는 혀를 찼다.

"창대 아닌가?"

저쪽에서 허회영이 헐레벌떡 달려왔다.

"자네가 여기 있었을 줄이야. 고해문은……. 죽었나?"

허회영이 출혈이 낭자한 고해문에게 눈길을 돌렸고 창대는 말없이 고개를 끄덕였다.

"어찌 된 일인가?"

"황당선을 타고 온 청나라 어부가 발각이 되자 낭떠러지 아래로 밀었네."

"어떻게 그런 일이……. 허, 참!"

허회영은 고해문의 주검을 내려다보며 허탈한 표정을 지었다. 고상운은 무사히 빠져나갔을까. 창대는 지금 그 걱정을 하고 있었다. 고상운만 무사히 빠져나가면 일은 그런대로 마무리되는 셈이다. 뿌린 대로 거둔다고 고해문은 제 팔자를 스스로 찾아간 것뿐이다.

"고해문이 떨어졌다는 소리를 듣고 이리로 달려오는데 누가 황급히 백사장 쪽으로 달려가더군. 그자가 고해문을 죽인 자인 모양인데 이런 줄 알았으면 쫓아가서 잡는 건데."

사정을 알 리 없는 허회영이 허탈한 표정으로 말을 이었다.

"그런데 이상해. 허둥지둥 달아나던 그자가 왠지 낯이 익은 것 같아. 내가 아는 사람 같기도 했어."

허회영은 검푸른 바다 저 멀리를 응시하며 말했다. 창대는 허회영 옆에 나란히 섰다. 허회영은 더 묻지 않았고 창대도 입을 굳게 다

물었다. 따로 소란이 일지 않는 걸로 봐서 고상운은 무사히 섬을 빠져나간 듯했다.

서당 書堂

찬바람이 매섭게 옷소매를 파고들었지만 마음은 더없이 훈훈했다. 약전은 마침내 흑산도 사리에 소원이던 서당을 연 것이다. 겨우내 어민들이 터를 닦고 기둥을 올리며 고생을 한 보람이 있어 마침내 오늘 지붕을 얹은 것이다. 언제 유배가 풀릴 지 여전히 기약이 없지만 절해고도에서의 삶은 결코 헛된 것이 아니었다.

사촌서당(沙村書堂).

약전은 서당 이름을 그렇게 지었다. 서당은 승선네 토담집 맞은편 공터에 세웠는데 서당이 문을 열기까지는 창대의 공이 컸다. 창대가 앞장서서 마을 사람들을 설득하지 않았다면 터를 닦고 나무를 다듬고 흙을 빚어서 서당의 기틀을 마련하는 일은 불가능했을 것이다. 이제부터 저 서당에 학동들과 어민들을 모아 놓고서 글을 가르칠 것이다. 모습을 갖춘 서당을 바라보면서 약전은 더없이 흐뭇했다.

복성재(復性齋).

약전은 당사의 이름도 따로 지었다. 예닐곱 살짜리 학동들을 대상으로 하는 《천자문》과 《동몽선습(童蒙先習)》을 주로 하지만 어한기에는 섬 어민들도 서당으로 불러 모아 간단한 글을 가르칠 생각이었다. 그리고 차차 자리를 잡는 대로 약전은 실학도 가르칠 계획이었다.

정묘년(丁卯年 1807) 정월. 유배를 온 지 어느새 육 년의 세월이 흘렀다. 그리고 그 사이에 약전의 나이도 어언 쉰 줄에 접어들었다. 세월이 흐르면서 마음이 조급해지고 불안감이 밀려왔지만 이럴수록 여유를 잃지 말고 차분하게 만물을 관조하는 자세로 하루하루를 성실하게 살아야 할 것이다.

한양은 지금 영안부원군 김조순의 세상이다. 한때 조정을 쥐고 흔들던 김달순은 죄인의 신세가 되어 강진 땅에 유배되었다는 소식이 전해졌다. 참으로 무상한 것이 권세다. 벽파가 몰락하고 시파가 득세를 했지만 달라진 것은 없었다. 세월은 약전에게 계속 인내와 관조를 강요하고 있었다.

반가운 소식도 있었다. 허회영으로부터 잘 지내고 있다는 서신이 도착한 것이다. 허회영은 작년에 식솔들을 거느리고 뭍으로 옮겨 갔다. 이국영의 처지도 그렇고 양필이의 장래를 생각해서라도 타지에서 새 출발을 하는 것이 좋을 것이란 판단에서 섬을 뜬 것이다. 입장은 충분히 이해되지만 그래도 아는 사람 하나 없는 타지에서 잘 살까 걱정을 하던 차에 문순득의 주선으로 영광에서 어상으로 자리를 잡았다는 반가운 소식을 전해 온 것이다.

반가운 소식은 또 있었다. 흑산도에 서당을 열 것이라는 소식을 듣고 아우 정약용이 크게 기뻐하면서 서신을 보내왔다. 그동안 부지런히 글을 써서 《경세유표(經世遺表)》와 《흠흠신서(欽欽新書)》, 그리고 《목민심서(牧民心書)》 등을 저술하고 있다고 전해 왔다. 약용 아우 역시 헛된 시간을 보내지 않고 있었다.

"감회가 무량하시겠습니다. 복성재라……. 좋은 당호로군요."

한시학이 약전에게 다가왔다. 진리 사람으로 흑산도에서는 몇 안 되는 초시(初試)인데 약전을 도와서 서당 접장을 맡기로 했다.

"한 초시가 도와주었기에 망정이지 그렇지 않다면 엄두를 내지 못할 뻔했소. 잘 부탁하겠소."

약전은 진심으로 당부했다. 약전이 훈장을 맡고 한시학과 창대가 접장 노릇을 하며 학동과 어민들을 가르칠 예정이다. 접장이라고 하지만 창대는 주로 서당의 살림과 기율을 맡고 강(講)과 독(讀)은 한시학이 맡는다.

"그리 말씀하시니 오히려 송구스럽습니다. 그래도 초시랍시고 어촌 사람들로부터 대접을 받고 지내면서도 그동안 아무것도 한 게 없었습니다. 미력하나마 힘을 다하겠습니다."

한시학은 이제 마흔 줄에 접어든 사람으로 심성이 곧고 품성이 바른 사람이다. 약전은 이런 사람을 접장으로 구한 것을 행운으로 생각했다. 머지않아 복성재에서 강이 시작된다. 학동들과 글을 배우겠다는 어민들은 이미 뽑아 놓았다. 대부분 사리 사람들이지만 진리와 예리에서 다니는 사람들도 제법 된다. 그만큼 글을 배우고자 하는 섬사람들의 열망이 높았다.

약전은 기뻤다. 애들에게 고기 잡는 법이나 가르치면 됐지 글을 가르쳐서 무엇 하냐며 등을 돌리는 집도 있었지만 그래도 훨씬 많은 사람이 약전의 뜻에 호응을 하고 나섰다. 대대로 물려받은 가난을 자식에게 물려주고 싶은 부모는 없다. 글을 배웠다가 취재(取才)에 급제해서 잡직이라도 얻으면 언제 물귀신에게 잡혀갈지 모를 신세에서 벗어날 수 있다. 어민들은 기대에 부풀었고 앞 다투어 아이들을 서당에 보냈다.

약전은 말끔하게 단장을 한 서당을 바라보며 흐뭇한 미소를 지었다. 바람은 여전히 차갑지만 저 매서운 한풍이 훈풍으로 바뀔 때쯤이면 서당에는 학동들의 글 읽는 소리로 가득할 것이다.

대처의 학동들은 대개 칠팔 세에 글 읽기를 시작해서 십오륙 세가 되면 서당을 떠나 향교의 교생이 되는 게 상례지만 사촌서당의 학동들은 나이가 십칠팔 세에 이르는 늦깎이 학동들이 대부분이었다. 그리고 어한기를 이용해서 글을 배워 보겠다고 몰려온 어민들도 꽤 됐다. 이들은《천자문》부터 시작해서《동몽선습》과 통감을 거치며 강독과 습자를 익히는데 서당을 마친 후에 사정이 되는 학동들은 뭍으로 옮겨서 나주 향교에 액외교생(額外校生)으로 들어갈 예정이다. 정원 외 향교생인 액외교생은 평민 자제들도 들어갈 수 있다.

《천자문》을 읽는 소리가 낭랑하게 들렸다. 한시학 접장이 학동과 어민들을 모아 놓고 가르치고 있었다. 창대는 창대대로 바빴다. 집집마다 돌아다니면서 서당에 나올 것을 독려하고 또 뒷바라지를 해야 했다.

복성재는 동재와 서재 두 방으로 나뉘어 있다. 동재는 한 접장이 학동들을 모아 놓고《천자문》을 강하고 있었고 서재는 아직 비어 있는데 나중에 사람들이 모이는 대로 약전은 통감을 강할 계획이다. 약전은 하루속히 실학을 가르치고 싶은 생각에 틈나는 대로 준비에 몰두했다.

"선비님."

창대가 헐떡거리며 서당으로 달려왔다. 오늘 서당에 빠진 아이들, 어민들의 집을 일일이 찾아다니며 빠지지 말 것을 당부하고 돌아오는 길이다.

"수고가 많구나. 그래, 학동들은 잘 나오느냐?"

약전은 동재의 일이 궁금했다.

"그렇습니다. 학동들은 모두 열심히 서당에 나오고 있습니다. 혹간 한두 명씩 빠지기는 합니다만 집에 찾아가서 확인해 보면 다 피치 못 할 사정이 있었습니다. 그런데 어민들 중에는 벌써 싫증을 내고 슬슬 뒤로 빠지려는 사람들이 있습니다."

"예상했던 일이다. 먹고살기도 바쁜 사람들이니 너무 강권하지는 말거라. 대신 학동들은 웬만해서는 빠지는 일이 없도록 잘 보살피거라. 혹시 집에서 못 가게 해서 서당에 나오지 못하는 아이들은 없느냐?"

"그렇지 않아도 그런 학동들이 있는지 알아보는 중입니다."

창대가 쾌활하게 대답했다. 흑산도에 서당이 생겼다는 사실은 실로 경사스러운 일이다. 서당이 있는 섬도 흔치 않지만 섬 어민들이 힘을 모아서 서당을 세웠다는 사실이 더 자랑스러웠다. 학동들은 열심이었다. 대부분 장가갈 때가 다 된 총각들인데 별안간 찾아온 행운에 감사하며 부지런히 서당을 들락거렸다.

날이 갈수록 학동들이 늘어났다. 학동들이 늘어나면서 서당이 점점 바빠졌다. 그리고《천자문》과《동몽선습》을 뗀 학동들이 하나둘씩 늘어났다. 약전은 이들을 따로 서재로 모아서 직접 가르치기로 했다.

학동들은 눈을 휘둥그레 뜨고 약전을 쳐다봤다. 난생 처음 듣는 얘기였다.

"대서국(大西國)은 일명 구라파(歐羅巴)라고도 하는데 북경으로부터 팔만 리나 되는 먼 곳에 있는 나라로 남으로는 지중해, 북으로는 빙해(氷海 북극해), 동으로는 대내강(大乃江 도나우 강), 서로는 대서양에 이르는 아주 큰 나라라고 한다."

약전은 한양의 친지들이 보내 준 〈구라파국여지도(歐羅巴國與地圖)〉 사본을 펼쳐 보이며 학동들을 상대로 세계 지리를 설파했다. 이수광(李睟光)이 국내에 들여온 원본에 비해서 많이 소략된 지도지만 그래도 학동들에게 충격을 주기에는 충분했다.

약전이 직접 맡기로 한 학동들은 창대까지 모두 여덟 사람으로 예리에서 함께 다니고 있는 향반(鄕班) 가문의 젊은이 다섯 명에 진리에서 온 중인 출신의 우씨, 그리고 따로 천자문을 깨우쳤다는 사리 학동이다. 약전은 강독 틈틈이 학동들에게 실학을 가르치고 있었다. 오늘은 통감을 월강하는 날인데 모두들 잘 터득했기에 약전은 남은 시간에 세계 지리를 얘기해 주고 있었다.

"참으로 놀랍습니다. 그저 청국에서 더 멀리에 안남과 천축이 있고 남쪽으로는 여송이 있다는 것만 알았지 대서국이란 큰 나라가 있다는 것은 처음 알았습니다."

접장으로 월강에 자리를 함께 한 창대가 감탄을 발했다. 학동들은 긴가민가한 눈으로 지도를 쳐다보았다. 사실 학동들이 놀라는 것도 무리는 아니었다. 그것은 한양의 사대부들도 모르고 있는 사실이다. 그들은 전통의 천원지방설(天元地方說)에 따라서 그저 하늘은 둥글고 땅은 모나다고만 알고 있을 뿐이다.

그런 조선에 비로소 세상의 실정이 제대로 알려진 것은 예수교 선교를 목적으로 청국에 들어온 이마두(利瑪竇 이탈리아 선교사 마테오 리치)가 제작한 〈곤여만국전도(坤輿萬國全圖)〉와 애유략(艾儒略 이탈리아 선교사 알레니)이 저술한 《직방외기(職方外紀)》 등이 청나라를 다녀온 실학자들에 의해서 국내에 소개되면서부터다. 아세아와 구라파 외에도 이미아(利未亞 아프리카)와 아묵리가(亞墨利加 아메리카), 그리고 묵와랍니가(墨瓦蠟尼加 남극대륙)라는 거대한 대륙이 존재하고 있다는 사실은 조선의 실학자들에게 큰 충격이었다.

약전은 계속해서 각룡(閣龍 콜럼버스)이 대서양을 횡단해서 아묵리가 신대륙을 발견했던 일화를 거론했다. 항해와 관련된 일인지라 모두들 눈을 동그랗게 뜨고 약전의 말에 집중했다.

"대단하군요. 도대체 뭘 믿고 망망대해를 석 달 동안이나……. 다른 사람들은 바다 끝이 낭떠러지라고 믿고 있었다던데."

우씨가 혀를 내둘렀다. 섬사람이라서 바다가 얼마나 무서운 것인지는 잘 알고 있었다. 아무것도 보이지 않는 망망대해를 석 달 동안 항해를 했다니. 참으로 감탄할 일이었다. 안남과 섬라(暹羅 태국)를 오가는 청나라의 상선들도 수개월 동안 바다에 떠 있다고 하지만 연안을 따라서 항해를 하는 것이다. 그런데 망망대해를 석 달 동안이나 헤쳐 나가서 새로운 땅을 찾았다니.

학동들은 눈을 반짝이며 약전의 말에 끌려 들어갔다. 그리고 우리가 딛고 사는 세상이 둥글다는 말에 모두들 경악을 금치 못했다. 끝없이 펼쳐진 망망대해와 광활한 대지. 그리고 호박처럼 둥그렇게 생긴 세상. 약전은 황당한 얼굴로 쳐다보는 학동들에게 설명을 이었다.

"세상이 둥글다는 말은 예전부터 있었지만 사람들은 믿지를 않았다. 하지만 묵와란(墨瓦蘭 마젤란)이라는 사람이 선단을 이끌고 세계를 일주하면서 우리가 딛고 사는 세상이 둥글게 생겼다는 사실이 분명하게 밝혀졌다."

묵와란의 세계 일주는 각룡의 신대륙 발견보다 더 놀라운 사실이었다. 약전으로부터 실학을 배우면서 학동들은 차츰 세상은 넓고 천지는 온갖 신기한 일로 가득하다는 사실을 절감하게 되었다.

"대체 대서국 사람들은 어떤 배를 가지고 있기에 그렇게 오랫동안 항해를 했습니까? 판옥선보다도 훨씬 큰 배 같습니다."

에리에서 온 학동이 질문을 던졌다. 그들은 아무래도 배에 관심이 많았다.

"물론이다. 서양인들의 배는 커다란 돛을 여러 개 가지고 있는데 특히 선두에 설치된 삼각돛은 맞바람이 불어도 앞으로 나갈 수 있는 아주 쓰임새 많은 돛이라고 한다."

물론 약전 자신도 서양의 범선을 본 적은 없다. 다만 여러 서적을 통해서 대략의 형태를 짐작하고 있을 뿐이다. 역풍에도 끄떡없이 전진하는 배가 있다니. 그런 배가 있다면 망망대해 항해도 해 볼 만할 것이다.

"대서양을 횡단한 각룡과 세계 일주를 단행한 묵와란도 대단하지만 진작 이미아의 희망봉을 돌아서 천축에 도착한 불랑기(佛朗機 포르투갈) 뱃사람의 공적도 빼놓을 수 없을 것이다. 그들의 노고에 의해서 비로소 서양과 동양을 잇는 뱃길이 뚫린 것이니까."

약전은 바스코 다 가마의 대항해를 거론하며 서양국들이 어떻게 해서 동양으로 진출하게 되었는가를 차례로 설명했다. 그것 또한 서양인들의 실용적이고 진취적인 학풍과 기상을 이해하는 데 도움이 될 것이다.

"서양인들이 활발하게 먼 바다로 나갔고 그 결과 세상이 넓다는 사실을 확인한 것은 인정하지만 그렇다고 그들이 동양보다 앞섰다고 단정 지을 수는 없다고 생각합니다. 일찍이 명조의 환관 정화(鄭和)는 서양취보선(西洋取寶船)을 이끌고 원정을 단행하여 멀리 홀로모사(忽魯謨斯 아라비아 반도의 호로무츠)에 이르렀고 휘하의 분견대는 목골도속(木骨都束 아프리카 소말리아의 모가디시오)까지 도달했습니다. 서양인이 동양에 도착한 것보다 먼저의 일입니다."

누가 돌연 정화의 대항해를 거론하고 나섰다. 약전이 고개를 돌리니 예리에서 다닌다는 젊은이였다. 나이가 열일곱에서 열여덟 정도 돼 보이는데 총명한 눈매를 지니고 있었다. 예리 젊은이의 지적대로 명나라 환관 정화는 영락 3년(1405)에서 선덕 6년(1431)에 걸쳐서 일곱 차례의 대항해를 단행해서 동남아와 중동은 물론 멀리 아프리카까지 명에 복속시켰던 적이 있었다. 그리고 그것은 서양인들의 항해보다 백년이 앞섰다. 하지만 그 후로 명은 해금정책(解禁政策)으로 돌아섰지만 서양은 더욱 활발하게 해외로 진출을 하면서 항해의 주도권이 서양으로 넘어간 것이다.

아무튼 이 외진 섬에 정화의 선단을 알고 있는 자가 있다는 사실이 놀라웠다. 약전은 젊은이를 자세히 훑어보았다. 준수한 용모인데 양반 자제의 복색을 하고 있었다. 그 젊은이 말고도 예리에서 함께 다니고 있는 또래의 젊은이들은 모두 양반의 자제들이었다.

누굴까. 서재를 따로 연 지 한 달이 되었지만 약전은 아직 학동들의 구체적인 신상을 파악하지 못하고 있었다. 편견을 가지지 않으려고 일부러 관심을 두지 않았던 것이다. 사촌서당에서는 양반이건 상민이건 모두 똑같은 학동이다.

"삼보태감의 서양취보선을 알고 있었느냐. 그래 네 이름이 무엇이냐?"

약전이 호기심을 가지고 물었다.

"예리에서 온 최종문(崔鐘文)이라고 합니다."

목소리가 차분했다.

"예리는 여기서 가까운 곳이 아닌데 그동안 한 번도 빠진 적이 없는 것 같구나. 그래 걸어오느냐?"

"더러는 배를 얻어 타기도 하고 더러는 걸어서 오기도 합니다."

최종문이 공손하게 대답했다.

"보아하니 통감도 마친 것 같은데 그래 무엇을 더 배우려고 그 먼 길을 매일 오느냐? 여기서는 더 배울 것이 없을 것 같은데."

최종문은 당장 뭍의 향교로 가도 될 것 같았다. 그러고 보니 양반 가문의 자제가 왜 여태 향교에 다니지 않는지 이상했다.

"말씀대로 통감은 진작 마쳤습니다. 하지만 훈장님께서는 실학과 서학에 정통하시다고 들었습니다. 예리에서 함께 다니고 있는 친구들 모두 저와 같은 생각입니다."

실학과 서학을 배우고 싶다. 약전은 더욱 흥미를 느꼈다.

"그런 것이냐. 좋다. 그렇다면 향후 틈나는 대로 서학을 강하도록 하겠다."

약전이 흔쾌히 말했다. 그날 글공부는 그렇게 끝이 났다. 학동들은 썰물 빠지듯 복성재를 빠져나갔다. 멀리서 온 사람들이다. 그리고 빨리 달려가서 생업에 종사해야 한다.

"누구냐? 양반 댁 자제인데."

약전이 저만치서 잰 걸음을 놀리고 있는 최종문을 쳐다보며 창대에게 물었다.

58

"예리에 제법 행세를 하는 향반이 있는데 그 댁 서출입니다. 마을 사람들이 최 사과(司果)라고 부르지만 정식으로 벼슬을 한 사람은 아닙니다."

양반댁 서출이라. 약전이 고개를 끄덕였다. 짐작대로였다. 사과라면 정육품 무관직인데 아마도 선조 중에 사과직을 지낸 사람이 있던가, 아니면 그냥 듣기 좋으라고 주위에서 그렇게 불러 주는 모양이었다. 아무튼 예리에서 행세깨나 한다니 재물도 제법 지니고 있는 듯했다.

서출이라. 약전의 입에서 한숨이 새어 나왔다. 진작 통감을 마친 최중문이 왜 향교에 진학하지 않았으며 서학에 그토록 관심을 기울이는지 충분히 이해가 되었다. 영조와 정조는 서얼허통절목(庶孼許通節目)을 여러 차례 선포해서 적서간의 차별을 없애려고 했지만 뿌리 깊은 차별은 하루아침에 고쳐지지 않았다. 단지 그들의 어미가 소실이라는 이유로 서자들은 여전히 많은 차별을 받으며 살아야 했다.

그렇듯 사대부로서의 출셋길이 막힌 서자들에게 실학과 서학은 새로운 탈출구였다. 박지원이 그랬고 이덕무가 그랬으며 유득공이 그러했다. 실학을 선구했던 학자들 중에서 서자 출신이 많은 것은 결코 우연이 아니었다.

"그렇다면 앞으로 더욱 적극적으로 실학과 서학을 가르쳐야겠구나."

약전은 인재를 얻게 될지 모른다는 기대에 부풀었다.

동재에서 학동들이 글 읽는 소리가 낭랑하게 들려왔다. 학동들의 《천자문》 읽기가 일취월장하고 있었다. 서재에는 최종문을 비롯해서 김희찬과 박정산, 정영권, 강문영 등 예리에서 온 다섯 명의 서출 젊은이들과 진리의 우씨, 사리의 학동 찬이와 창대까지 여덟 명이 자리를 잡고 있었다. 약전은 이들에게 세계 지리와 서양의 산학(算學), 그리고 천문학을 집중적으로 가르치고 있었다. 그들 모두 주자학보다는 서학에 관심을 기울이고 있었다.

약전은 호기심 어린 눈으로 쳐다보고 있는 서재생들을 보며 자신이 처음 서학을 접했던 때를 떠올렸다. 주자학만이 만물의 이치요 인륜의 정도라고 우기는 고리타분한 세상에서 탈출해서 새로운 천지를 본 기분이었다. 약전은 특히 서양 산학, 즉 수학에 깊은 흥미를 보였다. 수를 셈하는 데 치중한 동양의 산학과는 달리 서양의 수학과 구고(句股 기하)는 논리적인 사고를 익히는 데 유용했다. 약전이 일찍이 계묘년(癸卯年 1783)에 소과에 급제를 했음에도 대과 급제가 늦었던 것은 서양 수학과 구고에 심취되어 대과를 소홀히 했기 때문이다.

주자학의 고루함에 흥미를 잃고 있던 약전에게 서학은 한줄기의 빛이었다. 청나라에서는 서양 선교사들을 흠천감(欽天監 천문대)에 배치하며 서학을 장려했지만 조선은 청나라보다 훨씬 완고했고 폐쇄적이었다. 그러다 보니 자연히 서자나 중인처럼 출세의 길이 막힌 사람들이 돌파구로 서학에 관심을 기울이게 되었던 것이다.

"내 일찍이 《기하원본(幾何原本)》이라는 책에 심취해서 침식을 잊고 몰두했던 적이 있었다. 그때는 정말로 새로운 세계가 열리는 기분이었다."

《기하원본》은 고대 그리스 수학자 유클리드가 쓴《기하원론》에 독일 수학자 클라비우스가 주석을 단 것으로《수리정온(數理精蘊)》과 더불어 조선에 전래된 대표적인 서양의 수학 서적이다. 약전은 일찍이《기하원본》을 읽고서 서양 수학의 논리적인 체계에 감탄을 했던 적이 있었다.

최종문을 비롯해서 서재의 학동들은 약전의 말을 한마디라도 놓치지 않겠다는 듯 귀를 기울였다. 약전의 입에서 나오는 말 모두가 그저 놀랍고 신기할 따름이었다.

"하지만 산학 서적이라면 동양에도 그에 못지않은 서적들이 있지 않습니까?《구장산술(九章算術)》이나《주해수용(籌解需用)》등은 결코 서양 수학 서적에 뒤지지 않을 훌륭한 저술이라고 생각합니다."

최종문이 질문을 하고 나섰다.《구장산술》은 후한의 정현(鄭玄)과 위(魏)의 유휘(劉徽) 등이 주석을 붙인 중원 전래의 산학 서적이고《주해수용》은 조선의 실학자 홍대용(洪大容)이 저술한 조선 산학서다.

다른 사람들은 멍한 표정으로 약전과 최종문을 번갈아 쳐다보며 두 사람의 대화에 귀를 기울였다.《구장산술》과《주해수용》을 아는 사람은 최종문밖에 없는 듯했다.

"물론이다.《구장산술》이나《주해수용》모두 훌륭한 저술로 풀이의 오묘함은 오히려 서양 수학을 능가하고 있다. 하지만 사변의 영역을 넓히고 체계적으로 논리를 수립했다는 면에서는 서양 수학이 우수하다는 사실을 부인할 수 없다. 그들에게 수는 셈을 하는 도구 이상이었다."

약전은 자신의 의견을 분명히 하면서도 반드시 그것만이 옳다고 강요하지는 않았다. 무엇이 옳고 그른지는 서재생들 스스로 판단하게끔 내버려 두었다. 서당이나 향교에서는 경전을 무조건 암기하라고 가르친다. 하지만 약전은 끊임없이 의문을 제기하고 그에 대한 답을 얻는 과정에서 학문의 깊이가 더해진다고 믿고 있었다. 그러니 최종문처럼 매사에 의문을 품고 자꾸만 따지고 드는 사람이 약전은 오히려 반가웠다. 약전은 성심을 다해서 답변해 주었다. 힘이 배로 들지만 보람은 그에 못지않았다. 향교나 성균관 같으면 있을 수 없는 일이다.

조선은 청나라와 달리 서사(西士 예수회 선교사)를 배척하고 있지만 언제까지 문을 닫고 지낼 수는 없을 것이다. 머지않아 개혁과 개방의 거센 물결이 조선에도 밀려올 것이다. 대비하지 않았다가는 맥없이 휩쓸려갈 것이다. 그러니 최종문 같은 인재를 빨리 양성해야 한다. 머리가 굳어 버린 조정 관료들이나 허구한 날 공자왈 맹자왈만 외치고 있는 성균관 유생들에게 맡길 수 없다. 약전은 하루가 다르게 지식을 쌓아 가고 있는 최종문을 보며 흑산도로 유배를 온 것이 자꾸만 하늘의 뜻일지도 모른다는 생각이 들었다.

今有雉兔同籠 上有三十伍頭 下有九十四足 問雉兔各幾何?
지금 꿩과 토끼가 같은 바구니 속에 들어 있다. 그런데 머리는 모두 서른다섯 개고 발은 모두 아흔네 개다. 그렇다면 꿩과 토끼는 각각 몇 마리씩인가?
약전이 산학 문제를 내자 서재 재생들은 일제히 고개를 숙이고 풀이에 들어갔다. 얼마 전부터 서재에서는 세계 지리나 서양 수학, 그리고 천문학을 집중적으로 가르치고 있었다.

"답은 꿩이 스물세 마리고 토끼가 열두 마리입니다."

예상대로 최종문이 제일 먼저 풀이를 마쳤다. 천원술(天元術 방정식) 중에는 간단한 편에 속하는 문제다. 최종문이 풀지 못할 리 없다. 약전은 만족한 웃음을 지어 보였다.

서재에서 서학을 가르친 지 어느덧 석 달이 되었다. 그 사이에 사리의 찬이가 집안 사정으로 서당을 그만두었고 대신에 동재에서 두 사람이 옮겨 와서 서재는 창대까지 모두 아홉 사람이 약전에게 배우고 있었다. 물론 그들 중에서 최종문이 단연 돋보였다. 약전은 조금 어려운 문제를 내기로 하고 붓을 집어 들었다.

今有圓形城 不知周徑 有四面門 乙出南門直行一百三十伍步 至此點 甲出東門直行一十六步 視此點 問城直徑幾何?

원형으로 된 성이 있다. 둘레와 지름의 길이는 알 수 없는데 사면에 문이 있다. 을이 남문을 나와서 똑바로 백삼십오 보를 걸어가서 어느 지점까지 왔다. 그리고 갑이 동문을 나와 똑바로 십육 보를 걸어간 곳에서 그것을 보았다. 그렇다면 성의 지름은 얼마인가?

천원술 중에서 어려운 편에 속하는 사원술(四元術 연립다원고차방정식)에 속하는 문제다. 약전은 최종문도 쉽게 답을 구하지 못할 것이라고 생각했다. 최종문은 심각한 얼굴로 풀이에 들어갔고 나머지 사람들은 풀기를 포기한 듯 멍한 얼굴로 서로를 쳐다봤다.

과연 답을 구할 수 있을까. 약전은 호기심을 가지고 풀이에 몰두하고 있는 최종문을 지켜보았다.

어지럽게 수식을 적어 내려가던 최종문이 고개를 번쩍 들었다.

희색이 만면했다.

"답은 이백사십 보입니다."

정답이었다.

"풀이는?"

약전은 감탄을 억누르며 해답을 얻기까지의 과정을 물었다. 수학에서 풀이 과정은 답보다 더 중요하다.

"먼저 천원(天元)을 설정해서 성의 반지름으로 삼고 남행보(南行步)로 고(股 높이)를 정한 후에 여기에 동행보(東行步)를 더하여 구(句 밑변)를 얻습니다. 그리고 현(弦 빗변)을 구하고서 이것으로 현멱(弦冪 빗변의 제곱)을 얻어서 차례로 구멱(句冪 밑변의 제곱)과 고멱(股冪 높이의 제곱)을 계산한 다음에 이들을 가감해서 반경(半徑)을 산출하면 답을 구할 수 있습니다."

최종문이 차분하게 풀이를 설명했다. 나무랄 데 없는 풀이였다. 최종문은 기대 이상으로 완벽하게 풀이를 한 것이다. 약전은 기뻤다. 흑산도에서 이런 인재를 만나게 될 줄이야. 최종문은 정녕 한양에서도 찾기 힘든 인재였다.

"훌륭하다. 나도 한때 산학과 고구에 심취해서 깊이 몰두했던 적이 있었지만 솔직히 너만 못했다. 참으로 대단하구나. 내 일찍이 담헌(譚軒 홍대용)을 만난 적이 있는데 종문이는 가히 담헌에 비교될 동량이라 칭찬하고 싶다."

약전은 흥분을 감추지 못했다. 제대로 가르치면 최종문은 정말로 홍대용에 비견될만한 훌륭한 산학자가 될 것 같았다.

"과찬이십니다. 아직 재주가 미천합니다."

최종문이 겸손하게 대답했다. 나머지 사람들은 최종문의 풀이를 가지고 이리저리 골몰하면서 답을 찾아내려 했다.

"놀랍군. 나는 풀이를 보고서도 선뜻 이해가 되질 않는데 어떻게 이렇게 빨리 풀었단 말인가."

창대가 놀란 눈으로 최종문을 쳐다봤다.

"아무래도 우리는 종문이하고 배울 수가 없을 것 같습니다."

우씨가 혀를 내둘렀다. 우씨 말대로 최종문은 다른 재생들과 너무 차이가 났다. 다른 재생들은 《양휘산법(楊輝算法)》에 실린 간단한 문제를 가지고도 전전긍긍하고 있는 판에 최종문은 《수리정온》이나 《기하원본》을 가지고 공부해도 괜찮을 것 같았다. 인재를 발굴하고 후학을 양성하는 것만큼 보람 있는 일이 또 어디에 있을까. 약전은 흐뭇한 마음으로 서재를 둘러보았다.

수학 강의는 점점 심도 있게 진행되었다. 기하는 주(周 원주율)와 향량(向量 벡터)을 거쳐서 정현(正弦 사인)과 여현(余弦 코사인), 정절(正切 탄젠트), 여절(余切 코탄젠트), 그리고 여할(余割 코세컨드)의 응용에 이르렀고 해석은 행(行 미분)과 화(禾 적분) 그리고 비례대수(比例對數 로그)를 다루면서 심도를 더해 갔다.

서재생들은 한마디라도 놓칠세라 약전을 주목했다. 잠시라도 한눈을 팔았다가는 따라가기 힘들다. 최종문을 빼고는 모두들 힘들어했지만 그래도 아직까지는 떨어져 나간 재생이 없었다.

그렇지만 이제부터는 얘기가 달라질 것이다. 최종문과 함께 예리에서 다니는 서출들은 그런대로 따라오겠지만 창대와 우씨, 그리고 동재에서 옮겨 온 재생 둘은 슬슬 뒤처지고 있었다. 사람에게는 다

제 그릇이 있는 법이기에 약전은 그들에게 더 이상 어려운 문제를 가르치지 않기로 했다.

기쁜 일이 또 있었다. 관상감의 벗 성주덕(成周悳)이 서적을 보내왔다. 약전은 일전에 성주덕에게 천문 서적과 천체관측 도구를 보내줄 것을 부탁했는데 기대했던 것보다 훨씬 많은 서적과 도구를 보내준 것이다. 성주덕은 을묘년(乙卯年 1795)에《국조역상고(國朝曆象考)》를 편찬한 바 있고 한양의 북극고도(北極高度 위도)와 동서편도(東西偏度 경도)를 정확하게 측정해서 역법 제정의 기틀을 마련한 재능 있는 역관(曆官)이다.

약전은 성주덕이 보내 준《천문략(天問略)》과《치력연기(治曆緣起)》, 그리고《일월식추보서(日月蝕推步書)》와《방성도해(方星圖解)》등을 차례로 훑어보며 성주덕의 후의에 감사했다.

서양 천문학을 집대성한《혼천전도(渾天全圖)》와 일월식 관찰을 기록해 놓은《승정원일기》사본은 성주덕이 관상감에 있기 때문에 가능했을 것이다.

약전은 일취월장하는 최종문을 보며 한양의 성주덕에게 보낼 방법을 마련키로 했다. 최종문은 틀림없이 우수한 역관이 될 것이다. 역관이 되려면 관상감 취재에 응시해야 하지만 최종문이라면 어렵지 않게 급제할 것이다. 천문을 읽고 역법을 산출해 내려면 산학에 능통해야 하는데 그렇다면 최종문만한 적임도 드물다. 약전은 최종문에게 서양 천문학도 가르칠 생각이었다.

약전은 지금 최종문을 통해서 묻어 버렸던 자신의 젊은 날의 꿈을 이루려 하고 있었다. 약전은 서학의 세계에 심취해서 대과 대신에 관상감 취재에 응할 생각도 했었다. 하지만 그것은 명문의 자제가 저 혼자의 결심으로 성사할 수 있는 일이 아니었다. 어쩔 수 없이

대과를 치르고 벼슬길에 나섰던 약전은 결국 당쟁에 휘말려 절해고
도로 유배되고 말았는데 뜻하지 않게 이곳에서 잊혔던 꿈을 되살리
게 된 것이다.

정확한 천변 관측은 농사를 짓는 데 중요하지만 출어를 하는 어
민들에게는 목숨과도 같은 것이다. 하지만 지금 조선의 실정은 정
확한 천변을 관측하는 게 불가능하다. 천문술도 많이 떨어지고 역
법도 실제 절기와 크게 다르기 때문이다. 조선은 청나라에서 역법
을 들여와서 쓰고 있는데 초기에는 그런대로 맞지만 세월이 흐르면
서 오차가 누적되면 실제 절기와 역법상의 절기 사이에 차이가 생
겨난다. 불합리를 없애려면 그때그때 역법의 오차를 수정해 주어야
하는데 그게 그렇게 간단한 일이 아니다. 정확하게 별의 운행을 측
정해야 함은 물론 복잡한 수치와 수식을 정확하게 풀어내야 하는데
그러기 위해서는 뛰어난 산학 지식이 뒷받침되어야 한다.

조선 고유의 역법을 제정할 수 있다면 더 바랄 게 없다. 그렇지만
그게 하루 이틀에 되는 일이 아니다. 당장은 청나라의 역법을 사용
하는 데 따른 오차를 제때 보정할 수 있는 우수한 역관을 많이 양성
해야 한다. 약전은 비례대수 풀이에 열중하고 있는 최종문을 보며
하루하루 초가 늘어나고 있는 어보에 비견되는 만족을 느꼈다.

━━━◈◈◈━━━

흑산도에 조기 철이 다시 돌아오면서 어민들은 바빠졌고 서당을
찾는 학동 수도 부쩍 줄었다. 하지만 약전이 직접 가르치고 있는 서
재는 조기잡이와 직접 관련이 없는 사람들이 대다수여서 우씨만이

가끔 빠질 뿐 나머지 사람들은 하루도 빠뜨리지 않고 서당을 찾아 왔고 약전의 서양 수학과 천문학 강의에 귀를 기울였다.

"지금 아조(我朝)는 남의 역법을 들여다 쓰고 있지만 애초부터 그 러했던 것은 아니다. 국초 이래로 이천(李蕆)과 장영실(蔣英實), 그리 고 이순지(李純之)와 같이 뛰어난 천문관이 많아서 천체의 운행을 정확하게 관측했고《제가역상집(諸家曆象集)》이나《천문유초(天文類 抄)》등의 저술을 통해서 천지와 일월성신의 운행도 자세히 파악했 다. 또《칠정산내외편(七政算內外篇)》이라는 고유의 역법을 제정했는 데 내편은 수시력(授時曆)을, 외편은 회회력(回回曆)을 참조해서 만들 었고 그 정확성은 중원에서 제작되었던 어느 역법에도 뒤지지 않았 다."

약전의 말대로 애초에 조선은 역법의 중요성을 인식하고서 크게 관심을 기울여 뛰어난 역법을 제정했다. 그렇지만 공자와 맹자의 가르침만이 전부인 사대부들에게 자연의 이치와 천체의 운행은 큰 관심사가 아니었다. 정삭(正朔)을 받든다며 중국의 역법을 가져다 쓰는 걸 자랑으로 여겼다. 그러니 천문 관측술이 떨어지는 건 당연 했다.

중국의 역법은 아무리 계산이 정확하다고 해도 멀리 떨어진 곳을 기준으로 삼았기에 세월이 흐르면서 오차가 발생하게 되었고 달력 의 절기와 실제 절기가 달라지면서 농사를 짓고 고기를 잡는 데는 물론 장사를 하는 데도 불편이 따랐다. 그럼에도 사대부들은 여전 히 실용학문을 멀리하고 있었다.

"그러면 지금 조선에서 택하고 있는 역법은 어떤 것입니까?"

예리에서 온 김희찬이 물었다. 최종문만큼 인재는 아니지만 그래 도 꽤나 열성인 재생이다.

"아조는 효종 4년(1653)부터 시헌력(時憲曆)을 쓰고 있다. 국초에는 대통력(大統曆)을 썼지만 시헌력이 훨씬 우수한 역법이기에 그것으로 바꾸었다."

시헌력은 탕약망(湯若望 독일 출신 선교사 아담 샬)이 제작한 것으로 구면삼각법을 채택한 혁신적인 역법이다. 시헌력은 그 외에도 달의 지반경차(地半徑差)나 대기차(大氣差), 근일점 이동 등을 새로 도입해서 기존 역법의 가백니(歌白尼 코페르니쿠스) 체제를 탈피하고 새로 제곡(第谷 타코 브라헤) 체계를 받아들이면서 역법의 신기원을 이루었다. 하지만 이 시헌력도 세월이 흐르면서 오차가 발생하고 있었다.

기준점이 되는 청나라에서도 틀리는 역법을 조선에서 쓰려니 불편한 점이 한둘이 아닌데 문제는 그게 다가 아니다. 청나라는 원나라나 명나라와 달리 역법을 전수하는 데 부정적이었다. 할 수 없이 조선 역관들은 북경의 흠천감을 찾아가서 통사정도 하고 관원들도 매수하면서 간신히 역법을 배워 와서 그때그때 오차를 보정해서 쓰고 있었다. 언제까지 땜질을 하면서 살 수는 없다. 근본적인 해결책은 조선 고유의 역법을 새로 제정하는 것이다. 약전은 최종문에게서 젊은 날의 꿈을 되살려 보기로 했다.

"대국의 정삭을 받들어야 할 처지라고 해도 그렇지 칠정산이라는 우수한 역법이 있음에도 청으로부터 역법을 빌어다 쓰고 있다는 것이 도무지 이해되지 않습니다."

최종문이 분개했다. 아마 다른 사람들도 같은 심정일 것이다. 그것은 약전이 예상을 하고 있던 질문이다.

"아무리 훌륭한 역법을 가지고 있다고 해도 이를 운용할 우수한 역관이 없고 오차를 보정할 천체관측을 소홀히 하면 아무런 소용이 없다. 아조는 세종대왕 때 명나라를 능가하는 훌륭한 역법을 제정했음에도 그 후에 천체관측을 소홀히 했기에 지금은 남의 나라 역법을 빌어다 쓰고 있는 꼴이 되었다.”

그것이 엄연한 조선의 현실이다. 세종조의 찬란했던 문물은 자취를 감추었고 지금은 밤하늘의 별을 쳐다보는 것은 사대부가 할 일이 못 되는 것으로 치부되고 있었다.

“공리공론에 빠져서 당파 싸움이나 일삼는 자들이 어찌 천문 운행의 오묘한 이치를 이해하겠습니까.”

최종문의 말에 뼈가 있는 것 같았다. 아마도 서출이기에 겪어야 했던 쓰라린 현실에서 비롯되었을 것이다.

“그렇기는 하지만 진작 천문의 중요함을 깨달은 사람도 많았다. 담헌같이 뛰어난 실학자가 있었음을 잊어서는 안 된다.”

일찍부터 서양 천문학에 관심을 보였던 홍대용은 산학에도 조예가 깊어서 그대로 정진을 했으면 조선 고유의 역법을 제정할 수 있었을 텐데 그리되지 못한 것은, 혼자의 힘으로 헤쳐 나가기에는 현실의 벽이 너무 높았기 때문이다. 그런 면에서는 최종문 같은 서출이 훨씬 자유로울 것이다.

“담헌도 하늘은 둥글고 땅은 모나다는 공자의 가르침을 정면으로 반박할 용기가 없었던 모양입니다.”

최종문이 정곡을 찌르고 나섰다. 그의 말대로다. 역법을 제정하기 위해서는 산학과 천문학 지식만 가지고는 부족하다. 완고한 사대부들과 당당하게 맞서 싸울 수 있는 배짱과 신념이 필요했다.

날카롭지만 어딘지 모르게 냉소가 섞여 있는 듯한 최종문의 눈. 재기를 타고난 서출의 전형적인 모습일 것이다. 약전은 최종문이 우수한 역관이 되기 위해서는 따뜻한 마음으로 세상을 보는 안목이 먼저 필요할 것이라고 생각했다. 비뚤어진 심성으로 세상을 보면 세상도 비뚤어 보일 것이다. 그렇다면 최종문에게는 산학과 천문학 외에도 올바른 인성을 심어주는 것이 급선무일 것이다.

"조기 철이라 바쁠 테니 열흘 동안 강을 파하겠다. 집안일을 거들 도록 해라."

한 접장이 맡고 있는 동재의 학동들이라면 모를까 서재의 재생들은 창대와 우씨를 빼면 조기 철이라고 따로 바쁠 사람은 없지만 그동안 배운 것들을 익힐 시간도 줄 겸해서 약전은 일시로 강의를 쉬기로 했다.

힘들게 따라가던 강의다. 뜻밖에 숨 쉴 틈을 얻은 학동들은 얼굴에 화색이 돌았다. 약전은 보따리를 꾸리는 최종문을 불러 세웠다. 그리고 성주덕이 보내준 문헌 중에서《치력연기》와《일월식추보서》, 그리고《혼천전도》를 골라내었다.

"쉬는 동안에 이것들을 가져가서 집에서 읽어 보도록 해라."

최종문은 떨리는 손으로 책을 받아 들었다. 말로만 듣던 귀한 책들을 직접 대하게 된 것이다.

＊

박성태의 술잔이 비자 옆에서 교태를 부리고 있던 기녀가 얼른 술병을 집어 들었다. 예리의 숭양서원(崇陽書院)은 대개의 서원들이 그러하듯 서원 인근에 주사(酒肆 주막)를 정해 놓고서 수시로 유흥을 벌이고 있었다. 물론 술값은 향반과 토호들 부담이다. 숭양서원의 동주(洞主) 박성태는 술이 올라 불콰해진 얼굴로 최용우에게 잔을 내밀었다. 동주는 서원 원장이며 향유(鄕儒)를 대표하는 자리다. 관아의 수령들도 함부로 대하지 못했다.

"최 사과를 청금록(靑衿錄)에 올리기로 했소. 최 사과 같이 덕망이 있는 사람이 도와주지 않으면 어떻게 서원을 꾸려가겠소."

청금록에 이름이 올랐다는 것은 서원에서 열리는 춘추향사(春秋享祀)에 참가할 자격이 주어졌다는 말이다. 서원의 향사에 참례하여 문묘를 배알하는 것은 지방 양반에게는 더 없는 영광이다.

"가문의 광영이올시다. 다 동주께서 힘을 써 준 덕분이오."

최용우 역시 술이 올라 벌게진 얼굴로 사례를 했다. 동주 박성태는 제가 크게 힘이라도 쓴 양 생색을 냈지만 최용우가 청금록에 기재된 것은 이번에 제법 넓은 땅을 원입전(願入田)으로 갖다 바쳤기 때문이다.

서원의 민폐는 극에 달하고 있었다. 서원에서 소용되는 경비를 충당하기 위해서 나라에서 따로 서원전을 내렸음에도 서원은 각종 명목을 붙여서 향반과 토호, 그리고 백성들로부터 돈을 뜯어내고 있었다. 서원의 착취와 악행이 하도 심해서 나라에서 악명 높은 몇몇 서원을 철폐하기도 했지만 그래도 폐단은 사라지지 않았다. 조선은 유학을 신봉하는 나라다. 서원은 공자의 제사를 모신다는 구실로 지방 관아 위에서 호령하고 있었다.

서원에서는 향사에 소요되는 경비를 갹출한다는 명목으로 묵패(墨牌)를 마구 돌리고 원보(院保)를 강제로 징수했다. 서원에서 발행한 묵패를 받은 사람은 군말 없이 돈을 갖다 바쳐지 그렇지 않으면 끌려가서 온갖 봉변을 다 당한다. 서원이 사사로운 형벌을 공공연히 자행해도 지방 수령이 어쩌지 못하는 현실이다. 괜히 그들의 비위를 건드렸다가는 수령의 목이 달아날 판이다.

특히 액외 원생들이 문제였다. 서원의 원생은 애초에는 지방의 진사나 초시들이 맡아서 향촌의 풍기를 다스리고 문묘 향사를 주관했는데 나중에는 초시에도 급제하지 못한 자들도 끼어들면서 물이 많이 흐려졌다. 그런대로 먹고살만한 상민의 자제들이 미포(米包)를 서원에 바치고 액외 원생 행세를 하며 물의를 일으키고 있었다. 서원의 세도는 한양의 권문세가를 능가했다.

서원철폐령이 내려진 이후로 뭍의 명망 있는 사액서원(賜額書院)들은 주변 눈치를 살폈지만 서해 먼 섬 흑산도는 남의 얘기여서 숭양서원의 동주 박성태는 소왕국의 군주로 무소불위의 권세를 행사하고 있었다. 숭양서원에 딸린 집강(執綱)과 도유사(都有司) 들도 지방 관헌을 우습게 보고 있었다.

"자식 놈을 한양으로 보냈으면 합니다만."

분위기가 무르익었다고 판단하자 최용우가 조심스럽게 입을 열었다. 아들 종기가 숭양서원에서 글을 배우고 있었다.

"성균관에 보낼 생각이시로군. 하긴 우리 숭양서원에서도 성균관 유생을 배출할 때가 되었지."

박성태가 거드름을 피우며 대답했다.

"그렇습니다. 자식 놈이 성균관 유생이 되면 숭양서원에도 크나큰 광영일 겁니다."

최용우는 흑산도에서 행세깨나 하는 향반이며 재물도 상당한 토호로 예리에서 출어하는 고깃배들 중 상당수가 그의 소유다. 그리고 나주에서 소작을 주고 있는 땅도 상당한 토호였다. 사과라고 하지만 물론 정식 벼슬은 아니다. 재물을 주고 적당히 얻은 이른바 산직(散職)이었다. 그래서 최용우는 자식만큼은 자기처럼 이름뿐인 체아직(遞兒職)이 아닌 제대로 된 벼슬자리에 앉히고 싶었던 것이다.

박성태는 눈을 감고 가늠해 보았다. 최용우가 누군가. 흑산도의 옥답은 전부 그의 소유고 배도 수십 척 가지고 있는 알짜배기 부호다. 당연히 숭양서원에 예납을 제일 많이 하고 있다. 오늘 이 자리도 최용우가 마련한 것이다. 최용우는 작년부터 숭양서원을 출입하고 있는 자식 최종기를 성균관에 보낼 수 있다면 재물을 아끼지 않을 것이다. 그리고 정말로 최종기가 성균관 유생이 되면 서원으로서도 대단한 광영일 것이다.

박성태는 입맛이 썼다. 그리만 되면 누이 좋고 매부 좋은 일이지만 문제는 최종기의 자질이었다. 그 머리로 성균관 유생을 바라보는 건 언감생심 꿈도 꾸지 못할 일이다. 그래도 어떻게 해보려고 붙잡아 놓고서 가르쳐 보기도 했지만 아무리 닦달을 해도 최종기의 문리(文理)는 조통(粗通)의 수준을 넘지 못했다. 최종기가 성균관 유생을 꿈꾸는 것은 갓난아이보고 뛰어가라는 격이다. 성균관은커녕 나주 향교에 보내도 얼마 안 돼 쫓겨 돌아올 것이다.

그렇지만 박성태는 그 사실을 꾹 숨기고 있었다. 최용우는 계산이 밝은 자다. 최종기에게 가망이 없다는 사실을 알면 앞으로는 구리 동전 한 푼 내놓지 않을 것이다. 최용우가 떨어져 나가면 숭양서원은 커다란 돈줄을 잃게 된다. 그렇다고 마구잡이로 묵패를 돌릴 수도 없는 판국이다. 아무리 외딴섬이라고 해도 엄연히 서원철폐령이 내려진 마당이다.

방법이 없을까. 도저히 가망이 없는데 그렇다고 이제 와서 안면을 몰수하는 것도 좋은 방법이 아니다. 최용우는 나주 관아와 한양 조정의 유력 인사들과도 줄이 닿아 있다. 행여 최용우의 돈을 날로 먹었다가는 뒤가 무사하지 못할 것이다. 수가 없을까. 할 만큼 해봤지만 최종기는 영 자질이 아니었다.

"종기는 열심히 글을 읽고 있소. 하지만 성균관 유생이란 게 그리

만만한 자리가 아니오. 조선 팔도의 인재들이 다 몰려드는 곳이니까."

"그야 여부가 있겠습니까. 그래서 이렇게 특별히 당부드리는 것이 아니겠습니까. 그저 어떻게 해서든 그놈만 성균관에 넣어 주시면 내 무엇을 아끼겠습니까."

최용우는 필사적으로 박성태에게 매달렸다. 그도 자기 자식이 둔재라는 사실을 잘 알고 있었다. 박성태는 난처했다. 인력으로는 안 되는 일을 날 보고 어쩌란 말인가.

"최 사과에게 자식이 또 있소?"

박성태는 혹시나 하는 마음에서 물었다.

"덕을 쌓지 못했는지 그만 자식이라고는 그놈 하나뿐입니다. 서출이 한 명 있기는 하지만 어디 자식이라고 내놓고 얘기할 수 있겠습니까."

최용우에게 서출이 있었군. 하긴 그의 말대로 서출은 온전한 자식이라고 할 수 없다.

"그렇소? 그래 그 아이는 나이가 몇이오?"

기왕에 꺼낸 얘기다. 박성태는 지나가는 투로 물었다.

"종문이라고 종기보다 한 살 아래이니 이제 열여덟이 되었지요."

그런가. 박성태는 슬쩍 화제를 돌렸다. 일단 시간을 벌 필요가 있었다.

"최 사과에게 서출이 있는 줄 몰랐소. 그런데 왜 그 아이는 서원에 보내지 않는 거요? 나라에서도 서얼차별 금령을 내렸지만 우리 서원에서는 진작부터 적서를 차별하지 않고 원생으로 받아들이고 있소."

박성태는 제법 도량 넓은 것처럼 말했지만 최용우의 자식을 한

명 더 받으면 따르는 예납이 쏠쏠할 것이란 계산이 앞섰기 때문이다. 더구나 서자라면 더 많은 걸 뜯어낼 수도 있다. 최종기는 성균관 유생이 되기는 애초부터 틀린 아이다. 그러니 어차피 최용우와는 적당할 때 결별해야 한다. 그 전에 뜯어낼 수 있는 걸 다 뜯어낼 요량이었다.

"아무리 세상이 변했다고 하지만 서출이 무슨 서원을……. 듣자니 그놈은 요즘 사리를 들락거리며 그곳 서당에 다닌다고 하던데 내 모른 척하고 있습니다. 서출에게 그 정도면 족할 것입니다."

최용우는 오로지 적자 종기에게만 관심이 있었다.

"사리를 들락거리며 글을 배운다니 그럼 그 병조좌랑을 지내다 유배를 온 자가 새로 열었다는 서당에……?"

박성태가 얼른 되물었다. 그러고 보니 들은 게 있었다.

"그렇습니다. 그자가 사리에 서당을 열고서 학동들에게《천자문》을 가르치고 있다고 하더군요."

"흠. 나이가 열여덟이면 향교를 마치고 성균관에 진학했을 나이인데 이제 와서《천자문》이라니. 최 사과께서 너무 하신 것 아니오? 아무리 서출이라고 해도 그렇지."

박성태가 점잔을 빼며 말했다. 하지만 최용우는 별 반응을 보이지 않았다. 서출을 생각해서 그러는 것이 아니고 재물이 탐나서 빤한 소리를 하는 걸 최용우가 모를 리 없었다.

"최 사과의 서자뿐만 아니고 예리 향반들의 서출들은 지금 모두 사리의 서당에 다니고 있다고 합니다."

숭양서원에서 향사를 주관하고 있는 도유사가 두 사람의 대화에 끼어들었다.

"그게 무슨 소리야? 예리 향반의 자제들이 사리 서당에 다니다니.

아무리 서출이라고 하지만 《천자문》이나 《동몽선습》 따위는 이미 익혔을 것이 아닌가."

박성태가 언성을 높였다. 이제 예납을 늘리는 데 한계가 있다. 그래서 박성태는 향리의 서출들을 원생으로 받아들일 생각으로 기회를 엿보고 있었다. 그렇지 않아도 최종문이 이미 사리의 서당에 다닌다는 말에 김이 샜던 박성태는 향리의 서출들이 전부 사리 서당에 다닌다는 말에 정신이 번쩍 들었다.

"《천자문》은 다 뗐을 텐데 대체 사리 서당에서 뭘 배우겠다고 그 먼 곳까지 간단 말인가."

박성태가 눈을 부릅뜨고 도유사를 다그쳤다.

"사리 서당에서는 서학을 강하고 있다고 합니다."

동주가 화를 내자 도유사가 벌벌 떨며 간신히 대답했다.

"지금 서학이라 했느냐?"

박성태의 눈이 가늘게 찢어졌다. 이건 또 무슨 소린가. 서학이라니. 전직 병조좌랑이 흑산도로 유배되어 사리에 머물고 있다는 사실은 물론 알고 있었다. 들리는 소문에 의하면 어보를 만든답시고 어부들과 어울려 지낸다고 했다. 사대부 체면에 어민들과 어울려서 물고기 따위를 뒤지고 있다니. 그것만도 혀를 찰 판인데 사람들을 모아 놓고서 서학을 가르치고 있단 말인가. 이것은 간단히 넘어갈 일이 아니었다.

"말도 안 되는 소리. 서학이라는 게 제 조상 제사도 지내지 않는다는 서양 오랑캐들의 학문이거늘 어찌 그런 해괴한 것을 가르친단 말이냐."

박성태는 화가 치밀었다. 서원의 동주는 고향의 풍기를 규찰할 소임이 있다. 그런데 죄인이 서당을 열고서 서양 오랑캐의 학문을 가르치고 있다니. 절대로 그냥 넘어갈 일이 아니었다.

"그렇습니다. 서학이란 게 불씨여론(佛氏餘論)이요 묵씨지류(墨氏之流)에 불과합니다. 요설로 혹세무민을 일삼는 아주 사악한 것입니다."

집강이 얼른 맞장구를 쳤다. 서학에서 내세우는 내세라는 것이 불교의 그것과 다를 것이 없으며 원수를 사랑하라는 교리도 묵자의 가르침과 다를 것이 없다는 말이다.

"자고로 미풍양속을 어지럽히는 자는 훼가출향(毀家黜鄕)시키는 것이 유가의 전통입니다. 그자가 지금 죄인 신분을 망각하고 경거망동하고 있는데 그대로 두어서는 안 될 것 같습니다."

도유사도 질세라 동주의 비위를 맞추고 나섰다.

'괘씸한……'

박성태는 당장 달려가서 요절을 내고 싶었지만 일단은 참기로 했다. 학동들을 모아 놓고 글을 가르친다는 데야 관에서도 뭐라 하지 않을 것이다. 그리고 병조좌랑을 지낸 인물이다. 한양에 벼슬을 하는 지인이 많을 것이다. 지방 관아의 서리를 잡아 오는 것과는 다르다.

"최 사과의 서출이 그런 곳에 다니고 있다니 심히 유감이오. 아무리 서출이라고 해도 그렇지 어떻게 자식에게 그리도 무심할 수가 있소. 이제는 옛날과 달라서 서출들도 얼마든지 벼슬을 하는 세상이오. 그런 마당에 어찌 혹세무민을 일삼는 자에게 자식을 맡긴단 말이오?"

박성태는 점잖게 최용우를 타일렀다. 최용우를 적당히 압박할 필요가 있다. 졸지에 일격을 당한 최용우는 얼굴이 벌개져서 묵묵히 술잔만 기울였다. 그러나 저러나 예리 서출들이 모조리 사리 서당

에 다니고 있다는 사실은 절대로 그냥 넘어갈 일이 아니다. 박성태
는 무슨 수를 내야겠다고 생각했다.

—◇—

　최용우는 비틀거리며 대문을 들어섰다. 과음은 했지만 정신은 말
짱했다. 눈치가 훤한 최용우다. 종기는 대과는 말할 것도 없고 성균
관 유생도 바라기 힘들다는 사실을 최용우도 잘 알고 있었다. 어쩌
면 초시도 힘들지 모른다. 그래도 포기를 하지 않은 것은 어떻게 해
서든 자식만큼은 꼭 실직에 앉히고 싶었기 때문이다. 재물이라면
있다. 동주 박성태는 돈이 되기만 하면 무슨 짓도 하는 위인이라는
사실은 잘 알고 있다. 그렇지만 최용우는 지푸라기라도 잡고 싶은
심정이었다.
　"예전처럼 적서 차별을 하지 않는 세상인데 서출 아이를 우리 서
원에 보내실 의향은 없으시오?"
　박성태가 서출 종문이에게 관심을 보였는데 그가 왜 그러는지
최용우는 잘 알고 있었다. 물론 어떻게 하면 미포를 더 뜯어낼까 하
는 속셈이겠지만 그 외에도 종문이를 받아들이면 다른 서출들도
따라서 들어올 거란 계산도 했을 것이다. 그렇게 되면 적지 않은 미
곡이 서원의 창고에 쌓일 것이다. 그것은 명분도 좋고 실리도 있는
일이다.
　"성균관 유생이 되기에는 종기의 문재가 모자라는 게 사실이지만
그래도 궁하면 통한다고 알아보면 길이 없지도 않을 것이오. 일단
초시에 급제한 후에 여기저기를 쑤셔 보면 대과까지야 바라지 못하

더라도 성균관에 들어가는 가는 길이 있을 것이오.”

헤어지기 전에 박성태는 또 그렇게 말했다. 속셈이 뻔한 데도 귀가 솔깃해졌다. 박성태 말대로 대과까지는 바라지 못하더라도 성균관 유생만이라도 된다면 더 바랄 게 없는 게 최용우의 솔직한 심정이었다.

‘성균관 유생이라……’

박성태는 종문이를 서원에 보내면 무슨 수를 써서라도 종기를 성균관에 들여보내 주겠다고 했다. 속이 뻔히 들여다보이는 말이었지만 지푸라기라도 잡고 싶은 심정의 최용우는 귀가 솔깃했다. 그러고 보니 그동안 소실과 서출 종문이에게 너무 무심했던 것도 같았다. 그렇다면 이 기회에 선심을 베푸는 것도 나쁘지 않을 것이다. 더구나 가문의 장손인 종기를 위하는 길 아닌가.

내당으로 향하던 최용우는 걸음을 멈추고 별채로 발길을 돌렸다. 그곳은 서자 최종문과 그의 생모가 기거하고 있는 곳이다. 주위가 생소하게 느껴지는 것이 꽤 오랫동안 발길을 끊었던 모양이다.

“있느냐!”

최용우의 말이 떨어지기가 무섭게 문이 열리며 소실이 얼른 마당으로 내려섰다. 바느질을 하고 있었던지 손에 골무가 끼워져 있었다.

‘합삭(合朔)일 때 달은 지구와 태양 사이에 있다. 그리고 일식(日食)이란 달이 해를 가리는 것으로 해가 없어지는 게 아니다.’

최종문은 일식의 원인과 진행을 자세히 설명해 놓은 《혼천전도》

의 〈일월교식도(日月交食圖)〉를 보며 감탄했다. 〈일월교식도〉는 일식의 원인과 경과에 대해서 자세하게 설명하고 있어 모든 의문이 한꺼번에 해소되는 기분이었다.

일식이란 무엇인가. 옛 사람들은 일식이 발생하면 해가 사라진 것으로 알고 몹시 두려워했지만 지금은 해가 잠시 달 그림자에 가려지는 것임은 잘 알고 있다. 그래도 해가 사라진다는 것은 범상치 않은 일이기에 일식이 일어날 기미가 있으면 관상감의 역관들이 목멱산(木覓山 남산)에 올라가서 하늘을 관측하고 불화살을 쏘아서 일식의 진행을 궁궐에 알렸고 임금은 근정전 월대(月臺)에 납시어 경과를 지켜보았다. 그만큼 일식은 중요한 천문 현상이다.

최종문은 《혼천전도》를 덮고서 생각에 잠겼다. 참으로 귀중한 문헌들이고 그림들이다. 관상감은 어떤 곳일까. 한양 선비님께서 자기도 한때 관상감에서 일할 생각을 가지고 있었다던 말이 떠올랐다. 일식을 정확히 예견하는 것이 관상감의 중요한 소임이다.

관상감이라……. 최종문은 가슴이 뛰었다. 아직은 실력이 일천하지만 꾸준히 정진하면 역법을 제정하고 일식을 예측하는 것도 가능할 것 같았다. 하늘의 움직임을 정확하게 내다보면 농사를 짓고 장사를 하는 데 큰 도움이 될 것이다.

"종문이 있느냐?"

밖에서 모친이 부르는 소리가 들렸다. 최종문은 책을 덮고 일어서서 문을 열었다. 모친은 방으로 들어서더니 쌓여 있는 문헌들에 눈길을 주었다. 그리고 조용한 목소리로 물었다.

"사리 서당에서 얻어온 책들이냐?"

"그렇습니다."

다른 향반의 소실들이 대부분 기녀나 상민들의 여식인데 비해서 최종문의 모친은 중인 가문의 여식이었다. 최종문의 외조부는 감영에서 호방을 지낸 사람인데 가세가 기울면서 딸을 향반의 소실로 들어앉힌 것이다. 최종문이 셈이 밝고 산학에 빨리 적응하는 것은 외조부로부터 재능을 물려받았기 때문이다.

"듣자니 그곳에서는 경전 말고 서학을 가르친다고 하더구나."

무슨 말을 하려는 것일까. 최종문은 탐색하듯 모친의 얼굴을 살폈다.

"그렇습니다. 사리의 선비님은 한양에서도 명망이 높았던 실학자입니다. 그런 분을 흑산도에서 뵙게 된 것은 크나큰 행운이지요."

최종문이 자신 있게 대답했다. 최종문의 소원은 하루속히 모친을 모시고 이 집을 떠나는 것이다. 내당 마님과 적실 형제들의 핍박이 심했다. 최종문은 모친을 모시고 한양으로 올라가서 관상감 취재에 응시할 결심을 굳히고 있었다.

"나리께서 들르셨다. 너를 숭양서원에 보내겠다고 하시더구나."

나를 숭양서원에? 뜻밖이었다. 그곳은 한 살 위 이복형 최종기가 다니고 있다. 부친은 최종기를 어떻게 해서든 성균관 유생으로 만들려 애쓰고 있다는 사실은 최종문도 알고 있었다. 그리고 최종기의 자질로는 어림도 없는 일이란 사실도 잘 알고 있었다.

최용우는 적자와 서자를 엄히 구별하고 있기에 최종문은 최용우를 나리라고 불러야 했다. 그런 부친이 갑자기 왜 그런 말을 꺼냈을까. 최종문은 경계심부터 일었다. 왠지 모종의 속셈이 있을 것 같았다.

"소자는 고리타분한 경전보다는 실제 생활에 유용한 학문을 공부하고 싶습니다."

최종문은 고맙다는 생각이 조금도 들지 않았다.

"종기 도령이 별로 영특치 못하다는 사실은 너도 잘 알고 있을 것이다. 그래서 나리께서는 네게 기대를 걸고 계시는 듯하구나."

그래서 나를 서원에……? 아마도 모친은 부친으로부터 그런 언질을 받은 모양이었다. 하지만 최종문은 쉽게 수긍이 되지 않았다. 부친은 적자를 제치고 서출을 내세울 사람이 아니다. 더구나 내당 마님은 성정이 사나운 여인이어서 절대로 그런 꼴을 보지 않을 것이다. 무슨 까닭일까. 모친은 큰 은혜라도 입은 양 기뻐하고 있지만 최종문은 사정을 소상히 알아봐야겠다고 생각했다.

"소자는 사서삼경이나 외우는 서원 따위는 다닐 생각이 없다고 나리께 전해 주십시오."

최종문은 차갑게 대답했다. 불길한 예감을 떨쳐 버리기 힘들었다. 서자가 성균관에 들어가는 것도 예삿일이 아니지만 설사 기회가 주어져도 최종문은 대과보다는 취재를 봐서 관상감 역관이 될 생각이었다.

숭양서원의 동주 박상태를 떠올리자 예감이 더욱 불길했다. 말로는 조부가 예조참의를 지냈다고 하는데 사실 여부는 분명치 않았다. 박성태는 탐관오리의 자질을 타고 나서 나라에서 지정해 준 서원전이 있음에도 원입전이네 학전이네 하며 갖은 구실을 붙여 향반들로부터 재물을 짜냈고 봄가을에는 향사를 지낸다는 명목으로 예납을 긁어모으고 있었다.

부친은 그렇다고 해도 동주는 무슨 속셈으로 나를 받아들이겠다고 했을까. 최종문은 궁리를 했지만 선뜻 답이 떠오르지 않았다.

"나리께서 모처럼 우리 모자를 생각해서 큰 은혜를 베푸셨는데 너는 어찌도 그리 매정하게 말을 하느냐."

최종문의 모친이 섭섭한 얼굴로 최종문을 나무랐다. 내당 마님에게 온갖 구박을 다 받고 살면서도 불평 한마디 하지 못하는 불쌍한 여인이다. 최종문은 오로지 순종만을 아는 모친을 보며 저도 모르게 부아가 치솟았다.

"과연 나리께서 소자를 생각해서 원생이 되라고 하시는 것인지 소자는 의심스럽습니다."

"네 어찌 그런 말을 입에 담느냐. 당연히 나리께서 우리 모자를 생각해서 베푸신 은혜거늘."

모친의 얼굴색이 백지장이 되었다.

"소자는 먹다 남은 반찬을 던져주면 꼬리를 흔들며 달려오는 개가 아닙니다. 피죽을 끓여 먹고 살더라도 내 손으로 벌어서 먹고 살겠습니다."

최종문이 결연한 표정으로 말했다. 모친은 고개를 떨구더니 눈물을 흘렸다. 그녀라고 어찌 경계심이 일지 않았겠는가. 소실의 자식으로 태어난 죄로 온갖 구박을 다 받아 가며 살아야 했던 불쌍한 아들이다. 그런 마당에 갑자기 서원에 다니라는 것은 아마도 종기 도령과 관계가 있을 것이다. 자세한 것은 모르겠지만 종문이를 종기 도령의 발판으로 삼으려 하는 것 같았다.

영특한 종문이가 그걸 눈치 채지 못할 리가 없었다. 최종문은 말없이 눈물을 흘리는 모친을 보며 가슴이 찢어질 것만 같았다.

"어머니 소자가 잘못했습니다. 경솔한 말로 어머니 속을 아프게 해드렸습니다."

최종문이 얼른 모친께 사과했다. 모진 고생을 하면서도 오로지 자기 하나만을 보며 참고 사는 모친이다. 원망스러운 세상이지만 그래도 어떻게 해서든 모친을 기쁘게 해 드리고 싶은 게 최종문의 솔직한 심정이었다.

열흘 만에 서당이 다시 문을 열었다. 하지만 당분간은 오후에 서당 문을 열 예정이다. 아직은 집에 일이 많을 것이다. 그동안 집안일을 도왔던 동재의 학동들이 하나둘씩 모여들었다. 서재생들도 건강한 모습을 하고서 다시 복성재로 돌아왔다. 모두 반가운 얼굴들이다. 학동들은 한시학 접장을 따라서 동재로 가고 서재생들은 복성재로 올라왔다. 창대는 미리 와 있었다.

"별고 없으셨습니까?"

재생을 대표해서 최종문이 약전에게 문안을 여쭈었다. 김희찬과 박정산, 정영권, 강문용 등 예리에서 온 재생들과 진리의 우씨가 차례로 넙죽 절했다.

"그래. 이렇게 다시 모이니 기쁘구나."

약전은 오랜만에 모인 재생들을 진심으로 반겼다. 동재와 서재로 나뉜 서당은 이제 그런대로 자리를 잡았다. 떨어져 나갈 사람은 대강 떨어져 나갔고 글공부에 매진할 사람들만 남은 셈이다.

서당을 꾸려 가려면 돈이 들게 마련인데 학동 부모들이 얼마씩 추렴해서 해결하고 있었다. 참으로 고마운 사람들이다. 그리고 또 마음 든든한 것은 한양의 친지들이 계속해서 문헌과 도화, 그리고 기구들을 보내주고 있다는 사실이다. 그 사이에 문헌들이 착실히 늘어서 복성재는 이제 서고를 따로 꾸며도 될 정도가 되었다.

강의를 다시 시작하면서 약전은 본격적으로 서양 천문학을 가르치기로 했다. 혼천의를 간단하게 축소시킨 간의(簡儀)와 태양의 고도를 측정해서 시각을 알아내는 규표(圭表), 그리고 방위지정표인 정방안(正方案) 등의 기구가 확보되어서 이제부터는 직접 천체를 관측할 수 있다. 그리고 오석경(烏石鏡)과 규일경(窺日鏡)은 일식을 관측할 때 눈을 보호해 줄 것이다. 재생들은 각종 천문 관측 도구들을 신기한 눈으로 쳐다봤다. 하긴 한양에서도 쉽게 구경하기 힘든 귀한 물건들이다.

"관상감에서 천문을 관측할 때 사용하는 도구들이로군요. 책을 통해서 알던 것을 이렇게 직접 대하니 감개가 무량합니다."

최종문은 천문 관측 도구에서 눈을 떼지 않았다.

"그렇다. 앞으로 이것들을 써서 직접 천문을 관측하고 천체의 운행을 살필 것이다."

약전은 벌써부터 의욕이 솟았다. 꼭 오래지 않아서 조선 고유의 역법을 제정할 수 있을 것 같았다. 역법을 마련하려면 꾸준히 천체를 관측해야 하는데 우리 선조들은 오래전부터 하늘의 움직임을 살펴 왔다. 그와 관련된 삼국시대와 고려조의 기록도 많이 남아 있다. 그리고 조선조에 들어서면서 일식을 예측하고 공표하기 시작했는데 일식이 시작되면 임금이 친히 월대로 행차하여 구식례(求食禮)를 거행했다. 그만큼 일식과 월식은 큰 행사였다.

첫날은 그렇게 재생들에게 우리 역법과 천체관측의 중요함에 대해서 설파하는 것으로 끝을 맺었다. 강의가 끝나면 실제로 밤하늘을 올려다보며 관측과 계산을 할 것이다.

신시(申時 오후 3시)가 되어서 서당 문을 열었기에 강을 파했을 때는 어느덧 밖이 어둑어둑했다. 동재는 진작 파했는지 조용했다. 다소 늦게 끝났기에 예리까지 가려면 서둘러야 한다. 재생들은 인사를 하고 서둘러 복성재를 빠져나갔다.

"많은 것을 배웠습니다."

최종문이 빌려 갔던 서적들을 내밀며 사의를 표했다. 약전은 재생들을 배웅할 겸 밖으로 나섰다. 바람이 시원했다.

"그런데 종문이에게 무슨 일이 생긴 것 아니냐? 얼굴에 근심이 가득하던데."

"선비님께서도 그리 보셨습니까? 실은 그 일로 해서 선비님께 말씀을 드리려던 참이었습니다."

접장을 맡고 있는 창대는 재생들의 신상에 대해서 관심을 기울이고 있었다.

"직접 물어보지는 않았습니다만 아마도 집안에 무슨 일이 있는 듯합니다. 서출이다 보니 아무래도 이런저런 일이 생길 텐데 함께 다니는 자에게 은밀히 물어보겠습니다."

"그렇게 하거라. 너도 짐작하고 있겠지만 나는 종문이에게 큰 기대를 걸고 있다. 여건이 되는 대로 한양으로 보내서 관상감 취재에 응하게 할 생각이다."

"종문이라면 틀림없이 취재에 급제해서 훌륭한 역관이 될 겁니다."

"나도 그리 생각한다. 빨리 훌륭한 역관이 많이 배출되어서 농사를 짓는 사람, 장사를 하는 사람들에게 불편이 없도록 우리 실정에 맞는 역법을 만들어야 한다."

밤하늘을 쳐다보는 약전의 얼굴에 기대가 가득했다.

───◆───

최용우는 부인이 눈에 쌍심지를 켜고 들어서는 것을 보며 혀를 찼다. 보나 마나 종문이를 서원에 보내기로 했다는 말을 듣고 따지러 온 길일 것이다.

"영감, 종기 말로는 종문이도 숭양서원에 보낼 것이라던데 그게 사실이오?"

"그렇소."

최용우는 귀찮다는 듯 대답했다. 무슨 말을 하려는지 뻔했다. 저 속 좁은 아녀자에게 어찌 설명해야 한단 말인가.

"도대체 무슨 생각을 하고 계시는지 모르겠소. 우리 종기를 한양에 보낼 생각은 않고 그깟 서출을 서원에 보낼 궁리를 하고 계시다니."

목소리에 노기가 서려 있었다. 부인의 친정은 흑산도에서 제일 명문에 속한다. 세도 부리는 데는 최용우를 앞지르고 있었다.

"허! 부인이 나설 일이 아니오. 아무렴 내가 생각이 없어서 그랬을라고."

최용우가 점잔을 빼며 부인의 경솔을 나무랐다.

"어디 그 속내 좀 들어 봅시다."

최용우가 얼굴을 찌푸렸다. 본시 투기가 심하고 성정이 격한 사람이다. 그렇지 않아도 종기의 일이 제대로 되지 않아 속이 상하던 판에 느닷없이 서출도 서원에 다닐 것이란 말에 속에서 불이 나도 단단히 났을 것이다. 적당히 구슬리지 않으면 아마도 트집을 잡아서 두고두고 종문이 모자를 괴롭히려 들 것이다.

"어떻게 해서든 종기를 성균관에 보내야 할 텐데 그게 뜻대로 되지 않으니 나도 속이 터질 지경이오. 종기의 학업이 도통 진전을 보이지 않으니 성균관은커녕 나주의 향교도 바라보기 힘든 처지요."

최용우는 제법 심각한 표정을 지어 보이며 부인을 설득하기로 했다.

"그런데 예리에는 종문이를 따르는 서출들이 많소. 모두들 예리에서 행세를 하는 집안의 서출들이오. 그들을 모두 서원으로 보내면 그에 따르는 예납이 만만치 않을 것이오. 숭양서원은 지금 원생이 늘지 않아서 고심을 하고 있는 판인데 그리되면 동주는 나에게 큰 은혜를 입게 되는 셈이지."

최용우의 본처는 여전히 눈을 새파랗게 뜨고서 최용우를 노려보고 있었다. 여간해서는 분이 풀릴 것 같지 않았다. 최용우는 그런 부인을 보며 혀를 찼다. 저리도 머리가 안 돌아가서야.

"종기의 문리가 부족한 것은 사실이지만 박 동주를 통해서 한양에 줄을 대면 성균관 유생까지는 못 바라봐도 한양 향교의 액외 원생은 될 수도 있을 것이오. 말은 제주도로 보내고 사람은 한양으로 보내라고 하지 않았소. 일단은 종기를 한양으로 올려 보내는 것이 급선무요. 그러기 위해서는 박 동주의 도움이 절대적으로 필요하고."

최종문을 서원에 보내려는 것은 물론 최종기를 위해서다. 박성태 동주의 속셈이 뻔했지만 이해가 일치되는 한 같은 배를 탈 셈이다.

"아무리 그래도 그렇지 서출에게 서원 원생이라니. 세상이 어떻게 되려고 이러는 건지 모르겠습니다."

종기를 위하는 일이라는 말에 부인의 분이 한풀 꺾였다. 성정이 불같은 반면에 생각은 짧은 여인이다. 아까 같아서는 당장 뒤채로 달려가서 종기 모친을 요절낼 것 같았는데 그런 걱정은 하지 않아도 될 것 같았다. 최용우는 마무리를 지어야겠다고 생각했다.

"부인은 그리 아시고 종기에게 향후 더욱 학업에 정진하라고 이르시오. 가문을 이어갈 아이요. 서출에게 뒤지는 일이 있어서야 되겠소."

최용우는 점잔을 빼며 부인에게 당부했다. 이제부터는 박동주가 알아서 처리할 것이었다. 최용우는 큰 짐을 던 기분이었다.

———◇◇◇———

숭양서원의 높은 담이 위압적으로 느껴졌다. 최종문은 마음을 모질게 다지며 서원의 문으로 들어섰다. 속셈이 뻔한 판에 마치 무슨 시혜라도 베풀듯이 서원에 원생이 되라는 부친 최용우의 제의를 당장 거절하고 싶었지만 눈물을 글썽이며 부탁하는 모친 때문에 그럴 수 없었다.

공자를 제사 지내는 제단이 제일 먼저 눈에 들어왔다. 최종문은 눈살을 찡그렸다. 폐습의 원흉이다.

"동주를 뵈러 왔소!"

최종문이 큰소리로 찾아온 이유를 밝히자 도유사가 못마땅한 자세로 최종문의 위아래를 훑어보더니 당주 박성태에게 데리고 갔다. 서출 주제에 큰소리치는 게 마음에 들지 않았지만 동주로부터 들은 얘기가 있기에 벌레를 씹은 표정으로 군말 없이 앞장 선 것이다.

"올라 오거라."

박성태가 거만한 목소리로 최종문에게 당위로 오를 것을 일렀다. 최종문은 서원 속직들의 곱지 않은 시선을 느끼며 당위로 올라갔다.

"네가 글을 제법 읽었다고 들었다. 네 부친에게서 들었을 줄 안다만 너를 우리 서원에 액외 원생으로 받아들이기로 했다. 우리 서원은 여태껏 서출을 원생으로 받아들인 적이 없다. 그렇지만 네 부친

90

의 간곡한 청을 뿌리칠 수 없어서 너를 받아들이기로 했으니 그리 알고 향후 품행을 각별히 조심하고 강독에 정진토록 하거라."

박성태가 제법 그럴듯한 자태로 말했다. 여태 나주 향교에도 원생을 한 명도 보내지 못한 외딴섬의 서원이지만 그래도 흑산도에서는 백성들의 생사여탈권을 쥐고 흔드는 권부다. 제법 행세를 한다는 향반들도 박성태의 눈치를 보지 않을 수 없는 게 흑산도의 현실이다.

어쨌거나 그래도 일단 서원 원생이 되면 저 하기에 따라 성균관 유생도 되고 대과에도 응시할 수 있다. 서출이라는 이유로 뜻을 펼치지 못하고 있던 수재들에게는 그야말로 놓치기 아까운 기회다.

천재일우의 기회를 잡았음에도 최종문은 조금도 기쁘지 않았다. 이복형 종기에게 묻어가는 것도 마음에 들지 않았고 서원을 드나들며 고리타분한 경전이나 외우고 싶지도 않았던 것이다. 최종문은 고심에 잠겼다. 당장 다닐 의사가 없음을 밝히고 돌아서고 싶지만 신신당부하던 모친의 얼굴이 떠올라 선뜻 입이 떨어지지 않았던 것이다.

"듣자니 네가 요즘 사리의 서당에 다니면서 혹세무민을 일삼는 자로부터 사학(邪學)을 배우고 있다고 하던데 당장 그만두도록 하거라."

박성태가 갑자기 엄한 표정을 지었다. 혹세무민의 사학이라는 말에 최종문은 저도 모르게 반론을 펼쳤다.

"사리의 서당에서 서학을 배우고 있는 것은 사실이지만 서학은 절대로 혹세무민의 사학이 아닙니다. 사물의 이치를 명확히 밝혀서 민초들의 삶에 도움을 주는 이용후생의 학문이지요."

최종문이 분명하게 대답했다.

"닥치거라! 서양 오랑캐들은 제 조상 제사도 지내지 않는다고 하는데 네가 어찌 인류와 교화를 저버리는 사학 따위를 옹호하려 드는 것이냐."

박성태가 버럭 소리를 질렀다. 지켜보고 있던 속직들의 인상이 심하게 일그러졌다. 그렇지 않아도 서출 따위가 서원을 드나드는 것이 못마땅하던 판에 감히 동주에게 말대꾸를 하다니.

'한심한 인간들 같으니라고.'

흥분해서 안색을 붉히는 저들을 보며 최종문은 기가 찼다. 도저히 상종할 인간들이 아니었다. 최종문은 서원 원생이 되겠다는 생각을 버리기로 결심했다. 저리 꽉 막힌 인간들에게 무엇을 배운단 말인가. 모친에게는 죄송한 일이지만 최종문은 마음을 모질게 먹고 입을 열었다.

"혹세무민의 사학이라니 당치도 않은 말입니다. 실학은 사물의 이치를 분명히 살피고 기록해서 삶에 유용하게끔 체계적으로 정리하는 학문입니다. 공리공론이나 일삼으며 아무 짝에도 쓸모없는 성리학과는 비교될 수도 없는 우수하고 훌륭한 학문이지요."

최종문의 말이 끝나기가 무섭게 도유사가 흥분하고 나섰다.

"이런 괘씸한 놈이 있나. 감히 어느 안전이라고 망발을 해!"

집강도 소매를 걷어붙이며 당장이라도 달려들 기세였다.

"참으로 당돌한 놈이로구나. 성인의 제사를 모시는 곳에서 그 따위 해괴한 말을 입에 담다니. 동주, 당장 물고를 내야 합니다."

"나서지 말거라!"

박성태가 흥분해서 날뛰는 도유사와 집강을 제지했다. 생각 같아서는 당장 요절을 내고 싶었지만 그랬다가는 최용우 가문과는 끝장이다.

"그리도 서학을 옹호하는 것을 보니 네가 서양 귀신에게 혹해도 단단히 혹한 모양이로구나. 그래 제 부모도 내팽개치는 서학 따위를 배워서 무엇에 쓰려 하느냐."

박성태는 끓어오르는 화를 간신히 참았다.

"수학과 천문을 배워서 관상감 취재에 응할 생각입니다. 서출 주제에 어찌 대과를 바라겠습니까. 역관이면 족합니다. 조선의 실정에 맞는 역법을 만들어서 농민들과 어민들, 그리고 상인들 골고루 혜택을 누리게 할 겁니다."

최종문은 조금도 위축되지 않고 또박또박 대답했다. 일은 벌어졌다. 부친은 대로하실 것이고 모친은 큰 곤경에 처할 것이다.

"관상감 역관이라. 청국에서는 서양의 상위(象緯 천문학)와 구고(勾股 기하학)에 밝은 서양 선교사들에게 흠천감 벼슬을 주어서 천문 관측을 맡기고 있다는 사실은 나도 알고 있다. 하지만 따지고 보면 그것들은 다 진작 성현들이 설파했던 것들에 지나지 않는다. 너는 마치 서학은 천지개벽의 새로운 학문인 줄 알고 있지만 전혀 그렇지 않다는 사실을 알아야 할 게다."

노회한 동주답게 박성태는 쉽사리 흥분하지 않았다. 호통칠 때와 반론을 펼칠 때를 잘 구분하고 있었다.

"네가 영특하다고 들었는데 어찌 그리도 옳고 그름을 판단하는 눈이 어둡단 말이냐. 본래 혹세무민의 사술은 사람들의 눈을 멀게 하고 귀를 어둡게 만드는 법이다. 특히 너처럼 불우한 처지의 젊은이들은 더 쉽게 혹하는 법이다."

향사를 주관하고 풍속을 규찰하는 서원 동주는 아무나 하는 자리가 아니다. 박성태는 말도 조리 있게 했고 청국의 사정도 훤하게 알고 있었다.

"서학의 상위와 구고에 대해서 알고 있다면 동주는 어찌 서학을 혹세무민의 사학이라 폄하하십니까?"

최종문이 계속해서 굽히지 않고 물고 늘어지자 도유사와 집강은 얼굴이 붉으락푸르락해서 박성태의 눈치를 살폈다. 하지만 최종문은 물러서지 않았다. 별로 내키는 논쟁은 아니었지만 피할 생각은 없었다.

박성태는 답변을 궁리할 시간이 필요했는지 선뜻 대답하지 않았다. 잠시 어색한 시간이 흐르고서 박성태가 입을 열었다.

"서학을 혹세무민의 사학이라 일컫는 것은 그들이 이 세상의 일보다는 죽은 다음의 세상에 더 관심을 기울이기 때문이다. 통감과 사서를 읽었다니 너도 전한 때 적미적(赤眉賊)들이, 또 후한 말년에 오두미교도들이, 그리고 원나라 말년에 백련교도들이 날 뛴 것을 잘 알 것이다. 그들은 불치의 병을 고치니, 사람의 속마음을 꿰뚫어 보니 하는 따위의 사술로 몽매한 백성들을 현혹했다. 헛된 말로 사람들을 현혹시키고서 나중에는 모든 것을 하늘의 뜻으로 돌린다. 그것이 혹세무민이 아니고 무엇이란 말이냐. 늘 스스로를 돌아보며 수신과 제가를 행한 연후에 치국의 길로서 태평한 천하를 이루는 것이 올바른 도리거늘 어찌 모든 것을 하늘에 미룬단 말이냐. 개똥이 굴러도 이승이 좋다고 했다. 저승에서의 일은 죽은 다음에 생각해도 늦지 않을 것이다."

박성태가 천주교의 교리를 날카롭게 비판하고 나섰다. 최종문은 천주교 교리보다는 서양의 문물에 더 관심이 있었던지라 박성태의 공격을 즉각 반박하고 나서지 못했다. 최종문이 우물쭈물하자 박성태는 더욱 열을 올렸다.

"나도 일찍이 필방제(畢方濟)의《영언려작(靈言蠡勺)》을 읽은 적이 있다. 그리고 서학에서 말하는 아니마(亞尼瑪 Anima 영혼)와 비록소비아(費祿蘇非亞 Philosophia 철학)에 대해 궁리를 해 봤고 영혼 불멸에 대해서도 깊이 생각해 보았다. 그래서 얻은 결론은 서양인들은 한심한 종자라는 것이다. 서양에서는 승려들이 최고의 양반이라고 하는데 그런 자들이 백성을 다스릴 생각은 않고 죽은 다음에 극락에 갈 궁리나 하고 있으니 어찌 한심한 자들이라고 하지 않을 수 있겠느냐."

필방제는 청나라에서 포교를 한 포르투갈 선교사고,《영언려작》은 그가 집필한 천주교의 영혼론이다. 박성태는 어쩌면 이런 날이 올 것을 예상이라도 한 듯 논리정연하게 서학의 폐해를 논박했다.

"동주께서 서교에 대해서 그리 해박한 지식을 가지고 계신 줄 몰랐습니다. 서양인들이 내세에 관심이 많다는 사실은 알고 있었지만 소생은 그 점에 대해서는 크게 관심을 기울이지 않았기에 달리 논박을 할 말이 떠오르지 않습니다. 다만 서양에는 실용 학문이 크게 발달했고 또 숭상을 받고 있다는 사실만은 분명히 알고 있습니다. 동주께서 무엇 때문에 소생을 액외 원생으로 받아들이려 하시는지 잘 알고 있습니다. 그렇다면 분명히 말씀 드리겠습니다. 소생은 숭양서원의 원생이 될 생각이 없습니다. 계속해서 사촌서당에서 서학을 배우겠습니다."

최종문은 더 이상 얘기할 필요가 없다고 생각하고 일어섰다.

"참으로 괘씸한 놈이로군. 동주, 당장 잡아다 물고를 내야 할 것입니다."

"내버려 두거라."

집강이 언성을 높이며 최종문의 멱살이라도 잡겠다는 듯 따라 일어서는 것을 박성태가 만류했다. 아무래도 계획을 바꿔야 할 것 같았다. 잡아다 볼기를 쳐도 문제될 것이 없지만 박성태는 차제에 아예 사촌서당을 없애 버리기로 하고 수를 궁리하기로 했다.

<hr />

무더위가 한풀 꺾이고 아침저녁으로 선선한 바람이 불어오는 계절이 돌아왔다. 농촌 같으면 곧 농번기가 닥칠 테지만 섬마을은 사정이 다르다. 당분간 크게 바쁜 일이 없다. 그 사이에 서당의 학동들이 늘었는데 특히 천자문을 강하는 동재에는 어한기를 맞아서 어민들도 많이 찾아오고 있었다. 그에 비하면 서재는 별로 바뀐 게 없었다. 생업에 매인 우씨가 가끔 강을 결할 뿐 나머지 사람들은 모두 열심히 학업에 정진하고 있었다.

약전은 근자들어 말수가 적어진 최종문을 보며 몇 달 전에 최종문이 서원으로 옮길지 모른다는 말을 들었던 게 생각났다. 창대가 알아본 바로는 최종문뿐만 아니라 함께 다니는 예리의 서출들 모두 예리의 숭양서원으로 옮길지도 모른다는 것이었다.

하지만 소문은 소문으로 끝났고 그런 일은 벌어지지 않았다. 최종문은 그 일을 일체 입에 담지 않았고 약전도 굳이 물어보지 않았다. 그렇지만 궁금한 것은 사실이다. 부친의 뜻이라고 들었는데 웬일인지 최종문은 그대로 서당에 다녔고 집에서도 별 탈 없이 지내고 있는 듯했다. 의외지만 다행이었다.

최종문의 학업은 일취월장하고 있었다. 사실 약전은 더 가르칠게 없었다. 당장이라도 한양으로 올려 보내서 관상감 취재에 응해도 급제할 것 같았다. 최종문은 요즈음 늦게까지 따로 남아서 천문을 관측하고 있었다. 그 사이에 간의며 규표, 그리고 정방안 등의 관측기구를 능숙하게 다루게 됐고 성주덕이 보내준《국조역상고(國朝曆象考)》에 기초해서 흑산도 현지의 북극고도를 측정하고 한양으로부터의 동서편도를 보정하는 일에 매진하고 있었다. 항차 역법을 제정함에 있어 아주 중요한 훈련이 될 것이다.

"오늘은 일찍 돌아가겠습니다."

최종문의 얼굴에 수심이 가득했다. 약전은 따로 이유를 묻지 않고 순순히 허락했다. 말 못할 고심이 있는 것 같은데 직접 묻는 것보다는 창대를 통해서 알아보는 게 좋을 것이다. 혹시 최종문이 서당을 다니지 못하게 되면 약전은 적극적으로 나설 생각이다. 집안일 때문에 최종문 같은 인재를 사장시키는 것은 참으로 아까운 일이기 때문이다.

"다녀왔습니다."

"오늘은 일찍 왔구나. 들어오너라. 네게 물어볼 말이 있다."

최종문은 모친에게 문안을 드리고 돌아서려는데 모친이 방으로 오르라고 했다. 모친의 얼굴에 수심이 가득했다. 모친께서는 최종문이 숭양서원으로 옮기는 것을 거절한 다음부터 하루하루가 바늘방석과도 같은 나날을 보내고 있었다. 비록 딴 속셈이 있어 생색을 낸 것이지만 그래도 모처럼 호의를 베풀었는데 일언지하에 거절해 버렸으니 언제 날벼락이 떨어질지 모른다. 그런데 부친으로부터 여태 아무 연락이 없었다. 최종문은 그게 더 불안했다.

"너 혹시 내당 마님 때문에 숭양서원에 안 다니겠다고 한 건 아니냐?"

모친은 그렇게 짐작하고 있었던 모양이다.

"그런 건 아닙니다. 소자, 숭양서원 원생이 되기를 거절한 것은 나름대로 생각이 있기 때문입니다."

"생각이 있다니? 나리의 호의까지 거절해 가면서 무슨 생각을 하고 있는지 궁금하구나."

모친은 아들이 하는 일이 너무 불안했다.

"소자, 한양으로 올라가서 관상감 취재에 응할 생각입니다. 그래서 역관이 되면 어머님을 모시고 이 집을 나가겠습니다. 우리 모자가 이 집에서 나가겠다면 나리도, 마님도 반대를 하지 않을 겁니다."

최종문은 결연한 어조로 말했다. 더 이상 이 집에서 핍박을 받으며 살고 싶지 않았다.

"한양으로 떠나겠다고? 한양이 어디라고 아무런 연고도 없이 떠나겠다는 것이냐?"

모친이 깜짝 놀라며 물었다.

"역관이 되면 두 모자 먹고살만한 녹봉을 받을 수 있습니다. 사리서당의 한양 선비님께서 도와주신다고 하셨습니다."

"그런 생각으로 나리의 호의를 거절했단 말이냐? 아무튼 나는 겁이 나는구나. 나는 네가 나리의 뜻대로 서당에 나갔으면 좋겠다. 다시 한번 생각해 보려무나."

평생을 순종으로 살아온 모친이다. 자기 뜻을 내세우는 것보다 남이 시키는 대로 사는 게 훨씬 편한 사람이다.

"너무 염려 마십시오. 소자가 알아서 하겠습니다."

최종문은 자꾸만 걱정을 하는 모친을 달래고서 방을 나섰다. 모친이 불안해하는 것은 당연했지만 부친으로부터 아무런 호출이 없는 것은 조금 이상했다. 최종문은 크게 경을 칠 각오를 하고 있었다.

그런데 석 달이 다 지나도록 잠잠했다. 그것은 의외였다. 숭양서원의 박성태 동주도 마찬가지였다. 그가 절대로 순순히 물러날 사람이 아니라는 사실은 잘 알고 있다. 수단과 방법을 가리지 않고 뜻을 관철하려 들 것이고 정 안 되면 어떤 식으로든 해코지를 할 위인이다. 그런데 이상하게 조용했다. 최종문은 그게 더 불안했다.

아무튼 몇 달 후면 관상감에서 취재가 있다. 최종문은 자신이 있었다. 꼭 취재에 급제해서 하루속히 지긋지긋한 집을 떠날 것이다. 최종문은 그때까지 죽은 듯 참고 지내기로 했다.

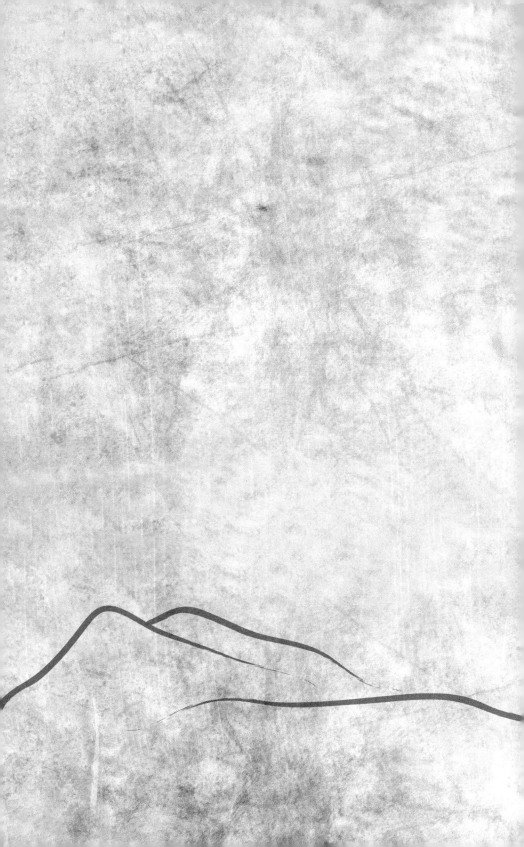

축성 築城

    최종문이 우려했던 게 현실로 나타났다. 나주목에서 나온 관헌들이 느닷없이 사촌서당에 들이닥친 것이다. 나주목의 형방과 예방, 그리고 나졸들을 수행하고 복성재에 나타난 동첨절제사(同僉節制使)는 당 위에서 자기를 쳐다보는 약전을 향해 가볍게 목례를 올렸다. 유배를 온 몸이지만 그래도 조정에서 고관을 지낸 명문 사대부였기에 예의를 갖추기로 한 것이다.

    "나주목 동첨절제사 구상복이라고 하오. 기찰할 게 있어서 이리로 왔소이다."

    동첨절제사가 찾아온 이유를 밝혔다.

    "이 시골 서당에 기찰할 게 뭐 있다고. 아무튼 올라오시오."

    약전이 방으로 들어올 것을 권했다. 한 접장과 창대, 그리고 동재와 서재의 재생들은 모두 겁먹은 얼굴로 관헌을 쳐다보았다. 나주목에서 관헌이 당도했다는 것은 분명 예삿일이 아니다. 동첨절제사 구상복은 불안한 눈길로 지켜보고 있는 재생들을 둘러보고는 서재로 들어섰다.

"그래 나주목에서 기찰할 일이 무엇이오?"

아무리 생각해도 잘못한 것이 없지만 그래도 죄인의 신분이다. 약전은 조심스레 물었다.

"서당을 열었다는 소문은 들었소. 그런데 나라에서 금하고 있는 천주학을 가르치고 있다는 말이 있어서 사실을 알아보기 위해서 온 것이오."

천주학을? 약전은 가슴이 뜨끔했다. 그 때문에 여기로 유배된 몸이다. 서학은 원래 서양 선교사들이 천주교를 전파하는 과정에서 함께 따라 들어온 것이어서 이래저래 천주학과 관련이 없을 수 없었다.

하지만 특별히 신경을 써서 약전은 유교 풍습과 배치될 부분은 일체 입에 담지 않고 있었다. 그런데 새삼 기찰이라니. 틀림없이 뭔가 곡절이 있을 것이다.

"그럴 리 없소. 다른 서당과 마찬가지로 학동들에게 《천자문》과 《동몽선습》을 가르치고 있을 뿐이오."

오해를 풀지 못하면 엄청난 곤경에 처할 수도 있다. 약전은 자신도 모르게 언성이 높아졌다.

"알고 있소. 하지만 학동들을 따로 모아 놓고 천주학을 가르치고 있다는 소문이 있소."

한 가지 다행인 것은 동첨절제사는 막힌 사람 같지 않다라는 사실이다. 그래도 처지가 처지니 만치 약전은 신중하게 행동하기로 했다.

"서양의 산학과 천문술을 가르치고 있는 것은 사실이지만 나라에서 금하고 있는 천주학을 가르친 적은 없었소. 나주목에서 뭔가 오해를 하고 있는 듯하오."

웬만하면 흑산진 별장을 시켜서 조사했을 텐데 동첨절제사가 직접 건너온 것으로 봐서 일이 단단히 꼬인 모양이었다.

사실 걸고 넘어가려면 문제가 될 게 없는 것도 아니다. 애초에는 글을 배울 기회가 없는 어촌의 학동들에게 《천자문》이나 가르쳐 볼 요량으로 서당을 연 것이지만 최종문 같은 인재를 얻고 나니 욕심이 생겼고 그래서 서재에서 본격적으로 서학을 가르쳤던 것은 사실이다. 서학이 곧 천주학이라고 읽아매면 빠져나갈 길이 없다. 약전은 위기를 느꼈다. 인재를 얻었다는 기쁨에 그만 잠시 방심을 했던 것이다.

동첨절제사 구상복은 서재를 휘둘러보고는 굳은 표정으로 쳐다보는 약전에게 얼굴을 돌렸다.

"아무튼 서학을 가르치고 있다는 소문은 사실이군요. 산학과 천문술은 나라에서 금하는 것은 아니지만 서학이 곧 천주학이고 천주학이 바로 서학이라고 하면 빠져나가는 게 그리 수월치는 않을 것이오."

구상복은 약전의 입장을 이해하면서도 공과 사는 분명하게 구별하고 있었다.

"무슨 말인지 잘 알고 있소. 하지만 자세히 살피고 복성재에서 절대로 천주학을 강하지 않았다는 사실을 확인해 주시오."

동첨절제사의 말대로 서학과 천주학은 딱히 구별하기 힘든 게 사실이다. 약전과 약용 형제는 서학에 관심을 갖다가 천주학에도 가까워진 사람들이다. 그래서 신유사옥 때 순교를 한 동생 정약종과 달리 약전과 약용 두 형제는 신앙을 포기했기에 목숨을 부지할 수 있었다. 그런데 이제 와서 다시 천주학을 전파한 혐의를 받게 되다니, 난감했다. 아무튼 사실을 밝히지 못하면 극형을 각오해야 한다.

"나도 현세의 일을 다루는 서학과 내세의 일을 다루는 천주학이 다르다는 것쯤은 알고 있소. 하지만 나주목에 발고가 들어온 이상 조사를 하지 않을 수 없소."

구상복이 굳은 얼굴로 말했다.

"누가 발고했는지 말해 줄 수 있겠소?"

약전이 정색을 하고 물었다.

"그건 차차 얘기하겠소. 아무튼 당분간 흑산도에 머물면서 소상히 살필 것이니 그리 알고 계시오."

동첨절제사는 그 말을 남기고 자리에서 일어섰다. 동첨절제사가 수행원들을 이끌고 서당을 떠나자 창대와 한 접장, 그리고 서재의 재생들이 우르르 몰려들었다.

"나주목에서 왜 관헌이 나온 것입니까?"

한시학 접장이 겁먹은 얼굴로 물었다.

"누가 우리 서당에서 천주학을 가르치고 있다고 나주목에 발고를 한 것 같소. 하지만 그런 일이 없으니 너무 걱정할 것 없소."

"대체 누가 그런 터무니없는 발고를 했을까요?"

창대가 흥분해서 물었다. 일의 전말로 미루어보건대 아마도 서재의 재생들과 관련이 있을 것이다. 서재생들은 조심스레 남의 눈치를 살피다 눈이 마주치면 얼른 외면했다. 약전은 일단 오늘 강을 파하기로 했다. 빨리 대책을 마련해야지 그렇지 않으면 서로를 의심하는 일이 생길 것이다.

한 접장과 재생들은 우울한 얼굴로 하나둘씩 서재를 나섰다. 약전은 창대에게 남으라고 눈짓을 보냈다.

"네 생각은 어떠냐? 나주목까지 가서 발고를 하는 게 쉬운 일은 아닐 것이다."

"짐작컨대……"

창대가 입을 열려고 하는데 문이 스르르 열리면서 최종문이 들어섰다.

"드릴 말씀이 있습니다."

최종문의 표정이 몹시 심각했다.

"소생은 예리의 숭양서원에서 나주목에 발고를 했다고 생각합니다."

"숭양서원? 어째서 그렇게 생각하느냐?"

약전이 차분한 얼굴로 물었다.

"실은 석 달 전에 소생에게 일이 있었습니다. 소생의 부친이 소생을 숭양서원에……."

"그 일이라면 나도 대강 알고 있다. 숭양서원으로 옮기라는 것을 거절했다고 들었다."

그 일과 관련해서 최종문은 접장인 창대에게 얘기했고 약전은 창대로부터 그 일을 전해 들었던 터였다.

"그때 소생은 서원 동주와 설전을 벌였습니다. 숭양서원은 예리의 서출들을 전부 받아들여서 예납을 늘릴 속셈이었는데 소생 때문에 일이 틀어졌습니다."

그래서 숭양서원에서 해코지를……. 충분히 일리가 있는 얘기다. 그리고 최종문의 일이 아니라도 서원에게는 사촌서당이 눈엣가시 같은 존재일 것이다.

최종문은 나주에서 관헌이 들이닥쳤을 때 즉각적으로 숭양서원 박성태 동주의 짓이라는 것을 직감했다. 이것이구나. 어쩐지 조용하더라 했더니. 박성태는 아예 사촌서당을 통째로 없애 버릴 심사로 기회를 엿보고 있었던 것이다. 최종문은 어쩌면 부친도 관련이 있을 거라 생각했다.

약전은 눈을 감고 생각에 잠겼다. 최종문의 짐작은 틀리지 않을 것이다. 숭양서원이 뒤에 도사리고 있다면 사태는 쉽게 넘어가지 않을 것이다. 향촌의 서원은 비리의 온상이며 백성들의 고혈을 잡아매는 원부(怨府)다. 그래서 조정에서 수차례 철폐령이 내렸지만 지방의 서원은 여전히 행패를 일삼고 있었다.

도대체 공자가 어느 나라 사람이며 언제 죽었는데 이제 와서 그의 제사를 지낸다는 구실로 행악을 일삼는단 말인가. 약전은 울화가 치밀었다.

"아무래도 일이 간단히 넘어갈 것 같지 않다. 동첨절제사가 완고한 사람 같지 않아서 다행이지만 숭양서원에서 물고 늘어지면 그도 어쩔 수 없을 것이다. 종문이는 예리의 벗들에게 언행을 각별히 조심하라고 이르거라. 본시 서학이란 천주학과 표리의 관계를 이루는 것이기에 행여 필사본에 천주학과 관련된 부분이 딸려 가는 일이 없도록 창대와 종문이가 각별히 신경을 쓰거라."

호사다마라더니 최종문이라는 인재를 얻은 대가를 치르는 것인가. 약전은 신유년의 일이 떠올라서 몸서리가 쳐졌다.

———◇◇◇———

최종문은 집에 들르지 않고 곧장 숭양서원으로 향했다. 동주 박성태에게 따질 생각이었다. 화가 치밀었지만 너구리 같은 박 동주를 상대함에 쉽게 흥분해서는 안 될 것이다. 아주 노회한 인간이어서 조금이라도 틈을 보이면 꼬투리를 잡고 늘어질 것이다.

숭양서원에 이르자 최종문은 심호흡을 하며 마음을 가다듬었다. 그리고 성난 얼굴로 안으로 들어섰다. 집강이 놀라서 최종문의 앞을 가로막았다.

"동주를 뵈러왔소!"

"뭐야? 네놈이 뭐기에 감히 동주 어르신을 마음대로 뵙네, 마네 하는 게냐."

집강의 인상이 험하게 일그러졌다. 하지만 집강 따위를 상대할 생각은 없었다. 최종문은 제지하는 집강을 거칠게 밀어붙이고서 내당으로 올라섰다.

"참으로 방약무인한 놈이로구나. 천주학에서는 제 조상 제사도 지내지 않는다고 하지만 그래도 네놈은 조선 사람이거늘 어찌 이리도 무례하단 말이냐. 여기가 어디라고 감히 행패를 부리느냐."

박성태가 최종문을 보고 대갈일성을 질렀다. 백성들은 말할 것도 없고 고을 양반들의 생사여탈권도 쥐고 있는 서원의 동주다. 하지만 최종문은 조금도 위축되지 않았다.

"오늘 사촌서당에 나주목에서 관헌들이 들이닥쳤습니다. 동주께서 나주목에 사촌서당을 발고했을 거라 짐작하고 있습니다."

"척사(斥邪)는 서원 동주의 소임이다."

박성태가 잘라 말했다.

"분명히 이야기하는데 사촌서당에서는 실학을 강했을 뿐 천주학을 가르친 적은 없습니다."

최종문은 박성태를 너무 쉽게 생각했던 게 후회됐다.

"시끄럽다! 보자 보자 하니 참으로 방약무인하기 짝이 없는 놈이로구나. 천주학과 서학은 표리의 관계를 이루고 있거늘, 서학을 가르치면서 천주학은 가르친 적이 없다는 게 말이 되느냐. 말끝마다

바득바득 대드는 꼴을 보니 과연 서학은 임금도 없고 아비도 없는 패륜의 도로구나. 진작 볼기로 다스렸어야 했거늘 서양 오랑캐의 교언에 빠진 너를 긍휼히 여겨 개전의 기회를 주었는데 아직도 제정신을 차리지 못하고 있구나."

박성태가 호통을 치며 일어섰다. 그가 호통을 치면 흑산도 사람들은 누구를 막론하고 사시나무 떨듯 떤다. 하지만 최종문은 조금도 물러서지 않고 당당하게 마주서서 박성태를 노려보았다.

"그자가 아직도 제 죄를 깨닫지 못하고 순진한 섬사람들을 모아 놓고 혹세무민을 하고 있다니. 정히 참수로 다스릴 일이다!"

박성태의 눈에서 불길이 일었다. 최종문은 답답했다. 자기 일이라면 죽기를 각오하고 대들겠지만 스승의 안위가 걸린 일이다. 괜히 대들다가 스승에게 피해가 가면 안 된다. 박성태는 한번 노린 먹이는 절대로 놓치지 않는 아주 악랄한 자다. 그런 박성태가 궁리 끝에 친 덫이니 웬만해서는 빠져나가기 힘들 것이다. 아마도 부친 최용우와 다른 서출들의 부친들과도 밀통을 했을 것이다. 최종문은 그때 그냥 숭양서원으로 옮길 걸 하는 후회까지 일었다.

"나는 너를 위시해서 예리의 서출들을 크게 탓하고 싶은 생각은 없다. 하지만 마을의 풍기를 규찰해야 할 동주로서 벽사(闢邪)를 주도하고 있는 서당을 그냥 둘 수는 없다. 죄를 짓고 쫓겨 온 자가 반성할 생각은 하지 않고 지행합일(知行合一)에 힘쓰고 존양궁리(存養窮理)에 정진해야 할 젊은이들을 모아 놓고서 국법으로 금하고 있는 천주학을 가르치고 있으니 어찌 관용을 바라겠느냐."

기세를 잡은 박성태가 기고만장해서 큰소리쳤다.

"동주께서 예리의 서출들이 사촌서당에 다니고 있는 것을 못마땅하게 여기고 있다는 사실은 알고 있었지만 이런 식으로 비열하게 관아에 발고할 줄은 몰랐습니다. 다시 한 번 분명히 말하지만 서당에서 천주학을 가르친 적은 없습니다. 벽사라니요. 말도 되지 않는 소립니다. 사촌서당은 어떻게 하면 예납을 더 뜯어낼까 궁리나 하고 툭하면 묵패를 돌려서 양민들을 착취하는 서원과는 본질적으로 다른 곳입니다."

자제할 것을 스스로에게 이르던 최종문이 끝내 더 참지를 못하고 쏘아붙였다.

"닥치거라! 못하는 소리가 없구나. 대체 그자가 뭘 어떻게 가르쳤기에 이리도 방약무인하단 말이냐. 서학에는 위아래도 없다더냐. 어디서 눈에 쌍심지를 세우고 덤벼들어!"

박성태가 노발대발하며 호통을 쳤다. 그러자 지켜보고 있던 숭양서원의 색장(色掌)이 인상을 쓰며 다가왔다. 서원에 끌려온 양민들이나 동주의 눈 밖에 난 향반들은 모두 이자에게 곤욕을 치른다.

최종문은 다가오는 색장을 보며 제 성질을 이기지 못한 게 후회스러웠다. 색장에게 봉변을 당하는 건 두렵지 않다. 하지만 서당과 스승에게 해가 돌아갈 것을 생각하니 가슴이 아팠다.

"놔라! 내 발로 걸어 나가겠다. 이런 곳에는 더 있으라고 해도 있기 싫다."

최종문은 멱살을 잡으려는 색장을 강하게 뿌리쳤다. 최종문이 거세게 대항을 하자 색장이 주춤하며 한 발 뒤로 물러섰다. 눈만 부릅떠도 벌벌 떠는 향반들과는 달리 동주 앞에서도 할 말을 다하는 배짱을 지닌 자다.

최종문은 도망치듯 숭양서원을 빠져나왔다. 이런 식으로는 안 된다. 좀 더 신중한 방법으로 대응을 해야 할 것이다. 서둘러서 집에 도달한 최종문은 하인들이 모두 나와서 웅성대는 것을 보고 무슨 일이 벌어졌음을 직감했다.

"무슨 일이냐?"

"나주목에서 관헌이 조사를 나왔다고 합니다."

행랑아범이 걱정스런 얼굴로 쳐다봤다. 그렇다면 기찰사 일행이 벌써……? 최종문은 얼른 자기 방으로 달려갔다. 조사를 하겠다고 했고 어쩌면 집을 뒤질지도 모른다고 생각했지만 이렇게 빨리 나타날 줄은 몰랐다. 그동안 사촌서당에서 필사를 했던 문헌들이 하나둘이 아닌데 뒤지다 보면 그중에는 천주학과 관련된 것도 있을 것이다. 최종문은 공연히 숭양서원에서 시간을 허비한 것이 후회가되었다.

동첨절제사와 나주목의 예방, 그리고 나졸들이 최종문의 방을 뒤지고 있었고 모친은 중죄인이라도 되는 양 방 앞에서 바들바들 떨고 있었다. 최종문은 간의(簡儀)며 혼상(渾象 천체 모형)을 들고 나오는 나졸에게 달려들었다.

"이게 무슨 짓이냐! 주인의 허락도 없이 마음대로 방에 들어가다니!"

"조용히 하라! 내가 수색을 명했다!"

동첨절제사 구상복이 호통을 쳤다.

"천문을 관측하는 기구들이오. 천주학과는 아무런 연관이 없소."

최종문은 그렇게 항변을 했지만 속으로는 겁이 났다. 귀에 걸면 귀걸이고 코에 걸면 코걸이다. 더구나 박성태같이 교활한 인간이 뒤에서 일을 꾸미면 빠져나가기 힘들 것이다.

"종문아!"

모친이 최종문의 손을 잡았다. 심하게 떨고 있었다.

"염려 마십시오. 소자, 잘못한 게 없으니 아무 일 없을 겁니다."

그때 중문에서 소란이 일면서 최용우가 별채로 들어섰다. 최용우는 눈을 부라리며 사방을 살피더니 동첨절제사에게 다가갔다.

"내가 이 집 주인이오. 나주목에서 나오셨다고 들었소."

"그렇소. 기찰사 소임을 맡고 온 동첨절제사 구상복이오."

"헌데……."

"댁의 자제가 나라에서 금하고 있는 천주학을 배우고 있다는 발고가 있어서 그 증거를 잡기 위해서 방을 뒤지고 있소."

"허! 낭패로고. 어쩌다 이런 변을……."

최용우는 혀를 차며 탄식을 했지만 크게 놀라는 표정은 아니었다. 진작 숭양서원 박 동주와 밀약이 있었던 터다.

"서출이라고는 하나 그래도 자식인데 내가 제대로 가르치지 못했던 것 같소. 향후 엄히 다스릴 것이니 동첨절제사께서 너그러이 넘겨주시오."

그래도 아비라고 최용우는 제법 최종문 편을 드는 시늉을 했다.

"일단은 서원의 동주와 협의해서 처리할 것이니 그리 아시오."

동첨절제사가 무뚝뚝하게 대답하고는 서적과 기구들을 챙겨든 나졸들을 보며 그만 돌아갈 것을 명했다. 동첨절제사라고 눈치가 없을 리 없다. 서원 동주와 향유들이 공모해서 사리의 정약전을 곤궁으로 몰아넣고 있는 게 뻔했다.

동첨절제사를 대문까지 배웅하고 돌아온 최용우는 풀이 죽어 서 있는 최종문 모자를 보고는 눈썹을 치켜세웠다.

"집안 망신이로다. 관속들에게 집뒤짐을 당하다니."

최용우가 언성을 높이자 종문의 모친은 사시나무 떨듯 떨었다. 최종문은 아무 생각이 나지 않았다. 부친의 힐책은 두렵지 않지만 스승에게 불통이 튈 것 같아 걱정이었다.

"진작 숭양서원으로 옮겼다면 이런 불미스런 일은 없었을 것이다. 그때 너를 엄하게 꾸짖지 못했던 것이 후회스럽구나. 따르거라."

최용우가 고개도 제대로 들지 못하고 있는 종문의 모친을 흘겨보고는 별채를 나섰다.

"나리께서 저리도 화를 내시니 큰일이로구나. 제발 아무 일이 없어야 할 텐데."

"너무 염려 마십시오, 어머니."

최종문은 모친을 위로하고서 안채로 들어섰다. 안댁 마님과 이복형 최종기가 눈을 흘기며 최종문을 쏘아보고 있었다. 최종문은 그들을 무시하고서 방으로 들어갔다. 아마도 모친은 따로 불러서 닦달을 할 것이다. 하지만 그냥 당하고 있지는 않을 것이다. 더 이상 어머니를 닦달하면 최종문은 이 집을 나가겠다고 할 각오였다.

"대체 사리에서 무엇을 배웠기에 이 난리냐? 관헌들이 가져간 서적들은 무엇이더냐?"

부친 최용우는 노기를 띠며 물었지만 목소리만 컸을 뿐 별로 놀라는 눈치는 아니었다.

"관상감 취재에 응해서 역관이 될 생각입니다. 관헌들이 가지고 간 서적과 기구들은 모두 하늘을 살피고 절기를 정하는 일과 관련이 있는 것들입니다."

최종문은 차분하게 대답했다. 관상감 취재에 급제하기만 하면 이 지긋지긋한 집을 아주 떠날 것이다. 취재가 얼마 남지 않았고 급제할 자신도 있다. 그 판에 그만 뜻밖의 위기를 맞은 것이다.

"듣기 싫다! 네 아무리 서출이라고 하나 그래도 유자의 집안에서 태어났거늘 어찌 경서를 멀리하고 서양 오랑캐들의 사학 따위에 관심을 기울이려 하느냐. 당연히 엄하게 징치를 해야 할 것이나 네가 아직 세상물정을 잘 몰라서 그런 것으로 알고 내가 기찰사에게 선처를 부탁할 것이니 차후로 다시는 그런 짓을 말거라."

부친은 결말을 훤히 알고 있다는 말투였다. 저들의 음모를 분쇄하지 못하면 스승은 사약을 받을지도 모른다. 최종문은 일단 부친과 정면 대결하는 것을 피하기로 했다. 이 판에 긁어 부스럼을 만들필요는 없다. 시간을 가지고 차분하게 대처 방도를 궁리해야 한다.

최종문이 고개를 숙인 채 아무 말이 없자 최용우는 일이 제대로돌아가고 있다고 짐작했는지 헛기침을 해대며 거드름을 피웠다. 박성태가 눈엣가시로 여기고 있는 사촌서당이 문을 닫게 되면 자신도한몫을 단단히 한 셈이 된다. 그렇다면 아들 종기를 성균관에 보내는 일이 훨씬 수월해질 것이다.

"돌아가 근신하고 있거라. 투옥돼 마땅한 일이지만 내가 동첨절제사에게 잘 얘기해 볼 테니."

최용우는 제법 근엄한 얼굴로 최종문에게 이르고는 팔자걸음으로 본채로 향했다. 동주의 요구대로 종문이를 증인으로 내세우면그만큼 종기의 일이 수월해질 것이다.

———◇◇◇———

최종문으로부터 자초지종을 전해 들은 약전은 깊은 생각에 잠겼다. 숭양서원의 동주와 예리의 향유들이 작당을 하고 덤벼든 마당이니 적당히 넘어가기 힘들 것이다. 대책을 강구해야 할 텐데 마땅한게 떠오르지 않았다. 칼자루를 쥔 자와 칼끝을 잡은 자의 대결이다. 무거운 공기가 방안을 짓눌렀다. 서당은 당분간 문을 닫기로 했다.

축성 築城... 113

"죄송합니다. 소생 때문에 스승님께서 곤경에……."

최종문이 고개를 들지 못했다.

"그게 어디 네 잘못이겠느냐. 꽉 막힌 사람들이 문제지."

약전은 모든 게 허탈했다.

"동첨절제사가 공평무사하게 일을 처리하려 해도 숭양서원에서 악심을 품고 덤벼들면 나주목에서도 어쩌지 못할 겁니다."

창대가 수심 가득한 얼굴로 입을 열었다. 창대 말대로 향촌의 풍기와 관련된 일이라고 물고 늘어지면 나주목사도 달리 판결을 내리지 못할 것이다.

"그래 저들이 가지고 간 게 무엇이더냐?"

"문헌을 필사한 것과 관측기구들로 천주학과 직접 관련이 되는 것들은 없습니다. 하지만 옭아매려고 들면 어떤 식으로든 구실을 갖다 붙일 것입니다. 필사본 중에는 《직방외기(職方外紀)》도 있습니다."

최종문이 풀이 죽어서 대답했다. 《직방외기》는 이탈리아 사람 알레니가 백칠십여 년 전에 항주에서 간행한 세계 지리서다. 알레니는 선교사니 《직방외기》는 어떤 식으로든 천주학과 관련이 있을 것이다.

"저들이 무슨 구실을 내세우건 잘못이 없으니 너무 걱정하지 말거라. 호출이 있거든 당당하게 맞설 것이다."

상황이 어렵지만 당당함을 잃지 말아야 한다. 약전은 창대와 최종문이 곁에 있어 한결 큰 힘이 되었다.

다음 날 동첨절제사로부터 호출이 왔다. 최종문은 심호흡을 하고서 숭양서원으로 들어섰다. 동첨절제사 일행이 숭양서원에 머물면서 압수해 간 서적들을 살피고 있었다. 밤사이에 동주 박성태가 열심히 동첨절제사를 사주했을 것이다. 최종문은 약전의 당부를 되새기며 절대로 흥분하지 않고 냉정하게 대처하기로 했다.

최종문이 서원으로 들어서자 집장과 나졸들이 험악한 인상을 쓰며 주위를 에워쌌다. 마치 죄인을 대하는 투였다. 하지만 최종문은 개의치 않고 당당하게 동첨절제사가 머물고 있는 동재(同齋)로 향했다. 나는 잘못한 것이 없다는 믿음이 제일 큰 힘이 되고 있었다.

최종문을 내려다보는 동첨절제사의 표정이 굳어 있었다. 예상대로 그 옆에 박성태가 앉아 있는데 입가에 회심의 미소가 가득했다. 나주목에서 나온 아전과 나졸들, 그리고 숭양서원의 재장과 집강, 도유사들이 최종문을 좌우로 에워쌌다. 마치 국문을 행하는 형장 같았다.

"너는 서학과 천주학은 다르다고 항변을 하고 있지만 네 방에서 압수해 간 서적들을 살펴본 바, 네 말이 거짓임이 판명되었다."

동첨절제사 구상복이 엄한 얼굴로 최종문을 닦달했다.

"대체 무슨 근거로 동첨절제사께서 그리 말씀하시는지 소생은 모르겠습니다."

최종문이 흥분하지 말 것을 스스로에게 이르며 차분하게 대답했다.

"시끄럽다! 여기 증거가 뻔히 있음에도 네 어찌 잡아떼려 하느냐! 이 책은 나라에서 금하고 있는 책이 아니냐!"

박성태가 호통을 치며 압수해 간 서적을 집어 들었다. 역시《직방외기》였다. 최종문은 숨이 막힐 것 같았다. 박성태는 결코 만만한 상대가 아니었다. 최종문은 다시 한 번 침착할 것을 스스로에게 이르면서 반론을 펼쳤다.

"《직방외기》는 금서지만 소생이 지니고 있는 필사본은 천문에 국한된 것입니다. 천주학과 관련이 되는 내용은 없습니다."

《직방외기》는 분명 금서지만 최종문이 지니고 있었던 것은 약전이 천문과 관련된 부분만 모아서 정리를 해 놓은 초본(抄本)이다. 최종문은 그 사실을 잘 알고 있기에 당황하지 않고 반론을 펼쳤다.

"어허! 참으로 못된 놈이로구나. 역법을 제정하고 반포하는 것은 천자만이 할 수 있는 일이거늘 신하된 나라의 백성으로서 감히 멋대로 역법을 만들겠다고 나서는 것이 불충이 아니고 무엇이란 말이냐! 임금을 가벼이 여기고 대국을 업신여기는 것은 대역의 죄다! 그런데 네 어찌 자꾸 발뺌하려 하느냐!"

노회한 박성태는 최종문의 정연한 반론에 당황하지 않고 계속 물고 늘어졌다. 동첨절제사는 한발 물러서서 박성태와 최종문의 공방을 지켜보았다. 아무래도 당사자 간의 공방이 필요한 사안 같았다.

"그리고 이 책들은 다 무어냐!"

박성태가 언성을 높이며 관헌들이 수거해 온 책들을 가리켰다. 《직방외기》말고도 가지고 있던 서적들은 전부 천문 관측과 역법 제정에 관한 것들이다. 역법 제정 자체를 불충으로 몰고 가면 할 말이 없다.

"또 저것들은!"

박성태의 추궁은 날카로웠다. 최종문은 항차 조선 고유의 역법을 제정할 요량으로 하루도 거르지 않고서 태양의 고도를 측정하고 달의 차고 이지러짐을 기록하고 있었다.

최종문은 쉽게 반론이 떠오르지 않았다. 역법을 받아들이는 것, 즉 정삭(正朔)을 받드는 것을 사대의 시작으로 생각하는 유학자들은 독자적인 역법을 만들겠다는 생각 자체를 불충으로 여기고 있었다.

"백성들을 이롭게 하기 위해서 세종대왕께서는 훈민정음을 창제하셨고 정조대왕께서는 실학을 적극 장려하셨습니다. 그런데 어찌 케케묵은 사대논리를 가지고 위민책을 논하려는 겁니까. 지금 조선은 우리 역법이 없어서 청나라에서 역법을 빌어다 쓰고 있는 형편입니다. 처음에는 그런대로 맞았지만 세월이 흐르면서 역법상의 절기와 실제의 절기에 차이가 생기게 되었고 그로 인해서 농부와 상인, 어민들은 많은 불편을 겪고 있습니다. 소생은 백성들의 고충을 앞장서서 헤아려야 할 서원의 동주가 오히려 불편함을 자초하는 현실이 심히 걱정스럽습니다."

명분에는 명분이다. 잠시 주춤했던 최종문은 마음을 다잡고 박성태의 주장을 정면으로 반박했다. 여기까지 온 마당에 이제 남은 길은 죽느냐 사느냐 뿐이다. 최종문은 죽음이 두렵지 않았다.

"닥치거라! 죄를 짓고 끌려온 마당에 감히 서원을 욕보이려 들다니. 웬만하면 너를 훈계로서 다스리려 했지만 도저히 안 되겠구나. 너를 사리의 죄인과 더불어 엄히 다스릴 것이다."

박성태의 노여움이 폭발하자 도열해 있던 서원의 속직들이 달려들 기세를 보였다. 지켜보고 있던 동첨절제사 구상복은 내심 놀라움을 금치 못했다. 서출로, 그것도 죄를 짓고 끌려온 처지에 서원의 동주에게 저렇게 당당하게 대들다니. 지방 수령들도 어찌하지 못하는 게 서원의 동주다.

일이 묘하게 돌아가고 있었다. 동첨절제사는 박성태의 속셈은 이미 파악하고 있다. 그는 사리의 정약전을 옭아매려 할 뿐 최종문을 비롯해서 예리의 서출들은 처벌할 생각이 아니었다. 그런데 최종문이 악착같이 대드는 바람에 박성태도 예정에 없던 일을 벌이고 만 것이다.

'어떻게 한다……'

동첨절제사 구상복은 고심에 빠졌다. 구상복은 애초에 사리의 서당을 폐쇄하는 정도로 일을 마무리 지을 생각이었다. 상대가 상대니만큼 박성태도 그 이상 고집하지 못할 것이다.

그런데 최종문이 물러서지 않고 대들면서 일이 커진 것이다. 이렇게 되면 서당을 폐쇄하는 것으로 일을 마무리 지을 수 없다. 구상복은 적당한 때 말리고 나서지 않은 것이 후회되었다.

"동주, 저런 방약무인한 놈을 그냥 두어서는 안 됩니다. 서원의 기강이 엄하다는 것을 똑똑히 보여 주어야 합니다."

집강이 요절을 낼 듯 팔뚝을 걷어붙이며 나섰다. 다른 속직들도 마찬가지로 씩씩거리며 최종문을 에워쌌다. 이번에는 박성태도 말릴 기색이 아니었다.

"멈추거라!"

구상복이 소리치며 손짓을 하자 나졸들이 얼른 달려들어서 최종문에게 다가서는 속직들을 막아섰다.

"내 명 없이 함부로 죄인에게 손을 대는 자에게는 엄벌을 내리겠다."

구상복의 추상같은 영이 떨어지자 서원의 속직들은 뒤로 물러섰다. 현령, 목사도 우습게 아는 서원이지만 지금 동첨절제사는 판결을 내리는 기찰사고 서원 동주는 발고인의 입장이다. 그러니 기찰사로부터 시비곡직을 판단받아야 하는 입장이다. 구상복은 직접 심문하기로 하고 자세를 고쳐 잡았다.

"네가 제법 그럴듯한 말로 항변을 하고 있는데 조선의 역법을 제정하는 게 쉬운 일이 아니라는 것은 나도 잘 알고 있다. 대체 무슨 수로 네가 역법을 만들겠다는 것이냐?"

구상복이 엄한 표정으로 최종문에게 물었다.

"물론 외딴섬에서 소생 혼자서 역법을 만든다는 게 천부당만부당하다는 것은 잘 알고 있습니다. 소생은 항차 한양으로 올라가서 관상감 취재에 응할 요량입니다."

최종문이 또박또박 대답했다.

"관상감 역관이 되면 역법을 제정할 수 있다고 생각하느냐?"

구상복의 질문이 날카로웠다. 최종문은 긴장이 되었다. 걸핏하면 호통부터 치고 드는 박성태보다 깐깐하게 파고드는 구상복이 상대하기 더 힘들 수도 있다. 행여 답변이 궁해지면 여태까지의 말이 모조리 허언으로 치부될 것이다.

동첨절제사의 말대로 역법을 제정한다는 것은 말만큼 쉬운 일이 아니다. 지금 조선은 고유의 역법 제정은커녕 청에서 들여온 역법의 오차를 보정하는 데도 쩔쩔매는 실정이다. 그래서 관상감의 역관들이 수시로 연경을 드나들면서 흠천감의 역관들에게 보정술을 배워 오고 있는데 제대로 가르쳐 주지 않을 때는 역관을 매수하기도 하고 정보를 몰래 빼오기도 하는 현실이다.

그런데 절해고도의 서출 청년이 역법을 제정하겠다니, 그게 책이나 들여다보고 하늘이나 올려다본다고 가능한 일이 아니다. 최종문은 심호흡을 하고서 대답을 이어나갔다.

"물론 쉬운 일이 아닙니다. 그렇지만 불가능한 일도 아닙니다. 아조는 국초에 조선 고유의 역법을 가지고 있었습니다. 세종조에 이순지(李純之)가 칠정산이라는 역법을 제작했는데 내편은 원나라의 수시력(授時曆)과 명나라의 대통력(大統曆)을 참고했고 외편은 대식국(大食國 아라비아)의 회회력을 참고했는데 조선의 실정을 충실히 반영한 아주 우수한 역법이었습니다. 그런데 지금은 다시 중원의 역법을 빌려 쓰고 있습니다. 사대주의에 빠져서 우리의 우수한 역법을 멀리한 결과입니다."

마음이 정리되자 말이 술술 나왔다. 그동안 역법을 제정하지 못한 데는 고루한 유학자들이 사대를 내세우며 스스로 발목을 붙잡은 이유도 컸다.

"닥쳐라! 예로부터 정삭(正朔)과 악률(樂律), 그리고 도량권형(度量權衡)은 천자만이 정하고 내리는 것이다. 그런데 네 어찌 요언을 입에 담느냐. 이리도 방자한 것은 분명코 네가 천주학에 경도되었기 때문이다. 향리의 풍기를 규찰해야 할 동주로서 도저히 그냥 넘어갈 수 없다. 저놈을 당장 포박하라!"

박성태가 일어서며 불호령을 내렸다. 그냥 두었다가는 일이 뜻대로 풀리지 않을 것 같았다. 서원의 속관들이 기다렸다는 듯 최종문에게 달려들었다.

"물러서라!"

동첨절제사가 달려드는 속관들을 제지했다.

"아직 심문이 끝나지 않았소. 동주는 흥분하지 말고 기다리시오. 그리고 죄인을 심문하고 단죄하는 것은 어디까지나 기찰사의 소관임을 잊지 마시오."

구상복이 호통을 치자 박성태의 눈썹이 치켜 올라갔다. 이런 괘씸한 자가 있나. 동첨절제사면 만호(萬戶)와 동급으로 종사품 직이다. 그런데 목사도 어렵게 대하는 서원의 동주에게 어찌 이리도 무례하단 말인가.

그러나 화를 내려던 박성태는 생각을 바꾸었다. 약전과 동첨절제사 모두 서원 동주의 호통에 겁을 먹고 꼬리를 내릴 자들이 아니었다. 박성태는 일단 지켜보기로 했다.

"동주는 저자가 양속을 해하고 풍기를 어지럽혔다고 하지만 고유의 역법을 만들어서 농사와 장사를 돕는 것은 분명 백성을 위하는 길일 테니 과연 저자에게 역법을 제정할 능력이 있는지를 면밀히 살펴야 할 것이오."

동첨절제사는 불만을 감추지 않고 있는 박성태에게 그리 못을 박고 최종문에게 고개를 돌렸다.

"네 제법 책을 보고 하늘을 살핀 모양이다만 그렇다고 슬그머니 빠져나갈 생각은 말거라. 과연 네가 제대로 진술한 것인지 없는 말을 지어냈는지 내가 자세히 살핀 연후에 판결을 내릴 것이니 그리 알고 오늘은 돌아가도록 하거라. 필요하면 사리로 가서 서당을 직접 뒤질 것이다."

동첨절제사가 최종문을 돌려보낼 뜻을 비치자 박성태가 펄쩍거리며 언성을 높였다.

"기찰사는 무슨 일을 그리 처리하시오! 엄연히 국법을 거스른 죄인인데 그냥 놓아주겠다니. 사리 서당을 뒤질 것도 없이 여기 명백한 증거가 있소!"

나주 목사도 어렵게 대하는 서원의 동주가 화를 벌컥 내자 동첨절제사를 수행해 온 형방과 예방은 얼굴이 창백해졌다. 서원의 권위를 내세우며 호통을 치는 게 역시 효과적이라 판단한 박성태는 이 자리에서 최종문을 아주 요절내겠다는 듯이 악을 쓰며 달려들었다.

《직방외기》가 금서라고 하지만 이자가 지니고 있던 것은 천문과 관련된 부분만을 필사한 초가 분명하오. 그리고 저들이 진실로 백성들을 위해서 역법을 제정할 생각으로 천문을 살피고 천체를 관측한 것이라면 그리 탓할 일은 아니라고 생각하오. 그러니 천천히, 신중하게 심문해야 할 것이오."

동첨절제사 구상복이 강단 있게 나섰다.

"좋소. 동첨절제사가 그런 식으로 나온다면 나주목에 기찰사 교체를 상신하겠소."

박성태가 잡아먹을 듯 동첨절제사 구상복을 노려보았다. 박성태가 흑산도 향유들을 선동해서 나주목에 기찰사 교체를 요구하고 나서면 목사도 그냥 넘어갈 수 없을 것이다.

최종문은 덜컥 겁이 났다. 기찰사 구상복이 경솔하게 움직이지 않아 다행이지만 일은 자꾸만 이상하게 꼬여 가고 있었다. 서원 동주가 기찰사를 교체하고 나서면 나주 목사는 전라 감영에 그 일을 상신하지 않을 수 없을 것이다. 어쩌면 의금부에도 계(啓)가 올라갈지 모른다. 그리 되면 결과가 어찌 되건 스승 약전에게 해가 돌아갈 것이다.

"마음대로 하시오. 어쨌거나 나는 기찰사로서 내 직분을 다할 것이오. 동주는 기찰사가 아니고 발고인이라는 사실을 잊지 마시오."

구상복이 지지 않고 쏘아붙였다.

─━◈◈◈━─

유배를 온 이래 이리 고심을 했던 적이 또 있었을까. 온종일 가슴에 납덩어리를 올려놓은 것처럼 답답했다. 무더위도 물러가고 아침 저녁으로 서늘한 바람이 불어오는 계절이 되었지만 마음은 숨 막힐 듯한 한여름의 그대로였다.

낮에 최종문이 찾아와서 예리에서 벌어지고 있는 일들을 소상하게 전해 주고 돌아갔다. 다행히 동첨절제사가 경솔한 사람이 아니어서 당장 사단은 면했지만 최종문의 말대로 아무래도 그냥 넘어갈 것 같지 않았다. 약전은 어쩌면 서당문을 닫을지도 모른다고 생각하니 암담했다.

박성태는 곧 나주로 사람을 보내서 기찰사 교체를 정식으로 요구할 것이라고 했다. 틀림없이 박성태는 나주 목사에게 있는 말 없는 말을 보태 약전과 구상복을 몰아붙일 것이다. 그리고 물고 늘어지면 사촌서당은 어떤 식으로든 걸려들 것이다.

약전은 땅이 꺼져라 한숨을 내쉬었다. 허송세월을 하지 않으려고 어보를 만들고 표류기를 정리하고 또 서당을 열며 바쁘게 살아왔다. 그런데 번잡스러운 세상사는 그를 가만히 내버려 두지 않았다. 답답하지만 그렇다고 한숨만 내쉰다고 해결될 일이 아니다. 약전은 모진 꼴을 당하게 되더라도 끝까지 의연하게 대처하리라 마음먹으며 방으로 들어섰다.

비가 오려고 그랬는지 내내 후텁지근하더니 자리에 눕자 그예 빗방울이 떨어지기 시작했다. 늦장마라도 들려는 걸까. 빗방울 떨어지는 소리가 예사롭지 않더니 어느새 장대 같은 비를 퍼붓기 시작했다. 배들은 모두 대피를 했을까. 그 사이에 바다 사람이 다 된 약전은 그 걱정부터 되었다.

쉬 그칠 비가 아닌 것 같았다. 약전은 문을 열고 밖을 살폈다. 한 치 앞도 내다보기 힘들 정도로 폭우가 퍼붓고 있는데 거기에 바람까지 불기 시작했다. 아무래도 심상치 않았다.

"선비님."

창대가 장대 같은 빗줄기를 헤치며 뛰어들었다. 창대는 얼른 처마 밑으로 몸을 피하더니 도롱이를 벗어 들었다. 와중에서도 약전이 걱정되어서 달려온 모양이다.

"때 아닌 폭우가 퍼붓는구나. 그래 마을에 피해는 없겠느냐?"

"대충 살펴보고 올라오는 길인데 다행히 배들은 전부 대피를 했습니다."

"다행이로구나. 그렇지만 계속해서 이렇게 퍼부으면 피해가 적지 않을 것이다. 모두에게 큰물에 대비하라고 이르거라."

콸콸거리며 흙탕물이 쏟아져 내리고 있었다. 승선네 토담집은 높은 곳에 있기에 큰 염려는 없지만 낮은 곳은 벌써 물난리가 났을 것이다.

"소인 생각으로도 쉽게 그칠 비가 아닌 것 같습니다. 그리고 바람도 심상치가 않습니다. 다시 내려가 보겠습니다."

"그리하거라. 본시 큰물은 늦여름에 일어나는 법이니 서두르도록 하거라. 우선 젊은이들을 불러 모아서 낮은 곳에 사는 사람들을 대피시키도록 하거라."

때 늦은 태풍이 불어오려는 것 같은데 호우까지 동반하고 있었다. 출어한 배가 없다니 다행이지만 그래도 이렇게 퍼부어 대면 여기저기서 피해가 발생할 것이다. 약전은 허둥지둥 빗속을 달려가는 창대를 보며 마음을 졸였다.

밤새 퍼붓던 폭우는 날이 밝으며 조금 수그러들었고 집을 통째로 날려버릴 듯 거세게 몰아치던 바람도 잦아들기 시작했다. 밤을 꼬빡 새운 약전은 날이 밝기가 무섭게 승선네 토담집을 나섰다. 마을을 살펴봐야 했다. 약전은 누런 흙탕물이 콸콸 흘러내리는 산길을 허둥지둥 내려갔다.

마을은 벌써 난리였다. 담장이 허물어지고 지붕이 날아간 집들이 눈에 들어왔다. 난장판이었다. 밤새 폭우와 싸웠던 마을 사람들의 눈에 빨갛게 핏발이 서 있었다.

"선비님."

마을 사람들 틈에서 창대가 달려왔다.

"그래 어찌 되었느냐? 혹시 변을 당한 사람은 없느냐?"

"다행히 목숨을 잃은 사람은 없습니다. 그렇지만 예상했던 것보다 훨씬 피해가 심합니다. 보시다시피……."

더 이상 얘기를 하지 않아도 충분히 알 수 있었다. 사람들은 망연자실 멍하니 서로를 쳐다보고 있을 뿐 꿀 먹은 벙어리마냥 입을 굳게 다물고 있었다.

"참변이로구나. 그래도 사람 목숨을 잃지 않은 것을 다행으로 여기고 복구에 힘써야 할 것이다. 당장은 정신이 없겠지만 진정되는 대로 마을 사람들을 불러모아 놓고서 대책을 강구키로 하자. 네가 앞장서서 우선 급한 데부터 손을 보도록 하거라."

약전이 창대에게 복구에 앞장설 것을 지시했다.

"그리 하겠습니다. 너무 염려하지 마시고 올라가서 쉬고 계십시오."

창대가 씩씩하게 대답했다. 약전이 창대에게 뒷일을 부탁하고 걸음을 돌리려 하는데 누가 큰소리로 마을 사람들을 불러 모으고 있었다. 돌아보니 흑산진 별장이었다. 그 뒤에는 나주목에서 함께 내려온 형방이 서 있었다. 피해 현장을 살피러 온 모양이었다. 동첨절제사 일행은 지금 예리에 머물고 있을 것이다.

"폭우로 산성이 무너져 버렸다. 즉시 복구해야 하니 그리들 알고 부역에 나설 채비를 하거라."

별장이 마을 사람들에게 축성 부역에 나설 것을 독려했다. 그럼 밤사이 내린 폭우로 산성이 무너져 내렸단 말인가. 마을 사람들은 아연실색을 했다. 마을을 복구하고 출어 채비를 하기도 눈코 뜰 새 없이 바쁠 판이다. 그런데 축성 부역이라니. 그러나 축성 부역은 그 어떤 일보다 우선해야 하는 것이 지엄한 국법이다.

그렇지 않아도 손볼 때가 된 산성이다. 그동안에 성이 허물고 흙이 많이 쓸려 내려갔다. 그렇지만 흙을 돋우고 구멍을 메우는 일과 무너져 내린 성벽을 다시 쌓는 일은 하늘과 땅 차이다. 내 코가 석자인 마당에 축성 공역에 나가야 한다니. 마을 사람들의 눈에는 하늘이 노랗게 보였다.

"나주목에서 기찰사로 오신 동첨절제사께서 축성도감(築城都監)의 감관(監官)을 맡으실 것이다. 축성 부역에 필요한 인원을 뽑을 것이니 그리 알고 내일부터 부역에 나오도록 해라."

별장이 눈을 부릅뜨고서 마을 사람들에게 축성 부역을 명했다. 긴급히 축성을 해야 할 경우 현지에서 제일 품계가 높은 관헌이 임시 관청인 축성도감을 설치하고 감관을 맡는 것이 상례다. 동첨절제사는 종사품으로 지금 흑산도에서 제일 고위 관헌이다.

"하면 기찰사를 새로 보내는 일은 어찌 되는 겁니까?"

창대가 형방에게 다가가서 슬며시 물었다.

"성이 무너졌는데 무슨 한가한 소리를 하는 거야! 그리고 바람이 잦아들었다고 하지만 지금 배를 띄울 때인가!"

형방은 어이가 없다는 얼굴로 창대에게 쏘아붙였다. 아무튼 뜻하지 않았던 폭우로 인해서 약전은 곤경을 잠시 모면하게 되었다.

———◇◇◇———

기찰사에 축성도감의 감관 감투를 더한 구상복은 흑산도 전역을 돌면서 축성 부역에 동원할 사람들을 긁어모았다. 산성이 훼손된 것을 방치하는 것은 군문효수(軍門梟首)에 해당하는 중죄다. 그러니 그 어떤 일보다도 우선해서 처리를 해야 한다. 그렇지만 섬 전체가 큰물로 적지 않은 피해를 입은 마당이라 사람을 모으는 게 쉽지 않았다. 구상복은 진종일 섬을 돌며 마을별로 일을 할당하고 부역을 독려했지만 별로 진척이 없었다.

산성의 훼손은 생각보다 심각했다. 그렇지 않아도 손볼 곳이 많았던 차에 이번 폭우로 허물어진 것이다. 보수라고 하지만 사실상 개축에 가까웠다. 아무튼 보수든 개축이든 일을 시작하려면 굴러떨어진 돌덩이들을 다시 산 위로 끌어올려야 하는데 그 무거운 것들을 산꼭대기까지 끌어올리려면 금년 내내 공역에 매달려야 할 판이다. 그것은 출어를 포기하는 걸 의미한다.

"큰일이로군. 언제 성을 보수하고 언제 고기를 잡는단 말인가."

구상복은 한숨을 내쉬었다. 감영에서 지정한 기일 내에 공역을 끝내려면 출어는 꿈도 꾸지 말아야 한다.

"훼손이 심해서 기한 내에 마무리 지으려면 섬사람들을 한 사람도 빠뜨리지 말고 꼬박 공역에 동원해야 할 것 같습니다."

예방도 따라서 한숨을 내쉬었다. 구상복은 왜 하필 이럴 때 흑산도에 들어와서 축성도감의 감관 자리를 맡게 됐는지 하늘이 원망스러웠다. 구상복은 진리의 좌수에게 공역에 나설 인원을 할당하고 일어섰다. 사리로, 예리로 돌아다니면서 공역을 감독해야 했다. 이유야 어쨌건 감영에서 정한 기일을 지키지 못하면 문책이 따를 것이다.

숙소로 쓰고 있는 숭양서원에 이르자 동주 박성태가 볼일이 있다는 듯 얼른 따라 당 위로 올라섰다. 기찰사 교체 건으로 껄끄러운 사이가 돼 버렸지만 상황이 상황인지라 구상복은 감정을 자제하고 그를 상대하기로 했다.

"어찌 되었소? 공역 인원을 충당하셨소?"

그래도 향유를 대표하는 서원의 동주랍시고 제법 근심 가득한 얼굴로 박성태가 물었다.

"워낙 심하게 훼손돼서 기일 내에 축성 공역을 무사히 끝낼지 솔직히 걱정이오. 아무튼 빨리 축성 공역을 마쳐야 어민들이 제 집도 고치고 출어도 할 텐데……. 아무튼 동주께서 나서서 마을 사람들을 적극적으로 독려해 주셔야겠소."

고양이 손이라도 빌릴 판이다. 구상복은 박성태에게 도움을 청했다.

"이를 말이겠소. 내 고향에서 생긴 일인데."

박성태가 점잔을 빼며 말했다. 사촌서당을 잡아먹지 못해서 안달을 하던 때와는 사뭇 달랐다.

사리라고 사정이 다를 리 없었다. 마을 사람들의 눈에 핏발이 서 있었다. 제 집이 날아가고 밥줄이 끊긴 마당에 공역이라니. 민심이 극도로 흉흉했다. 구상복은 대충 마을을 둘러보고는 촌로들을 불러 모았다.

"모두 어려움이 많을 것이다. 하지만 무너진 성은 한시도 그냥 내버려둘 수 없다. 관찰사께서 지엄한 영을 내리셨다. 당장 내일부터 축성에 들어갈 것이니 그리 알고 준비를 하거라."

구상복이 엄한 표정으로 촌로들에게 지시를 내렸다. 마음이 무겁지만 지금 인정에 끌릴 때가 아니다. 그렇지만 국법이 지엄하고 군율이 추상같았다. 산성이 훼손되고 진(鎭)이 파손된 마당에 촌민들의 사사로운 사정을 일일이 들어줄 수 없었다.

"어렵지만 우리 모두 힘을 모읍시다."

창대가 앞장서서 공역에 나설 젊은이들을 불러 모았다. 막막했지만 다른 마을과 힘을 합쳐서 하루속히 공역을 마치는 수밖에 달리 도리가 없었다.

"그저 쓸려 내려간 흙을 도로 메우는 정도의 공역이라면 뭐가 문제란 말인가. 그렇지만 폭우로 무너져 내린 돌들을 도로 산꼭대기까지 끌고 올라가는 건, 성을 새로 쌓는 것과 별반 다를 것 없는 큰 공역이 아닌가. 집을 고치고 줄어 채비를 하기에도 시간이 모자란 판인데……."

여기저기서 수근거리는 소리가 들렸다.

"잘 알고 있습니다. 그렇지만 어떻게 하겠습니까, 나라 일인데. 우선 곡괭이와 망태, 그리고 삽을 준비하고……."

"잠깐만!"

최종문이 마을 사람들을 상대로 준비해야 할 것들을 얘기하는 창대를 은밀히 불렀다. 무슨 일인지 안색이 편치가 않았다. 최종문은 구상복을 따라서 사리에 온 박성태를 힐끗 쳐다보고는 목소리를 죽였다.

"저자가 숭양서원의 박 동주요. 그런데 저자가 왜 저리 나서는지 모르겠소. 아무래도 석연치 않은 구석이 있소."

저자가 서원의 동주란 말인가. 창대는 대갓을 쓰고 점잔을 빼면서 느릿느릿 구상복의 뒤를 따르고 있는 박성태에게 눈길을 주었다. 그러고 보니 이상했다. 뒤에서 점잔이나 빼고 있을 서원 동주가 무엇 때문에 이런 일에 앞장을 서고 있단 말인가.

"예리에서 무슨 일이라도?"

"딱히 별일은 없었소. 하지만 저자가 저리 설치는 게 이상하오. 백성들의 고초를 살피겠다고 하는데 지나가던 개가 웃을 소리요."

"하면……?"

"뭔가 낌새가 좋지 않은데 일단은 저자의 꿍꿍이속을 살피는 것이 급선무일 것 같소. 당분간 사리에 머물면서 스승님을 돕겠소."

그때 약전이 천천히 마을로 내려오고 있는 것이 창대의 눈에 들어왔다. 못내 궁금했던 모양이다.

"스승님께서 내려오시는군요."

최종문이 얼른 약전에게 달려갔다. 마을을 살피던 약전은 구상복을 발견하고서 그리로 발길을 돌렸다.

"축성도감 감관을 맡으셨다고 들었소."

약전이 인사말을 건넸다.

"그렇소. 어쩌다 일이 그리 되었소."

130

구상복이 점잖게 답례를 했다.

"마을도 피해가 만만치 않소. 제 집이 날아간 사람들을 성 쌓는 데 동원하면 불만이 생길 수도 있소. 국법이 지엄한 것은 잘 알지만 감관의 재량으로 저들의 형편을 최대한 배려해 주시오."

약전은 그것을 당부하기 위해서 일부러 내려온 것이다.

"제법 마을 사람들을 생각하는 것 같군. 하지만 말만 그럴싸할 뿐 실제로 도움이 되는 건 하나도 없지 않은가! 행여 마을 사람들을 선동해서 공역을 늦출 생각이라면 당장 그만 두는 게 좋아!"

돌연 박성태가 앞으로 나서며 소리쳤다. 약전을 잡아먹을 듯 노려봤는데 대뜸 하대하였다. 최종문은 아연 긴장이 되었다. 대체 무슨 꿍꿍이속으로 여기까지 왔을까 생각 중인데 갑자기 박성태가 나선 것이다.

"예리의 숭양서원 동주이신 것 같소."

약전이 박성태에게 다가갔다. 언행으로 봐서 누구인지 충분히 짐작이 갔던 것이다.

"듣자니 당신은 죄인의 몸으로 실학 운운하며 무지한 백성들을 현혹하고 있다고 하던데 있을 법이나 한 일이오!"

박성태가 으름장을 놓고 나섰다.

"이보시오 동주, 기찰사는 나요. 실학이 천주학과 관련이 있건 없건, 백성을 현혹하건 말건, 백성에게 도움이 되건 말건, 그것은 내가 판단할 일이요. 그리고 그 일은 축성 공역이 끝날 때까지 미루기로 했으니 괜히 따라다니면서 일을 번거롭게 만들지 마시오!"

구상복이 정색을 하고 박성태를 나무랐다. 안하무인의 태도에 애써 참았던 감정이 폭발한 것이다.

"감관은 저자를 감싸지 마시오. 저자는 죄인의 신분으로 국법에서 금하고 있는 일을 했소. 나 또한 빨리 축성 공역을 마치고 마을 사람들이 생업으로 돌아가야 하겠기에 하는 말이오."

박성태가 기분 나쁜 웃음을 지으며 약전과 구상복을 번갈아 쳐다보았다. 말인즉슨 틀린 게 없다. 그래서 어쩌자는 걸까. 창대와 최종문은 긴장해서 박성태를 주시했다.

"실학이 정말로 실사구시와 이용후생의 학문이라면 백성들이 어려움을 당하고 있을 때 어찌 팔짱만 끼고 있을 수 있겠소."

박성태가 약전을 노려봤지만 약전은 잠자코 듣기만 했다. 섣부른 대응은 화를 자초할 것이다.

"동주께서는 마치 발고 건과 또 축성 공역 건을 일거에 해결할 수 있는 묘책이라도 지니고 있는 듯 말씀하시는데 그래 그런 묘책이 있으면 어디 소상히 얘기해 보시오."

구상복이 정색을 하고 박성태를 다그쳤다. 상대는 주상을 가까이서 보필했던 명문 사대부다. 유배 중이라고 하지만 향촌의 서당 동주가 함부로 하대를 할 사람이 아니다. 구상복은 박성태가 계속해서 무례를 범하면 주의를 주어야겠다고 생각했다.

"물론이오. 묘책이 있기에 여기로 온 것이오."

박성태는 거만한 태도로 마을 사람들을 둘러보고는 잡아먹을 듯 약전을 쏘아보았다.

"축성 공역을 마쳐야 제 집도 고치고 출어도 할 수 있는데 공역 기간이 보름을 넘기면 출어 때를 놓치게 될 것이오. 집 없이 지내는 고생은 그렇다 쳐도 어민이 출어를 놓칠 수는 없는 일. 그러니 실학이 정말로 백성을 위하는 학문이라면 이럴 때 도움이 돼야 할 것이오. 어떻소? 축성 공역을 보름 안에 끝낼 수 있겠소? 그렇게 하면 나도 실학이 실사구시의 학이고 이용후생의 술임을 인정하겠소."

뜻밖의 제안이었다. 축성을 보름 안에 끝내서 실사구시의 학문임을 증명해 보이라니. 구상복을 위시해서 사람들의 시선이 일제히 약전에게 집중되었다.

"보름 안에 공역을 마치지 못하면 이 가을 고기잡이는 끝이다!"

박성태가 선동하듯 사람들을 향해 소리치자 마을 사람들이 눈에 띄게 동요하기 시작했다. 그것은 어김없는 사실이다. 당장은 폭우로 인한 피해와 예정에 없던 공역으로 고초를 겪고 있지만 그거야 시간이 흐르면 어떻게든 해결될 것이고 진짜 어려움은 가을 출어를 못 하게 되는 것이다. 가을 고기잡이를 허탕 치면 내년 춘궁기를 넘기지 못한다.

성벽이 무너지고 돌덩어리들이 산 아래까지 굴러 떨어졌다. 어림잡아도 섬사람 전부가 매달려도 석 달은 족히 걸린 대공역이다. 그런데 보름 만에 끝내라니. 말도 되지 않는 억지였다. 무너져 내린 돌을 끌어올리는 데만도 두 달은 걸릴 것이다.

"억지입니다! 동주도 직접 산성을 살펴보지 않았습니까!"

최종문이 참지 못하고 앞으로 나섰다. 교활한 인간 같으니라고. 박성태는 축성 공역을 구실로 마을 사람들의 분노를 실학으로 몰리게 하려는 속셈이 뻔했다.

"시끄럽다! 감히 어디라고 나서는 게냐!"

박성태가 버럭 화를 내더니 귀가 솔깃해서 대담을 지켜보고 있는 마을 사람들에게 소리쳤다.

"너희들 생각은 어떠냐! 여태껏 저자는 실사구시가 어떻고 이용후생이 어떻고 하면서 떠들어 댔다. 하지만 말로만 떠들어 대는 것이 무슨 소용이 있겠느냐. 실학이 정말로 쓸모 있는 학문이라면 이럴 때 힘이 돼야 할 것이다!"

선동은 즉각 효과를 나타냈다. 마을 사람들은 일제히 약전을 주목했다. 약전은 창졸간에 섬 마을 사람들의 생사를 책임져야 할 입장이 된 것이다. 자칫 원성을 혼자 뒤집어 쓸 판이었다.

'참으로 교활한 인간이군.'

구상복은 뜻밖의 사태를 맞아서 어찌 판단을 내려야 할지 난감했다. 창대와 최종문의 눈치를 살피니 그들도 어찌할지 몰라서 당황하고 있었다. 직권으로 제지할까. 그러다 지푸라기라도 잡겠다는 심정으로 지켜보고 있는 마을 사람들의 원성이 일시에 자기와 약전 두 사람에게 쏠리면 제지하기 어려운 상황이 발생할 것이다. 그 또한 박성태가 바라는 바일 것이다. 구상복은 근심스러운 표정으로 약전을 쳐다봤다. 약전은 입을 굳게 다물고 있었다.

"허! 순진한 학동들을 모아 놓고 실학 운운하더니 어찌 저리 꿀 먹은 벙어리가 되었단 말인가. 성현께서 말씀하시기를 군자는 언행이 일치하고 무실역행(務實力行)에 힘써야 한다고 하셨거늘 대체 서양의 스승은 뭘 가르쳤기에 저리 안과 밖이 다르단 말인가."

기선을 제압한 박성태가 몰아붙였다. 하지만 약전은 여전히 눈을 감은 채 묵묵부답이었다. 어림짐작으로도 공역은 흑산도 사람들 전부가 매달려도 석 달은 걸릴 것이다. 그런데 보름 안에 끝내라니…… 그것은 출어 시기를 놓칠까봐 전전긍긍하고 있는 섬사람들을 교묘하게 선동하는 악랄한 함정이었다.

난감했다. 그리고 외로웠다. 넓은 바다 한가운데 홀로 표류하는 기분이었다. 여기서 물러서면 모든 게 수포로 돌아간다. 서당은 문을 닫게 될 것이고 어보도 더 이상 만들 수 없다. 어쩌면 위리안치에 처하게 될지 모른다.

"어찌 꿀 먹은 벙어리가 됐소! 못 하겠으면 못 하겠다고 이 자리에서 똑똑히 말을 하시오!"

박성태는 의기양양해서 계속 약전을 몰아붙였다. 더 이상 밀리면 패배다. 약전이 숨을 깊이 들이쉬고 천천히 주위를 둘러봤다. 자신을 지켜보고 있는 사람들이 차례로 눈에 들어왔다. 속으로 쾌재를 부르고 있는 박성태와 걱정스런 표정으로 지켜보고 있는 창대와 최종문, 난감해하는 구상복과 지푸라기라도 잡으려는 심정으로 쳐다보고 있는 마을 사람들. 약전은 비장한 어조로 입을 열었다.

"좋소. 공역을 보름 안에 끝내도록 하겠소."

"선비님! 그건 안 됩니다!"

"무리입니다!"

약전의 말이 떨어지자 최종문과 창대가 깜짝 놀라며 약전을 만류하고 나섰다. 놀라기는 박성태도 마찬가지였다. 설마 약전이 그리 나오리라 예상하지 못했던 것이다. 구상복도, 마을 사람들도 깜짝 놀랐다. 행여나 하는 심정으로 지켜보았지만 무리라는 것은 그들도 잘 알고 있었다.

"경솔하게 판단하지 마시오. 일에는 순리가 있는 법. 발고와 공역은 별개의 일이오."

구상복도 만류하고 나섰다.

"아니오. 절대로 경솔하게 판단하는 것이 아니오. 대신 나도 동주에게 제안을 하나 하겠소. 보름 안에 공역을 마치면 발고 건과 기찰사 교체 건을 물러주시오."

약전이 정색을 하고 박성태를 다그쳤다.

"그야……, 그리만 된다면……."

박성태가 말을 더듬자 구상복이 못을 박고 나섰다.

"조금 전의 일은 내가 직접 전라감영에 계를 올려 확실하게 보장을 받겠소."

구상복이 전라감영을 들먹이자 박성태는 벌레를 씹은 표정으로 뒤로 물러섰다. 그런데 보름이라니. 마을 사람들은 뭘 잘못 들은 것은 아닌가 해서 멍한 표정으로 서로를 쳐다봤다. 무슨 수로 보름 만에 공역을 끝낸단 말인가.

"정말로 보름 안에 성벽을 말끔히 보수할 수 있겠소?"

구상복이 걱정 가득한 얼굴로 약전에게 물었다.

"그렇소. 그럼 감관의 말을 믿고서 이제부터 축성 공역에 전념하겠소."

약전이 그 말을 마치고 돌아섰다. 창대와 최종문이 약전의 뒤를 따랐고 세 사람은 승선네 토담집에 이르도록 아무 말이 없었다. 대체 무슨 속셈으로 박성태가 파놓은 함정에 스스로 뛰어든 것일까. 창대는 답답했다. 서당을 아끼고 최종문의 장래를 염려하는 마음은 얼마든지 이해됐지만 그래도 너무 무모한 짓이었다.

"소인은 도무지 선비님의 속셈을 헤아리지 못하겠습니다. 아무리 궁리를 해 봐도 도저히 보름 안에 공역을 마치지 못할 것 같습니다."

방에 들어서자마자 창대가 따지듯 입을 열었다. 성벽의 돌은 힘센 장정 둘이 맞들어야 간신히 들어 올릴 수 있을 정도로 무겁다. 그걸 들고 산꼭대기까지 올라갈 수는 없다. 그러니 어쩔 수 없이 수레에 싣고 앞에서 끌고 뒤에서 밀며 낑낑거려야 하는데 수레가 다닐 수 있는 길을 내는 데 만도 두 달은 족히 걸릴 판이다. 그것도 사리와 진리, 예리의 장정들이 만사 제쳐 놓고 공역에 매달렸을 때 일이다.

언제 길을 내고 언제 돌을 나르려고 보름 만에 공역을 끝내겠다고 호언을 했단 말인가. 창대는 겁이 덜컥 났다. 아무리 생각해도 약

136

전이 경솔하게 호언을 한 것 같았다.

최종문은 입을 굳게 다문 채 내내 말이 없었다. 스승 약전이 그리 말했을 때는 그만한 자신이 있을 것이란 믿음 때문이었다.

"감관을 찾아가서 말미를 조금 더 달라고 부탁하는 게 좋을 것 같습니다. 관찰사에게 계를 올리면 박 동주도 어쩌지 못할 겁니다."

창대가 약전에게 의견을 제시했다.

"그럴 필요 없다. 내게 수가 있으니 너무 염려하지 말거라."

약전이 의연한 자태로 고개를 가로저었다. 수가 있다는 말에 창대와 최종문은 귀가 번쩍 뜨였다.

"하면……."

창대가 구체적인 걸 물어보려는데 약전이 말을 잘랐다.

"도목들을 모을 수 있겠느냐?"

"그야 늘 배를 손보고 수리하는 섬마을이니 목수 일에 능한 자들은 얼마든지 구할 수 있습니다."

성을 쌓는데 느닷없이 나무를 다루는 목수를 찾는 바람에 창대는 어리둥절했다. 어쨌든 창대의 말대로 흑산도에는 배뭇기에 능한 목수들이 많았다.

"그럼 됐다. 그자들의 도움이 필요할 것이니 불러 모으거라."

약전이 창대에게 그리 이르고 최종문에게 얼굴을 돌렸다.

"갑인년(甲寅年 1794) 정월부터 병진년(丙辰年 1796) 구월까지 화성부(華城府)에서 대대적인 축성 공역이 있었다는 사실을 알고 있느냐?"

그렇구나. 그 일이 있었구나. 최종문은 그제야 약전의 의도를 간파하고 얼굴이 환해졌다.

"물론 잘 알고 있습니다. 그때 스승님께서는 상중임에도 아우님이신 정약용 홍문관 수찬과 함께 성역소(城役所)에 관여하시지 않았습니까."

"그렇다. 선대왕(정조)께서는 화성으로 천도하기로 하고 화성에 대대적인 축성 공역을 일으키셨는데 그때 약용 아우가 큰 공을 세웠다."

화성 공역을 경험했던 약전에게 축성은 낯선 것이 아니었다. 화성 공역은 엄청난 대역사였는데 짧은 시간에 성역이 훌륭하게 마무리 된 데는 정약용의 공이 컸다. 별평거(別平車)와 녹로(轆轤)를 비롯해서 여러 종류의 기기들을 고안해서 공역에 큰 이바지를 했는데 약전은 그때 아우 약용을 도운 적이 있었다. 약전은 그때의 기억을 바탕으로 유형거(遊衡車)와 거중기(擧重機)를 제작해서 공역에 투입할 생각이었다.

"스승님께서 성역소에 계셨다는 사실을 그만 잊고 있었습니다. 이제야 스승님의 깊은 뜻을 이해하겠습니다."

최종문이 환해진 얼굴로 약전에게 고개를 숙였다.

"기기들을 빨리 제작해서 신속히 투입하면 보름 만에 공역을 마칠 수 있을 것이다. 나는 종문이와 함께 기기의 도면을 그릴 테니 창대는 도목들에게 그대로 만들라고 하거라. 재료는 배를 만들 때 쓰는 목재와 밧줄이면 충분할 것이다."

"잘 알겠습니다. 소인은 기기에 대해서는 잘 모르지만 목수들을 부리는 일은 염려하지 마십시오."

창대가 활기찬 목소리로 대답했다.

"그래. 그 일은 네게 맡기겠다. 그리고 종문이는 당분간 여기서 나와 함께 지내면서 도면을 그리도록 하자."

"잘 알겠습니다. 부족한 재주지만 신명을 다하겠습니다."

138

최종문이 들뜬 목소리로 대답했다. 화성에 성을 쌓을 때 정약용은 명나라 학자인 모원의(茅元儀)가 편찬한《무비지(武備誌)》와 서양 선교사인 등옥함(鄧玉函)이 기술한《기기도설(奇器圖說)》을 참고해서 여러 종류의 기기를 제작했는데 약전은 그중에서 비탈길에서도 큰 힘을 들이지 않고 짐을 나를 수 있는 유형거와 무거운 것을 거뜬히 들어내는 거중기를 다시 만들 생각이었다.

흑산도 도목들은 솜씨가 좋아서 도면을 자세히 그려서 넘겨주면 닷새면 충분히 거중기와 유형거를 만들 수 있을 것이다. 약전은 이미 산성을 답사했던 터라 거중기와 유형거를 적절히 이용하면 충분히 기한 내에 공역을 마칠 수 있을 것이다. 약전은 폭우로 유실된 산성이 전화위복의 계기가 되어줄 것이라 믿으며 일에 몰두했다.

———◆◇◆———

마을에서 뚝딱거리는 소리가 그치지 않았다. 도목들은 약전이 그려준 도면을 보고 열심히 평거(平車)며 구판(駒板) 등의 수레들을 만들었고 창대는 부지런히 쫓아다니며 그들을 독려했다. 보름 만에 공역을 마치겠다는 약전의 말에 허튼소리 말라며 고개를 절레절레 흔들던 마을 사람들은 무거운 돌을 별 힘 들이지 않고 번쩍번쩍 들어 올리는 거중기와 경사가 아무리 가팔라도 짐이 기울지 않는 유형거를 만든다는 말에 일말의 희망을 가지고 거들기 시작한 것이다.

계획대로 진행되면 보름 안에 가까스로 공역을 마칠 것도 같았다. 비교적 평탄한 곳은 평거(平車)나 대거(大車)를 이용해서 돌을 나르고 경사가 심한 곳은 유형거를 이용해서 옮기면 된다. 유형거도 다니지 못할 정도로 경사가 심한 곳은 거중기로 들어 올릴 생각이다. 대략 여덟 곳에 거중기를 설치하면 큰 무리 없이 공사를 끝낼 수 있을 것 같았다.

현장을 둘러본 구상복은 크게 감탄을 했다. 비로소 약전이 화성 공역에 관여했던 사실을 상기해낸 것이다. 처음부터 약전에게 호의를 보였던 구상복은 만족한 웃음을 지으며 승선네로 향했다. 약전을 만나서 노고를 치하할 생각이었다.

방 안에는 각종 도면으로 가득했다. 약전은 우선 전체 그림을 그리고 그 다음에 부분별로 자세한 그림을 그려서 도목들에게 건네주었는데 사실 대거나 동거(童車) 같은 수레들은 치수만 정확하게 정해 주면 특별한 기술이 없어도 만들 수 있다. 그러나 거중기와 녹로(轆轤), 그리고 유형거는 정확한 도면과 숙련된 도목이 없으면 제작이 불가능했다.

"좌랑께서 화성 공역에 참여했었다는 사실을 깜빡 잊었소."

구상복이 어지럽게 널린 도면을 보며 감탄을 발했다. 얼떨결에 축성도감의 감관 자리를 맡은 마당이다. 일을 제대로 마무리 짓지 못하면 책임을 면키 힘든 마당에 약전이 앞장서서 축성을 마무리 짓고 있으니 구상복으로서는 고맙기 그지없었다.

"이것이 유형거라는 것이로군요. 과연!"

유형거는 수레바퀴 안에 복토(伏兔)라고 하는 자세 안정장치가 따로 설치되어 있어서 아무리 경사가 심해도 짐을 싣는 판은 늘 수평을 유지하도록 제작된 특수 수레다. 그러니 유형거가 있으면 비탈길 공역이 한결 수월하다. 구상복을 따라온 형방과 예방도 눈이 휘둥그레져서 유형거를 살폈다. 비록 도면이지만 아주 상세하게 그려져 있어서 충분히 실물을 짐작할 수 있었다.

"사람들을 모으고 자재를 충당하는 일일랑 염려하지 마시오. 내가 앞장서서 독려할 테니. 사리는 물론 예리, 진리의 장정 한 사람도 빠짐없이 동원할 것이오."

"감관께서 그리 마음을 써 주시니 든든하기 이를 데 없소."

약전이 감사의 말을 건넸다.

"그런데 박 동주가 또 무슨 짓을 할지 모르니 한시도 경계를 늦추어서는 안 될 겁니다."

최종문은 자꾸만 박성태가 마음에 걸렸다. 약전이 기기를 만든다는 소식을 들었을 텐데 박성태는 집안에 틀어박혀서 꼼짝달싹하지 않고 있었다. 마을 사람들이 적극적으로 약전의 편을 들고 있으니 섣불리 나서기 어렵겠지만 그렇다고 그냥 물러날 위인은 절대 아니다.

"그 일은 크게 염려하지 마시오. 약속대로 공역이 마무리되기만 하면 나머지는 다 내가 알아서 처리할 것이오."

감관은 공역과 관련해서 생사여탈권을 쥐고 있다. 구상복은 약전과 최종문에게 다른 일에는 신경 쓰지 말 것을 당부하고 자리를 떴다.

"공역은 순조롭게 진행되고 있습니다. 흑산도 도목들은 한양 도목들보다 더 솜씨가 뛰어난 사람들입니다."

구상복을 따라서 올라온 창대가 싱글벙글거렸다.

"이제 거중기만 만들면 되겠군요. 여덟 대를 만들려면 서둘러야 합니다."

최종문이 거중기의 전체 도면과 부분 도면을 번갈아 쳐다보며 말했다. 전체 도면에는 무거운 돌을 쉽게 들어 올릴 수 있는 거중기의 형태가 생생하게 그려져 있고 부분 도면에는 기둥을 이루는 승량각

(承梁脚)과 무게를 감당하는 횡량(橫樑), 그리고 횡량을 고정시키는 상철강(上鐵杠)를 비롯해서 크고 작은 도르래들이 복잡하게 자리 잡고 있었다.

이것이 화성 공역을 주도했던 거중기란 말이지. 최종문은 흥분을 감추지 못했다. 일은 순조롭게 풀리고 있었다. 기찰사 교체를 거론할 만큼 기세가 등등했던 박 동주도 비상대권을 장악한 축성도감의 감관에게는 섣불리 맞서지 못하고 있었다.

밤을 새우며 도면을 그리고 도목들을 독려하느라 창대는 몸이 젖은 솜처럼 무거웠지만 마음은 하늘을 날아갈 듯했다. 일을 무사히 마치면 약전은 어려움에서 벗어나면서 실학이야말로 진정으로 백성들을 위하는 학문이라는 사실을 당당하게 증명해 보이게 되는 것이다. 그리고 최종문은 소원이던 관상감 취재에 응할 수 있다.

이제 거중기를 만들기만 하면 끝이다. 창대는 당장이라도 도면을 들고 도목들에게 달려가고 싶었다. 그런데 무슨 일이 또 있는지 약전의 표정이 그리 밝지 못했다.

"흑산도 도목들의 솜씨는 믿으셔도 됩니다. 거중기는 처음이지만 틀림없이 도면대로 만들어 낼 겁니다."

창대가 자신만만하게 말했다.

"그야 이를 말이겠느냐마는……."

약전이 말끝을 흐렸다. 그럼 또 무슨 문제가……. 창대는 불안한 표정으로 약전의 안색을 살폈다.

"그래, 원리를 이해할 수 있겠느냐?"

약전이 거중기의 부분 도면에서 눈을 떼지 않고 있는 최종문에게 물었다.

"힘이 어떻게 작용하는지 대강 이해가 갑니다."

거중기는 사람이 대활륜(大滑輪)을 움직이면 그 동력이 세활윤(細滑輪)과 중유량(中游樑), 그리고 하유량(下游樑)과 연결된 활차로 차례로 전해지면서 힘이 수십 배로 세지는 구조를 이루고 있다.

"거중기가 제대로 작동하려면 여러 활차들의 크기와 배치 각도가 아주 정확해야 한다. 한 치의 오차라도 생겼다가는 힘을 낼 수 없다."

약전의 말대로 거중기는 각각의 활차들이 정확하게 맞물려 돌아가야 힘을 얻을 수 있다. 그런데 도면에는 활차의 종류만 나열되어 있을 뿐, 치수와 각도가 표시되어 있지 않았다. 창대는 그제야 약전과 최종문의 표정이 밝지 못한 이유를 깨닫게 되었다.

"원리는 기억하고 있지만 자세한 치수까지는 기억하지 못하겠구나. 그러니 이제부터 정확한 치수와 설치 각도를 알아내야 한다."

약전은 거중기의 정확한 치수까지 기억하지는 못하고 있었다. 다른 기기들은 그런대로 눈짐작으로 치수를 정해도 큰 탈이 없지만 거중기는 다르다.

최종문은 도면을 찬찬히 살펴보았다. 네 종류의 활차들이 빈틈없이 맞물려 돌아가려면 정밀한 치수와 각도가 필요한데 그것을 구하기 위해서는 엄청나게 복잡한 계산을 해야 한다. 거기에 밧줄을 마냥 길게 만들 수도 없고 그것을 끌어당기는 사람의 힘에도 한계가 있는 것이기에 긍(緪)의 길이와 승량각의 크기에는 제한이 따른다.

그 모든 것을 감안해서 치수를 정하고 각도를 구해야 하는데 그러기 위해서는 대활륜의 지름을 임의로 정한 후에 복잡한 계산 절차를 거쳐 나머지 세 종류 도르래의 지름과 설치 각도를 산출해야 할 것이다. 결국 다승(多乘)을 이루는 대종개입방(帶從開立方 다원삼차방정식)의 해(解)를 구하는 문제로 귀결된다.

"다승대종개입방으로 풀어야 할 것 같습니다."

최종문이 조심스럽게 입을 열었다.

"그렇다. 천원술로 해를 구해서 다승방(多乘方)을 이루는 개평근을 산출해야 한다."

약전이 무거운 표정으로 고개를 끄덕였다.

그것이 쉬운 일이 아님을 잘 알고 있는 최종문은 가벼운 흥분을 느꼈다. 스승 약전이 그 어려운 해를 어떻게 구하는지 지켜볼 기회를 잡은 것이다.

"네가 다승대종개입방의 해를 구해 보도록 하거라."

그런데 약전의 입에서 뜻밖의 말이 나왔다.

"네? 소생이 말입니까? 소생은 다승대종개입방을 풀기에는 실력이 한참 모자랍니다."

최종문이 깜짝 놀랐다. 다승대종개입방의 해는 대수만으로는 풀수 없고 구고의 도움을 받아야 답을 구할 수 있는 까다로운 문제다. 당대 제일의 산학자만이 풀 수 있는 어려운 문제를 서양 수학에 입문한 지 채 일 년도 되지 않은 자기에게 맡기겠다는 말에 최종문은 질겁한 것이다.

"나는 네가 충분히 해낼 수 있다고 믿는다."

펄쩍 뛰는 최종문과는 대조적으로 약전은 침착했다.

"네게 어려운 문제를 떠맡기려는 것이 아니다. 너밖에 할 사람이 없기에 네게 맡기려는 것이다."

약전은 진심이었다. 약전은 젊은 시절에 서양 기하학에 깊이 심취해서 대과를 포기하고 산학자의 길로 나갈 결심까지 했지만 결국 현실과 타협하고 말았는데 지금이 그 시절이라면 팔을 걷어붙이고 나섰을 것이다. 하지만 지금은 머리가 굳어진 지 오래다. 성리학은 경륜과 관조를 필요로 하지만 수학은 새로운 발상과 참신한 사고가 뒷받침이 되어야 한다. 약전은 자신이 이미 늙었음을 잘 알고 있었다.

"스승님께서 소생의 재주를 그리 높이 봐주시니 몸 둘 바를 모르겠습니다만 다승대종개입방은 솔직히 자신이 없습니다.《동문산지(同文算指)》와《환용교의(圜容較義)》에서 다승대종개입방의 수학적 해와 기하적 해를 다룬 것을 본 적은 있습니다만 직접 해를 구해 본 적은 없습니다. 더구나 이틀 후에 도면을 넘겨주기로 약조를 하지 않았습니까."

최종문이 고개를 설레설레 흔들었다.《동문산지》와《환용교》의는 청나라에 온 서양 선교사 마테오 리치가 번역한 서양의 수학책으로 약전과 최종문은 두 서적을 통해 서양 수학을 섭렵하고 있었다.

"이까짓 일 하나 제대로 처리하지 못하면 어찌 관상감 역관이 되며 어떻게 우리의 역법을 제정할 수 있단 말이냐! 너는 충분히 할 수 있다! 약한 소리하지 말고 당장 네 방으로 가거라!"

약전은 최종문의 재능을 믿기로 하고 호되게 다그쳤다. 약전의 호통에 최종문은 겁먹은 얼굴이 되어 비틀거리며 방으로 향했다. 정말 최종문이 해를 구할 수 있을까. 솔직히 약전도 자신하지 못하고 있었다. 그의 능력을 믿지 못하는 것은 아니지만 시간이 촉박한 게 큰 문제다. 한 열흘 정도 여유가 있으면 약전도 해를 구할 수 있을 것 같았다.

"선비님!"

그때까지 아무 말 없이 두 사람의 대화를 지켜보고 있던 창대가 비로소 입을 열었다.

"아무리 종문이의 재주가 뛰어나다고 하지만 선비님께서도 풀지 못하는 어려운 문제를 어찌 풀겠습니까. 사정이 그러하다면 차라리 지금이라도 박 동주의 제안을 받아들이는 게 어떻겠습니까."

창대는 다급했다. 구상복 말대로 발고와 공역은 별개다. 괜히 최종문 때문에 긁어 부스럼을 만든 건 아닌가 하는 생각이 든 것이다.

"염려하지 말거라. 나는 종문이를 믿는다."

약전의 대답은 간결했다. 그 짧은 말 한마디에 깊은 신뢰가 묻어 있었다.

"선비님께서 얼마나 종문이를 신임하시는지 물론 잘 알고 있습니다. 그래도……, 행여 선비님께 해가 되는 일이 생길까 봐 걱정입니다."

창대의 말에 약전을 생각하는 마음이 구구절절 배어 있었다.

"걱정할 것 없다. 종문이가 꼭 해낼 것이다. 그보다는 도면이 늦어지면 마을 사람들이 흔들릴지 모르니 쓸데없는 소문이 나지 않도록 네가 각별히 신경을 쓰거라."

"그 점은 염려 놓으십시오. 소인은……."

창대는 말끝을 흐렸고 약전은 눈을 감았다. 깊은 생각에 잠길 때의 버릇이다. 시간은 이틀밖에 없다. 과연 최종문이 그 어려운 다승대종개입방의 해를 이틀 내에 풀 수 있을까. 쉽지 않은 일임은 누구보다도 약전 자신이 잘 알고 있었다.

갑자기 두려움이 밀려왔다. 두려움은 외로움을 부른다. 약전은 절해고도에 혼자 남겨진 현실을 새삼 절감하게 되었다.

'종문이는 꼭 해낼 것이다.'

약전은 흔들리는 자신에게 그렇게 타일렀다.

창대가 몇 차례 들락거린 것만 기억날 뿐 시간이 얼마나 흘렀는
지 도통 가늠이 되질 않았다. 자는 듯 깨어 있었고 깨어 있는 듯 잠
이 든 사이에 어느덧 도목들에게 도면을 넘겨주기로 한 시각이 다
가오고 있었다. 안 그러려고 해도 자꾸 불안해졌다. 창대는 지금 왜
이리 도면이 늦어지냐며 화를 내는 도목들에게 그럴듯한 구실을 둘
러대느라 정신이 없을 것이다. 행여 도면이 아직 완성되지 않았다
는 사실이 알려지면 도목들이 손을 털고 일어설지도 모른다.

최종문은 방에 틀어박혀서 식사도 마다한 채 두문불출 하고 있었
다. 복잡한 수식을 푸느라 머리를 싸매고 있을 것이다. 이런 사정을
아는지 모르는지 시간은 야속하게도 계속 흘러갔고 시시각각 운명
의 시각이 다가오고 있었다.

창대는 좌불안석으로 계속 현장과 승선네를 들락거렸다. 지금이
라도 사실대로 얘기하고 피해를 최소로 줄였으면 하는 눈치였지만
약전은 끝까지 최종문을 믿기로 했다. 그만큼 최종문은 뛰어난 재
능을 지니고 있었다. 문제는 시간이 너무 없다는 사실인데……, 참
으로 안타까운 일이다. 잠은 제대로 자고 있을까. 가끔 쉬기는 할까.
행여 무리하다 돌아 버리면 어떻게 하나. 수학 풀이에 골몰하다가
정신이 돌아 버린 사람이 실제로 있다. 생각이 거기에 미치자 약전
은 당장이라도 방 안으로 달려가서 최종문을 끌어내야 하는 게 아
닌가 하는 생각도 들었다.

마을 쪽도 문제다. 일각이 아쉬운 판에 별다른 이유 없이 도면이
늦어지고 있으니 어쩌면 마을 사람들도 뭔가 낌새가 이상하다는 것
을 눈치 챘을지도 모른다. 마을 사람들이 등을 돌리면 감관도 어쩌

지 못할 것이다. 제발 그런 일이 없어야 할 텐데. 약전은 애간장이 타들어 갔다. 다른 기기와 도구들은 제작이 다 끝났다. 이제 거중기만 만들면 된다. 약전이 노심초사를 하는 사이에 운명의 시각이 다가왔다.

"선비님."

창대가 헐떡이며 뛰어 올라왔다.

"그래 마을 분위기는 어떠냐?"

약전은 두려운 마음으로 창대의 표정을 살폈다.

"삼삼오오 모여 이런 저런 얘기들을 하고 있습니다."

창대가 심상치 않은 분위기를 에둘러 말했다. 아무래도 더 이상 버티기 힘든 상황 같았다. 여태 도면을 보내지 않는다면 저들도 뭔가 이상이 있음을 눈치 챘을 것이다.

"소인 생각은……."

창대가 조심스럽게 입을 여는데 토담집 어귀에서 소란이 일면서 한 무리의 사람들이 몰려왔다. 창대가 마을 사람들을 간신히 달래고 올라왔던 모양인데 누가 그 사이에 선동을 했는지 사람들이 참지 못하고 이리로 밀려온 모양이다. 믿었던 만큼 실망도 클 것이다.

구상복이 토담집으로 들어섰고 마을 사람들이 그의 뒤를 따라 토담집으로 몰려왔다. 사리는 물론 진리와 예리에서 온 사람들도 보였는데 눈초리들이 심상치 않았다.

"감관께서 어쩐 일이시오?"

약전은 짐짓 모른 체를 하며 구상복을 맞았다.

"마을 사람들이 술렁이기에 어쩐 일인가 물었더니 거중기라는 게 괜한 말일 뿐 그런 건 없다는 소문이 돌고 있다고 하더군요. 그래서……."

148

구상복이 탐색하듯 약전의 눈치를 살폈다.

"도면이 조금 늦어지다 보니 그런 헛소문이 나도는 모양이오. 거중기는 다른 기기들보다 설계가 훨씬 복잡하기에 도면 제작에 시간이 조금 더 걸리는 것뿐이오."

약전이 소문을 부인했다.

"그야 물론 그렇겠지오. 하지만 도목들 말로는 여기서 더 늦어지면 기한 내에 제작할 수 없다고 하기에……. 혹시 무슨 문제라도 있는 것은 아니오?"

구상복의 얼굴에 의혹의 그림자가 스치고 지나갔다. 약전이 입으로는 장담하지만 왠지 초췌한 구석이 눈에 들어왔던 것이다. 그렇다면 빨리 결단을 내려야 한다. 일이 차질을 빚으면 감관도 중벌을 면치 못할 것이다.

"그렇지 않소. 곧 도목들에게 도면을 넘길 테니 염려하지 마시오."

약전은 마을 사람들 들으라는 듯 큰소리로 대답했다. 약전의 호언장담에 노려보던 마을 사람들의 표정도 조금 풀어졌다. 어쨌거나 존경 받는 한양 선비다.

"참으로 가증스러운 자로다! 아직도 감관과 마을 사람들을 기만하려 들다니!"

갑자기 뒤에서 호통소리가 들렸다. 언제 올라왔는지 박성태가 잡아먹을 듯 험악한 얼굴로 사람들을 헤치며 앞으로 나서고 있었다. 아마도 공역 계획이 차질을 빚고 있다는 소문을 듣고서 득달 같이 달려온 모양이다.

큰일이다. 약전은 일단 마을 사람들을 안심시켜서 돌려보낸 후에 구상복에게 솔직히 애기를 하고서 며칠 말미를 얻을 속셈이었다.

그런데 박성태가 불쑥 나타난 것이다. 그렇다면 섣부른 변명은 화를 자초할 것이다.

"나는 누구도 기만한 적이 없소! 약조대로 오늘 중으로 도면을 넘겨주겠소."

우선 마을 사람들이 흥분해서 날뛰는 것을 막아야 한다. 약전은 아직 약조 기한이 남아 있음을 항변했다.

"어허! 일이 이 지경에 이르렀는데도 아직도 그런 헛소리를! 정말 사갈(蛇蝎)과도 같은 자로군. 내 다 알아보고 왔다. 당장 이실직고를 하지 못할까."

박성태가 쌍심지를 치켜들고 덤벼들었다. 말하는 품새로 봐서 아마 도목 중에 누가 그에게 달려가서 미주알고주알 까발린 모양이었다. 사람의 마음처럼 간교한 것이 없다고 왠지 일이 제대로 돌아가지 않는다는 판단이 서자 재빨리 박성태 편에 붙은 것이다.

"도면이 있으면 당장 내보이란 말이다!"

박성태가 언성을 높이며 약전을 다그치자 마을 사람들의 표정이 다시 험악해졌다. 낭패였다. 간신히 설득해 놨는데 박성태가 나타나는 바람에 만사가 수포로 돌아가게 생긴 것이다. 구상복도 사실을 분명히 밝혀야겠다고 생각했는지 굳어진 표정으로 약전의 대답을 기다렸다.

약전은 사실대로 밝히기로 했다. 솔직히 얘기하고 이해를 구하는 게 어쭙잖은 핑계를 대는 것보다 나을 것이다.

"거중기에는 여러 종류의 도르래들이 쓰이는데 그들이 빈틈없이 맞물려서 돌아가게 하려면 한 치의 오차도 없이 설계를 해야 하오. 내 일찍이 거중기를 이용해서 화성 공역을 마친 적이 있지만 그 세밀한 치수까지 일일이 다 기억하지는 못하고 있소. 그래서 지금 정확한 치수를 산출해 내고 있는 중이오. 그 때문에 도면 제작이 조금 지연되고 있소. 지금 저 방에서 종문이가 그 일을 하고 있는데 종문이는 산학에 비상한 재능을 지니고 있으니 틀림없이 정확한 치수를 산출해 낼 것이오. 그러니 조금만 더 기다려 주시오."

"뭐야! 우리 종문이를 저 방에 감금시켜 놓았단 말이냐? 그래 놓고 나중에 우리 종문에게 책임을 떠넘길 속셈이로구나."

호통 소리와 함께 한 향유가 살기등등해서 앞으로 나섰다. 최종 문의 부친 최용우였다. 최종문의 부친이 나타날 줄이야. 갈수록 일이 꼬이고 있었다. 솔직히 얘기하는 게 좋을 것 같아서 사실을 밝힌 것인데 최종문의 부친은 책임 전가를 거론하며 약전을 압박하고 나섰다.

약전이 다른 사람에게 도면 제작을 맡겼다는 사실은 구상복을 비롯해서 모두에게 적지 않은 충격이었다. 얼핏 들으면 최용우의 말대로 약전이 최종문에게 책임을 떠넘기려 하는 것처럼 보일 수도 있었다. 악의로 해석하면 감금이라고도 볼 수 있는 상황이다.

"내 아들을 감금해 놓다니! 용서할 수 없다!"

최용우가 악을 썼다.

"하면 저 안에 최종문이 있단 말이오?"

구상복은 감금이라는 말을 피했지만 얼굴에서 전에 없던 냉기가 흘렀다. 감관 기만은 군문참수에 해당하는 중죄다.

"감금이라니 당치도 않은 말이오."

약전이 서둘러 부인했지만 호기를 잡은 박성태가 그냥 있을 리 없었다. 박성태가 구상복을 보며 언성을 높였다.

"감관은 도대체 언제까지 저자를 감쌀 것이오! 도저히 묵과할 수 없는 일이 벌어지고 있지 않소? 저자는 죄인의 몸으로 국법에서 금하고 있는 천주학을 가르쳤고 감관도 기만하려 했소. 당장 포박하고서 그 죄를 다스려야 할 것이오!"

박성태가 기세등등해서 구상복을 몰아붙였다. 그에게 축성 공역은 별 관심사가 아니다. 약전만 옭아 넣으면 그만이다.

구상복은 난처했다. 아무래도 무슨 사유가 있는 것 같아서 주위를 물리고서 약전에게 자초지종을 들으려고 이리로 왔던 것인데 박성태와 최용우가 끼어들면서 일이 크게 번진 것이다. 약전이 제대로 항변을 하지 못하면 죄를 묻는 수밖에 없는 상황이다. 감관 기만은 어떤 경우에도 그냥 넘어갈 수 없는 중죄다.

창대는 오금이 저려서 가만히 서 있기조차 힘들었다. 정말로 감관 기만으로 몰리면 약전은 살아남기 힘들 것이다. 역시 처음부터 무리였을까. 아니면 박성태를 너무 만만하게 본 게 잘못일까. 창대는 끝까지 말리지 못한 게 후회되었다.

"최 사과는 무엇을 하고 계시오! 빨리 문을 부수고 자제를 구하시오!"

박성태의 호통에 최용우가 황급히 최종문이 있는 방으로 달려갔다. 아무도 말리는 사람이 없었다. 꼼짝없이 생사람 잡아서 감금시켜 놓았다가 발각이 된 꼴이 되었다.

최용우가 요절을 낼 듯이 문짝을 열어젖히자 그 안에 최종문이 앉아 있었다.

"......!"

흩어진 머리에 퀭한 눈으로 고개를 돌리는 최종문은 꼭 실성한 사람 같았다.

"종문아……."

최용우가 엉거주춤한 자세로 최종문을 불렀다. 최종문은 몽유병

환자처럼 멍한 표정으로 몸을 일으키더니 무엇에 끌리기라도 한 듯 비틀비틀 방을 내려섰다. 그리고 초점을 잃은 눈으로, 지켜보고 있는 사람들을 둘러보았다.

"종문아! 나를 알아보겠느냐."

최용우가 덜덜 떨며 최종문을 불렀지만 최종문은 아무 소리도 들리지 않는다는 듯 넋이 나간 얼굴로 비틀거리며 앞으로 걸어 나왔다. 마을 사람들은 귀신이라도 본 양 질겁하며 뒤로 물러섰다.

놀라기는 약전도 마찬가지였다. 어떻게 불과 이틀 만에 사람이 이렇게 변할 수 있단 말인가. 정녕 귀신의 형상이었다. 생각을 한곳에 쏟다 보면 잠시 정신을 잃어버릴 수 있겠지만 종문이는 아예 넋이 나가버린 사람처럼 보였다. 역시 과욕이었을까. 약전은 자신의 처지도 잊은 채 실성한 듯 다가오는 최종문을 보며 깊은 자괴감에 빠져들었다.

"멀쩡한 아이를 이 지경으로 만들어 놓다니. 죄를 엄히 묻겠다!"

최용우가 악을 쓰며 약전에게 달려들었다.

"말세로다. 어쩌다 예의 바르고 총명한 젊은이가 이 꼴이 되었단 말인가. 그나마 빨리 손을 썼기에 망정이지 하마터면 흑산도 젊은이들 모두 이 꼴이 될 뻔했다."

박성태가 보란 듯 큰소리를 쳤다. 구상복은 소태를 씹은 듯 아무 말이 없었고 마을 사람들은 겁에 질려서 주춤주춤 뒷걸음질을 쳤다. 약전은 아무런 생각이 들지 않았다. 자신의 지나친 욕심이 심성 곧고 재능 있는 젊은이를 망쳐 놓았다는 후회뿐이었다.

"스승님!"

비틀거리며 걷던 최종문이 약전 앞에서 걸음을 멈추었다. 기력이 다했는지 서 있는 것조차 위태로워 보였다. 약전은 최종문이 자신을 알아보는 것이 아주 기뻤다. 다행히 넋이 나간 게 아니었다.

"얼굴이 말이 아니로구나. 아무리 시일이 촉박했기로 밥은 제대로 챙겨 먹고 잠도 제대로 자야 했거늘."

약전이 최종문의 손을 덥석 잡았다. 백지장처럼 창백한 최종문의 얼굴을 보니 눈물이 핑 돌았다.

"몸이 이리 상할 줄 몰랐다. 이틀 만에 다승대종개입방의 해를 구하는 것은 애초부터 무리였나 보구나."

어쨌든 최종문이 온전하니 다행이었다. 약전은 자신이 저지른 행위에 대해서 책임을 질 각오를 하고서 최용우와 구상복, 박성태, 창대 그리고 한발 물러서서 쳐다보고 있는 마을 사람들에게 차례로 시선을 주었다. 그들의 얼굴에 각자의 입장에 따라서 미묘한 변화가 일었다. 이것으로 끝인가. 약전은 허탈한 생각이 들었다.

"해를 구했습니다. 거중기 도면을 완성했습니다."

약전이 구상복의 지시를 기다리고 있는 관헌에게 걸어가려 하는데 최종문이 중얼거리며 손에 들고 있는 종이를 내밀었다.

"지금 뭐라고 했느냐?"

약전은 잘못들은 게 아닌가 해서 최종문의 얼굴과 손을 번갈아 쳐다봤다. 그러고 보니 최종문의 얼굴을 살피느라 손에 뭘 들고 있는지 신경을 쓰지 못했다. 어느새 최종문의 눈은 예전의 총명한 눈으로 변해있었고 손에는 분명히 도면이 들려 있었다. 약전은 빼앗듯 최종문에게서 도면을 건네받았다.

과연 도면에는 대활윤과 세활윤, 그리고 중유량과 하유량에 매달릴 도르래들의 지름과 설치 각도의 정확한 치수가 기록되어 있었다. 그리고 승량각과 횡량을 비롯해서 다른 부품들에도 자세한 수치들이 적혀 있었다.

154

약전은 숨이 막힐 것만 같았다. 최종문이 끝내 해를 구한 것이다. 이틀이라는 짧은 시간 안에 그 복잡한 다승대종개입방의 해를 구한 것이다. 이게 꿈은 아니겠지. 도면을 쥔 약전의 손이 부들부들 떨렸다.

"모두 스승님의 가르침 덕분입니다."

최종문이 공손히 고개를 숙였다.

"네 재주를 진작 알아봤지만 그래도 다승대종개입방을 단 이틀 만에 풀 줄이야……. 아주 기쁘구나. 가히 청출어람이로다."

약전은 최종문을 껴안고 어린아이처럼 껑충껑충 뛰었다.

———◆———

거중기가 돌기 시작하자 장정 넷은 달라붙어야 겨우 움직이던 커다란 돌덩이가 공깃돌마냥 번쩍 들려 올라갔다.

"힘을 내라! 조금만 더 끌어올리면 된다!"

조두(組頭)가 목청을 높이며 공역원들을 독려했다. 이번 돌덩이만 들어 올리면 오늘 할 일은 끝이다.

축성 공역은 순조롭게 진행되었다. 최종문이 산출해 낸 치수는 정확했다. 도목들이 익숙한 솜씨로 거중기를 만들자 공역은 일사천리로 진행되었다. 마을 사람들 모두 신이 나서 공역에 나섰고 어느새 산성은 예전 모습을 되찾았다.

"내 눈으로 빤히 보고도 믿어지지가 않소. 대공역을 단지 보름 만에 마칠 수 있다니. 그저 놀라울 뿐이오."

공역을 감독하고 있던 구상복이 언덕 위로 올라오는 약전을 발견하고 얼른 다가왔다. 약전은 공역에 고생이 많은 마을 사람들을 위무할 겸 공역 진척도 살필 겸해서 현장으로 찾았는데 당연히 창대와 최종문이 수행하고 있었다.

"공역이 순조롭게 진행된다니 내 마음이 한결 가볍소."

거중기가 들어 올린 돌들은 평지에서는 대거에, 비탈길에서는 유형거에 실려서 운반되고 수레가 다닐 수 없는 곳은 다시 거중기를 이용해서 들어 올려졌다. 길을 따로 낼 필요도 없었고 낑낑거리며 밀고 올라갈 필요는 더욱 없었다. 산골짜기 아래로 굴러 떨어진 돌들이 불과 반나절 만에 산꼭대기로 옮겨지고 있으니 보름이면 공역을 마치기에 충분했다.

"화성 공역에 대해서 들은 적이 있지만 거중기의 위력이 이렇게 대단할 줄은 몰랐소."

구상복이 거듭 감탄을 했다. 흑산도에 있던 죄로 축성도감 감관을 맡았고 책임감 때문에 마음이 납덩이 같던 차에 훌륭하게 공역을 마무리했으니 그 기쁨을 필설로 표현하기 힘들 것이다.

숭양서원 동주 박성태는 그날 이후로 서원에 틀어박혀서 꼼짝도 하지 않았다. 앞으로 섬사람들이 서원을 대하는 게 예전 같지 않을 거란 사실을 누구보다도 잘 알고 있기 때문일 것이다. 옛날처럼 함부로 사람들을 잡아다 닦달했다가는 도리어 섬에서 쫓겨나게 될 것이다.

평거를 끌던 공역인들이 걸음을 멈추고서 약전과 구상복에게 예를 올렸다. 며칠만 더 고생을 하면 공역은 끝이다. 그러면 그제부터는 무너진 내 집도 고치고 다시 출어도 하게 된다. 석 달은 걸릴 공역을 불과 보름 만에 끝내게 되었으니 마을 사람들은 덩실덩실 춤이라도 출 지경이었다.

약전은 기뻤다. 실학이 백성들의 어려움을 덜어 주는 학문임을 명백하게 증명해 보인 데다 최종문이라는 뛰어난 인재를 얻은 것이다.

마음이 그래서일까. 오늘따라 바닷바람이 더 시원스레 느껴졌다. 저 아래 바닷가에서 아낙들이 공역장에서 돌아올 지아비를 기다리며 도구를 모으고 배를 살피는 모습이 눈에 들어왔다. 비록 가진 것은 없지만 욕심 없고 순박한 사람들이 열심히 살아가고 있는 모습이었다. 약전은 그 소박하고 꾸밈없는 모습을 보며 마음이 절로 넉넉해짐을 느꼈다.

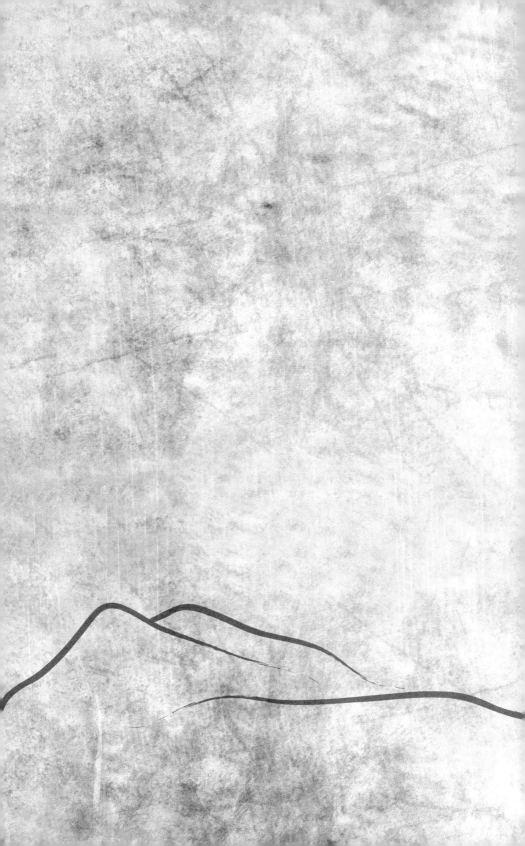

민란 民亂

아득한 수평선 저 멀리로 뭉게구름이 탐스럽게 피어오르고 있었다. 소만과 망종이 지나면서 섬마을에 다시 여름이 찾아왔다. 조기 출어와 파시를 무사히 끝낸 어민들은 대풍을 앞둔 농부들 마냥 마음 푸근한 나날을 보내고 있었다. 이제 홍어잡이 철이 돌아올 때까지 모처럼의 풍요를 느끼며 두 다리 쭉 뻗고 지낼 수 있다.

뭉게구름을 쳐다보던 약전의 입에서 한숨이 새어 나왔다. 나이는 어느덧 쉰다섯이 되었다. 어김없이 노인이 된 것이다. 나이를 먹는다는 건 뭘까. 쉽게 흔들리지 않는다는 좋은 점도 있지만 몸이 예전 같지 않고 또 매사에 쉽게 결단을 내리지 못하는 단점도 있다.

사촌서당은 탈 없이 운영되고 있었다. 학동들이 계속해서 서당을 찾았다. 통감을 끝내고서 배움을 더하려고 뭍의 향교로 건너간 학동들도 꽤 됐다. 머지않아 그들 중에서 초시 급제자도 나올 것이다. 약전은 제법 단단하게 뿌리를 내린 서당을 볼 때마다 뿌듯함을 느꼈다.

어보를 만드는 일은 막바지에 달했다. 그동안 모아 놓은 초들을 종류별로 나눠서 묶고 새로 보탤 것은 보태고 뺄 것은 빼는 일이 남았다. 우선은 비늘이 있는 인류(鱗類)와 비늘이 없는 무인류(無鱗類), 그리고 조개류와 잡류로 나누고 다시 소분류를 해서 같은 것끼리 한데 묶을 생각이다. 그리고 여건이 닿으면 바다 물새(海禽)와 해채(海菜)까지 다룰 것이다.

바닷물고기들을 계통별로 분류해 보고 싶다는 소박한 동기에서 비롯된 일인데 마무리에 이르니 책은 애초 예상했던 것보다 훨씬 방대한 내용을 다루게 되었다. 자신을 얻은 약전은 그들 중에서 병을 다스리는 데 도움이 될 만한 것들을 따로 추리기로 했다. 임신년(壬申年 1812)의 여름은 그렇게 망중한 속에서 시작이 되었다. 흑산도로 옮겨온 지 어느새 십일 년의 세월이 흐른 것이다. 십 년이면 강산도 변한다고 하는데 강산이 변하고도 다시 일 년의 세월이 흘렀다. 요즘 들어 불면이 심해지고 작은 일에도 깜짝깜짝 놀라는 것은 강산도 변하게 하는 세월이 약전의 굳은 심지를 약하게 만들었기 때문일 것이다.

과연 다시 한양 땅을 밟을 수 있을까. 복직까지는 바라지 않아도 그저 고향 땅이나 한번 밟아 봤으면 하는 바람은 여전한데 이리 자꾸 초조해지는 것은 아무래도 기력이 예전만 못한 데서 비롯되었을 것이다.

간간이 전해 오는 약용 아우의 서신이 큰 낙이었다. 약용 아우도 유배지에서 꾸준히 집필을 하고 있는데 재작년에 팔도의 역사와 지리를 모아서 《아방강역고(我邦疆域考)》를 엮었다고 했다. 상세한 내용은 몰라도 틀림없이 후세에 그 이름을 전할 명저일 것이다. 약용 아우는 어보에 관해서도 이런저런 소견을 보내왔다. 약용 아우 역시 바닷가로 유배되었기에 그의 조언은 어보 제작에 적지 않은 도움이 되었다.

그렇게 흑산도는 한가한 일상이 이어지고 있었지만 뭍은 사정이 달랐다. 작년 말(辛未年 1811)에 평안도민 홍경래(洪景來)가 민란을 일으키면서 평안도 일대는 온통 피바다를 이루는 큰 변이 있었다.

홍경래는 평서대원수(平西大元帥)를 자처하며 천여 명의 농민군을 이끌고서 평안도 다복동에서 봉기를 했다. 서북 땅은 국초 이래로 차별을 받아 왔는데 여기에 흉년이 계속되면서 농민들이 더 참지 못하고 마침내 들고일어난 것이다.

봉기군은 두 패로 나뉘어서 파죽지세로 서북 일대를 휩쓸었다. 홍경래가 직접 이끈 남진군은 가산으로 쳐들어갔고 부원수 김사용이 이끈 북진군은 곽산으로 진격해서 관아를 장악했다. 국초 이래 예가 없었던 큰 민란이 일어난 것이다.

북진군은 서북면의 방어 거점인 정주와 선천을 차례로 점령하며 기세를 올렸고 남진군도 박천을 무혈입성하며 전승을 거듭했다. 봉기군의 사기는 하늘을 찔렀고 관군은 패주를 거듭했다.

서북면 일대가 전부 홍경래의 수중에 떨어지면서 농민봉기군도 수천 명으로 불어났다. 민란에 가담한 자들은 농민뿐만이 아니었다. 그동안 서북인으로 차별을 받던 향반들도 적극적으로 봉기에 가담하고 나선 것이다. 양반들이 봉기에 합세한 것은 전에 없던 일이었다.

과연 새로운 세상이 열릴 것인가. 그러나 봉기군의 운세는 거기까지였다. 해가 바뀌면서 관군은 반격에 나섰고 봉기군은 급격히 밀리기 시작했다. 남진군은 평안병사 이해우가 이끄는 관군에게 패했고 북진군도 의주 싸움에서 지면서 정주성에서 농성에 들어갔다. 진압에 나선 경군(京軍)은 여태까지 상대하던 관군과 달리 정예 병사들이었다.

봉기군은 정주성에 갇힌 채 항거를 했지만 식량과 식수가 바닥 난 마당에 마냥 버틸 수는 없었다. 포위 석 달 만에 성이 함락되었고 봉기군들은 비참한 최후를 맞았다. 새로운 세상을 꿈꾸며 일어났던 서북인들의 봉기는 그렇게 허무하고 처절하게 끝을 맺었다.

민란은 일단 그렇게 평정이 됐지만 흉흉해진 민심은 쉽게 수그러들지 않았다. 문책이 따랐고 혼란의 정주성을 빠져나온 난민들을 색출하느라 포교들이 사방에서 눈초리를 번뜩이고 있었다.

요즘 창대는 돈어(魨魚 복어) 때문에 자주 나주를 오가고 있었다. 창대로부터 한양 소식을 전해들은 약전은 시름에 잠겼다. 관직 따위는 미련이 없지만 도탄에 빠진 백성들을 생각하니 마음이 편하지 못했던 것이다. 나주는 흑산도를 관할하는 치소며 호남 제일의 대처다. 흑산도 어민들은 복어같이 귀하고 값비싼 어종은 나주까지 직접 가서 그곳 어상들에게 넘기고 있었다.

복어는 한양에 있을 때부터 익히 알던 물고기로 약전은 어보에 이미 그 종류와 생태, 그리고 특성을 자세히 기재해 놓고 있었다. 복어는 종류가 다양해서 흥분하면 배가 불룩 나오는 게 고대 중국의 미녀 서시의 젖가슴 같다고 해서 서시유(西施乳)라는 재미있는 별명이 있는 검돈(黔魨 검복)과 독이 없는 검돈과는 달리 피와 내장에 강한 독이 있어서 먹을 때 주의를 해야 하는 작돈(鵲魨 까치복), 그리고 비슷하면서도 조금씩 생김새가 다른 활돈(滑魨 밀복)과 삽돈(澁魨 까칠복), 소돈(小魨 졸복), 백돈(白魨 흰복) 등이 있다는 사실을 약전은 상세히 분류해서 기재해 놓았다.

창대는 내일 다시 나주로 나간다고 했다. 이번에는 또 어떤 소식을 가지고 올까. 제발 가슴 아픈 소식이 아니었으면 하는 바람이었다.

"돌아오는 길에 우리 진이 비단 댕기 사다 줄게."

창대는 딸 진이를 내려놓으며 더없이 흐뭇했다. 세 돌을 막 지낸 딸아이가 그렇게 귀여울 수가 없었다. 아들 식이는 이제 다섯 살이 되었는데 제법 오라비 노릇을 하고 있었다.

"식이는 《천자문》을 떼었으니 《동몽선습》하고 《소학언해》를 사다 주어야겠구나."

창대는 식이를 대견스러운 눈길로 바라보았다. 아직 서당에 다닐 나이가 아닌데도 벌써 《천자문》을 다 떼었으니 어찌 대견스럽지 않겠는가. 창대는 이번 달 들어 벌써 두 번째 나주 나들이를 할 참이다. 돌아온 지 며칠 되지 않았는데 호형호제하는 어민 정달현이 나주에 복어를 팔러 가는 길에 함께 가자고 한 것이다.

"챙길 것이 많을 텐데 아이들까지 일일이 마음을 썼다가 다른 일을 못 보시면 어쩌려고 그래요? 그리고 너무 그렇게 위하기만 하면 애들 버릇 나빠져요."

전옥패가 진이를 받아 들면서 가볍게 핀잔을 주었다. 창대는 너털웃음을 지으며 집을 나섰다. 창대도 어느덧 서른 줄에 접어들었고 전옥패도 두 아이의 어머니가 되었다. 이제는 아이들 크는 걸 보는 게 사는 보람이다. 모든 게 궁핍한 섬마을이지만 큰 욕심 부리지 않고 살면 그런대로 지낼 만하다. 그리고 주변의 일들 모두 그런대로 순조롭게 추진되고 있었다. 나이를 먹으면서 안분지족의 도리를 깨달았기 때문일까. 창대는 요즘 마음이 더없이 편했다.

"한양 선비님께 인사를 드리셨어요?"

전옥패가 대문까지 따라 나오면서 물었다.

"어제 뵙고 말씀드렸어. 그런데 선비님께서 요즘 기운이 많이 달리시는 것 같아서 걱정이야."

"해가 여러 번 바뀌었는데도 한양에서 아무런 기별이 없으니 실망이 크시겠지요."

"그러시겠지. 흑산도에 오신 지 벌써 열한 해가 지났으니 어찌 그렇지 않겠나."

쏜살같은 게 세월이라더니 약전을 처음 만났던 게 엊그제 같은데 어느새 그렇게 세월이 흐른 것이다. 무심한 세월은 선비의 대찬 기개마저도 꺾어 버리는 모양이었다. 갈수록 약전의 얼굴에서 생기가 사라지고 있었고 자신감도 예전 같지 않았다.

창대는 실의에 빠진 약전의 모습을 볼 때마다 마음이 아팠다. 어제 나주를 다녀오겠다며 인사를 드렸을 때 창대는 약전의 눈에 비친 뭍에 대한 아련한 그리움을 읽을 수 있었다.

"다녀오리다. 너무 걱정하지 마시오."

창대는 전옥패에게 걱정하지 말 것을 이르며 바닷가로 향했다.

***

호구나 전결(田結)을 기준으로 하면 나주목은 한양과 평양에 이어서 조선에서 세 번째로 큰 고을로 호남평야의 풍요로움에 팔도에서 몰려든 각종 물산이 더하면서 그야말로 없는 것이 없는 대처다.

과히 헐하지 않은 물상객주(物商客主)를 찾아서 방을 잡은 창대와 정달현은 그대로 다리를 쭉 뻗고 드러누웠다. 무거운 물통을 끌고 온 길이라서 여독이 만만치 않았다. 행상들에게 숙소를 제공하면서 물건도 맡아 주고 위탁 거래도 해 주는 물상객주는 창대같이 소규모로 장사를 하는 사람들에게는 꼭 필요한 곳이다.

"이제야 좀 살 것 같구먼. 창대 아우가 나 때문에 고생이 많네."

창대만큼 대처행이 잦지 않은 정달현은 눈에 보이는 것 모두가 신기한지 숙소를 정할 때까지 연신 사방을 두리번거렸다.

"나하고 달현이 형님 사이에 그 무슨 말씀이오. 오히려 형님 덕분에 나주 구경을 또 하게 되었소. 그러나 저러나 복어 값을 제대로 받아야 할 텐데 나주 거간꾼들은 닳고 단 자들이니 거간꾼을 상대할 때 절대로 궁한 기색을 보이지 마시오."

창대가 거간꾼을 만나기 전에 주의를 해야 할 것들을 일러 주었다. 정달현은 장조카가 혼사를 서두르는 바람에 갑자기 큰돈이 필요하게 됐다. 그래서 어상이 흑산도로 올 때까지 기다릴 여유가 없어서 직접 나주에 내다 팔 요량으로 잡아 놓은 놈 중에서 본보기로 몇 마리를 가지고 온 것이다. 홍정이 잘 되면 어상과 함께 흑산도로 가서 전량을 넘길 생각이다. 검복을 산채로 가져오려면 물통에 넣어서 운반해야 하기에 창대의 도움이 꼭 필요했다.

"복어들은 괜찮을까? 많이 흔들렸는데."

"괜찮을 거요. 조금 전에도 들여다봤는데 뭘."

창대는 자꾸만 불안해하는 정달현을 안심시켰다. 복어는 상품이다. 하지만 양심 있는 거간꾼을 만나는 건 쉬운 일이 아니다.

"검복들이 워낙 좋아서 값을 잘 받을 겁니다. 석 자는 되는 데다 배들이 통통하고 기름이 자르르 흐르던데 그놈들 배가 부푼 것을 보니 왜 옛사람들이 검복을 보고 서시유라고 했는지 알겠소이다."

"서시가 양귀비를 뺨치는 미녀였다고 하던데 그러면 그 여인 젖통이 검복 배 부풀어 오른 것처럼 생겼단 말인가?"

창대가 농을 걸자 비로소 정달현이 굳은 얼굴을 펴면서 맞장구를 쳤다. 아닌 게 아니라 이번에 잡은 검복들은 전부 상질들이다. 장조카의 혼사가 예상보다 앞당겨지는 바람에 돈이 쪼들리게 됐지만 세상에 죽으란 법은 없다고 그물에 최상의 검복들이 걸려들었던 것이다.

"저렇게 물 좋고 탱탱하니 못 받아도 마리당 한 냥은 받을 테니 걱정할 것 없어요."

창대는 자신이 있었다. 사실 이렇게 좋은 복어는 흑산도에서도 흔히 잡히지 않는다. 복어는 본래 비싼 물고기인데 이번에 본보기로 가지고 온 것들은 상질 중에서도 상질이니 본보기만 팔아도 제법 돈이 될 것이다.

"나를 찾았소?"

물상객주의 주인이 방문을 열고 기웃거렸다.

"사람을 좀 찾아 주겠소? 임씨 성을 쓰는 어물 거간꾼인데 주로 복어를 취급하는 사람이지요."

"곡성 임씨를 말하는 모양이로군. 왜 복어를 파시려고? 그럼 밖에 있는 저 물통은 복어들인가?"

객주 주인이 웬만하면 나도 구경 좀 해 봅시다 하는 표정으로 물었다. 상질의 복어라면 누구나 탐내는 물건이다. 창대가 거간꾼 임씨를 지목한 것은 그가 까다롭기는 해도 복어를 전문으로 취급하는데다 자기 밑천을 가지고 장사를 하는 사람이어서 가도금(假渡金)을 당겨 쓸 수 있을까 해서였다. 줄 것 주고 받을 것 받으면 그만이다. 깊이 사귈 게 아니면 거간꾼의 성품을 따질 필요는 없을 것이다.

"잘하면 가도금도 받아 낼 수 있을 것이오. 임씨는 어떻게 해서든 꼬투리를 잡아서 값을 깎으려 들겠지만 지금 철에 이만한 복어를 가진 사람이 없을 테니 우리가 꿀릴 게 없지요. 그러니 형님은 그저 내가 하는 대로 보고만 있으시오."

"알겠네. 모든 것을 창대 아우에게 맡길 테니 그저 복어 값이나 후하게 받아 주게."

정달현의 부탁이 아니더라도 창대는 어떻게 해서든 한 푼이라도 더 받아낼 생각이었다. 어떻게 잡은 고기인가. 땅에서 나는 농작물에 농부들의 피와 땀이 서려 있다면 어물에는 어부들의 피와 땀에다 목숨까지 얹혀 있었다.

객주에게서 임치표(任置票)를 받아든 임성량은 기분이 좋았다. 졸복과 가시복이 일부 섞여 있지만 그래도 오늘 인수한 복어들은 대부분 밀복들로 품질도 그럭저럭 쓸 만한 놈들이다. 이 철에 저만한 복어를 구하는 것은 쉬운 일이 아니다. 경상에게 넘기면 세 배는 받을 수 있을 것이다. 그래서 구전이나 먹고 거래를 중개하기에는 너무 아까워서 직접 인수키로 한 것인데 영광에서 왔다는 어민은 대처가 처음인지 적당히 구워삶자 헐값에 넘기고 돌아섰다.

임성량은 기지개를 활짝 폈다. 술 생각이 났지만 참기로 했다. 해가 지려면 아직은 좀 더 있어야 한다. 아직 날이 훤한데 명색이 거간꾼이 봉놋방에서 술이나 마시고 있을 수는 없다. 임성량은 입맛을 다시며 몸을 일으켰다.

"이봐, 네놈도 저 물통 속에 들어 있는 게 뭔지 잘 알겠지? 바로 복어야. 그렇지만 너희들 괜히 쓸데없는 짓 할 생각 말아. 저 속에는 까치복이 섞여 있어. 맹독을 가지고 있는 놈이지. 공연히 남의 물건을 슬쩍하려다가는 눈이 뒤집히면서 죽는 수가 있어."

임성량이 물통을 두리번거리는 객주 사동에게 엄포를 놓았다. 보행객주는 돈 많은 대상들이나 머무는 곳으로 제일 상급의 여각(旅閣)이다. 그런 곳에서 임치시켜 놓은 물건을 사동들이 함부로 손을 댈 리는 만무했다. 임성량은 괜히 큰소리를 쳐 본 것이다.

"우리 애들이 임치시켜 놓은 물건에 손을 댈 리가 있겠습니까. 곧 창고로 옮긴 다음에 철저하게 봉해 놓겠습니다."

객주 주인이 실실 웃으며 다가왔다. 그도 임성량이 농을 건네고 있다는 것을 잘 알고 있었다. 임성량은 어물 거간꾼치고는 거물에 속했다. 다루는 물량도 그렇고 또 굴리는 돈도 적지 않다. 게다가 수완도 좋아서 배를 잘 끌어대기에 선단을 직접 부릴 여력이 없는 소규모 경상들을 상대로 큰소리를 쳐 가며 거간꾼 노릇을 하고 있었다. 그러니 보행객주의 주인도 소홀히 대하지 못했다. 주인이 소리치자 사동들이 달려와서 낑낑거리며 물통을 날랐다.

"창고 깊숙이 넣어 두는 것이 만사가 아닐세. 틈틈이 안을 들여다보고 혹시 잘못되는 일은 없는지를 살펴야 할 테니."

"물론이지요. 걱정은 붙들어 매두고 해가 지거든 향선이에게나 다녀오십시오. 나주 거리에 소문이 짜합니다."

"예끼 이 사람! 그 무슨 헛소리를. 괜히 그런 소리가 관아에 들어가기라도 했다가는 내가 무슨 떼돈이나 버는 줄 알고 바쁜 사람 오라 가라 할 텐데."

말로는 그렇게 하면서도 임성량은 과히 싫지 않은 표정이었다.

"어디를 다녀오시렵니까?"

그러고 보니 임성량은 출타할 차비를 하고 있었다.

"일어난 김에 좀 다녀올 데가 있네. 늦은 시각이기는 하지만 그래도 내친걸음에 다녀오는 게 좋을 것 같아."

말투로 봐서 그리 급한 일은 아닌 듯했다.

"그럼 기녀 향선이에게……."

객주 주인이 묘한 웃음을 지으며 안채로 들어갔다.

'생각하는 것 하고는. 그러니 늘 요 모양 요 꼴이지.'

임성량이 혀를 찼다. 전부터 알고 지내던 흑산도 어민이 만났으면 하는 전갈을 보내왔다. 복어를 팔려고 본보기로 몇 마리를 가지고 나주까지 온 모양인데 마침 영광 어민으로부터 복어를 확보했기에 크게 마음이 동하지는 않았지만 그래도 돈이 될지 모른다는 갈등이 일었다.

복어라면 판로는 얼마든지 있다. 당장 사흘 후면 한양에서 상단이 도착한다. 물량을 확보할 수 있는 한 확보하는 게 좋다. 그렇지만 서두르다 더 좋은 물건을 놓치는 수가 있다.

어떻게 할까. 임성량은 잠시 생각하다 그대로 도로 주저앉았다. 크게 한 건 올린 마당에 굳이 껄끄러운 창대를 상대할 필요가 없다고 판단한 것이다. 아까 영광 어민에게처럼 값을 후려쳤다가는 창대에게 험한 꼴을 당할지도 모른다.

"누가 찾아왔습니다."

사동이 손이 찾아왔음을 알렸다. 그럼 창대가 직접 여기로? 그러나 임성량을 찾아온 사람은 창대가 아니었다. 부부로 보이는 젊은 남녀가 사동의 뒤를 따라서 들어왔다.

"내가 임성량이오만……, 무슨 일로 나를 찾으셨소?"

임성량은 자기를 찾아왔다는 젊은 남녀를 의아한 얼굴로 쳐다봤다. 면식이 없는 사람들이다. 상민 복색을 하고 있지만 어딘지 모르게 기품이 서려 있어 함부로 하대할 수는 없었다.

"우리는 한양에서 내려온 사람들이오. 어상을 시작해 볼까 하는데 당신이 좋은 물건을 많이 가지고 있다고 해서 찾아왔소."

이제 스물다섯 정도 됐을까. 젊은 남자가 우물쭈물하며 입을 열었다. 어상을 시작하겠다고……. 그러나 장사와는 거리가 먼 인상이었다. 임성량은 눈을 가늘게 뜨고 두 젊은 남녀를 자세히 살펴보았다.

"이상하게 생각할 것 없소. 글로 양명(揚名)할 생각을 버린 잔반(殘班)이오."

젊은이는 묻지도 않았는데 몰락한 양반 가문으로 먹고살 길이 막막해서 장사로 나섰음을 밝혔다. 임성량이 보기에도 그런 것 같았다. 궁기가 끼기는 했지만 기품이 있는 자태였다. 별로 이상한 일이 아니다. 몰락한 양반들 중에서 호구지책으로 장사에 나선 사람이 하나둘이 아니었다.

"그럼……?"

임성량은 옆의 젊은 여인에게 눈길을 돌렸다. 여인은 고개를 돌리고 있는데 옆모습만 봐도 대단한 미색이었다.

'곱군.'

임성량은 감탄을 했다. 나이 마흔이 되도록 숱한 여인들을 봤지만 고개를 돌리고 있는 젊은 여인은 여태 상대했던 여인들과는 비교되지 않을 미색이었다. 거기에 잔반답게 기품도 서려 있었다. 색이라면 사족을 못 쓰는 임성량의 입가에 묘한 미소가 흘렀다.

"내자도 함께 장사에 나서기로 했소. 차차 자리가 잡히는 대로 어물을 거래하고 배편을 마련하는 일은 내가 맡을 것이고 내자는 전방(廛房) 일을 볼 것이오."

"호! 반가의 마님께서 장사를……. 세상 오래 살고 볼 일이군."

임성량은 음흉한 웃음을 흘리며 돌아서 있는 여인에게서 눈길을 떼지 않았다. 혹간 상민이나 기녀 출신 중에서 장사로 자리를 잡은 여인네가 없진 않지만 여염댁 마님 행세를 하던 여인이 장사로 나서는 것은 흔한 일이 아니다.

"반가라고는 하나 본시부터 빈한한 가문이었소. 그리고 이왕 장사로 나선 마당에 지난 일은 모두 잊기로 했소."

젊은이가 단호하게 말했다. 나름대로 단단히 각오한 것 같았다.

"각오가 대단하시군. 좋소. 그럼 우선 통성명부터 합시다. 나는 임성량이라 하오. 보시다시피 어물을 중개도 하고 또 직접 사고팔기도 하고 있소."

"안창학(安昌鶴)이라 하오. 결심 끝에 나선 길이니 잘 부탁하오."

젊은이가 자기 이름을 안창학이라고 밝혔다.

"어려운 결심을 하셨소. 그런데 뭘 취급해 볼 생각이시오?"

조카만한 나이고 부탁을 받은 입장이지만 그래도 선뜻 하대가 나오지 않았다. 어쨌든 양반은 양반이다.

"한양의 어상으로부터 복어를 매입해 오면 값을 잘 쳐주겠다는 말을 들었소. 그래서 수소문 끝에 당신을 찾아온 것이오."

"복어가 한양에서 비싼 값에 팔리는 건 사실이지만 매입하는 데 돈이 만만치 않게 들 텐데……."

그래도 복어 시세가 좋다는 말은 들었군. 임성량은 속으로 코웃음을 치며 '그런데 당신 복어를 살 돈은 있어?' 하는 표정으로 안창학을 쳐다봤다.

"한양에서 대강 시세를 알고 왔소. 좋은 복어를 구해 주면 돈은 틀림없이 지불하겠소."

안창학이 얼른 대답했다. 임성량은 속으로 쾌재를 불렀다. 말하는 품세로 봐서 돈푼깨나 지니고 있는 것 같았다. 그렇다면 영광 어상에게서 사들인 복어를 그대로 넘겨 버리면 될 것이다.

"마침 가지고 있는 복어가 있는데 보시겠소?"

임성량이 자리를 털고 일어섰다. 안창학과 그의 내자는 임성량의 뒤를 따라 복어가 보관되어 있는 창고로 향했다.

열쇠를 따고 창고로 들어서자 창고 가득 각종 물화들이 즐비하게 보관되어 있었다. 임성량은 물통을 찾아내서 뚜껑을 열어젖혔다.

"나주는 들에서 나는 곡식과 물에서 잡힌 고기들이 넘쳐 나는 땅이지만 그래도 활어는 흔치 않소. 운송하고 보관하는 게 까다로워서 이렇게 소량만 본보기로 들어올 뿐 대개는 파시에서 직접 거래되고 있소."

임성량이 거드름을 피며 말했다. 안창학이 고개를 숙이고 물통속을 살폈다. 답답한 듯 헤엄치고 있는 복어들이 눈에 들어왔다.

"어떻소? 복어 중에서도 최고로 치는 검복들이오. 전부 상질들이지."

그렇게 말하고서 임성량은 슬쩍 곁눈질로 안창학을 쳐다봤다. 사실 영광 복어들은 중질 정도 되는 것들이다. 어두운 창고 안에서 물동이 속에 있는 복어의 품질을 판별하는 것은 노련한 어상에게도 쉬운 일이 아니다.

여인은 한 발짝 물러서서 고개를 돌리고 있었다. 임성량은 슬쩍슬쩍 곁눈질로 여인을 살폈다. 그린 듯한 용모와 기품 있는 자태, 거기다 몰락한 양반의 후손이란 면도 호기심을 자극했다. 포구며 저자거리에 널려 있는 기녀와 들병이에게서는 느껴 보지 못한 기품이 절로 느껴졌다.

"전부 열 마리요. 마리당 한 냥에 드리겠소. 이만하면 첫 거래치고

172

는 괜찮은 편일게요."

잠시 넋을 잃었던 임성량은 곧 현실로 돌아와서 값을 불렀다. 불과 한식경 만에 값을 몇 배 부풀린 것이다.

"열 마리는 너무 적소. 나는 큰 거래를 하고 싶소."

혹시라도 너무 비싸게 불러서 이 자리에서 돌아서는 것은 아닐까 걱정을 했는데 안창학의 입에서 나온 말은 뜻밖이었다.

"옛? 그럼……."

임성량은 반신반의하는 표정으로 안창학을 쳐다봤다. 장사를 익힐 겸해서 나주에 왔다는 새내기의 입에서 뜻밖의 말이 나온 것이다. 이자가 정말 장사를 하려는 걸까. 산전수전을 다 겪은 임성량은 본능적으로 경계심이 일었다. 임성량의 표정이 묘하게 일그러지자 안창학이 품에서 어음 한 장을 꺼내 들었다.

"대금은 걱정 마시오. 돈은 가지고 있소. 아까도 말했지만 기왕 장사로 나선 마당에 크게 벌이고 싶은 생각이오. 본보기가 마음에 들면 배를 세내서 파시로 가서 직접 거래를 할 생각도 가지고 있소."

임성량은 안창학의 손에 들려 있는 어음에 얼른 눈길을 돌렸다. 이천 냥짜리 어음인데 송파 경상의 최규철 단주가 발행한 것이다. 결제기일이 이 파수짜리니 한 달 후면 상평통보로 바꿀 수 있다. 그야말로 상평통보와 다를 바 없는 어음이다. 임성량은 혹시 꿈을 꾸는 것은 아닌지 볼을 꼬집어 보고 싶은 심정이었다. 장사로 나선 지 이십 년이 넘는 세월에 이런 호기는 처음이었다.

"배를 세내서 직접 파시로……. 허! 젊은 분이, 더구나 장사가 처음이라는 분이 배포가 참으로 대단하시오. 항차 조선 팔도를 호령하는 부상이 되실 분 같소. 그렇다면 정말 나를 잘 찾아오셨소. 내가 세선(貰船)도 알선하겠소."

임성량의 말투가 갑자기 달라졌다. 뜻하지 않았던 복이 넝쿨째 굴러 온 것이다. 배를 세내는 것은 언제라도 가능하다. 문제는 복어를 여하히 확보하느냐는 것인데 어촌으로 달려간다고 복어가 만날 있는 게 아니다. 아까 영광 어상도 잡아놓은 게 별로 없다고 했다. 어떻게 한다…….

'그렇지! 흑산도에서 온 자들이 있었지!'

임성량은 퍼뜩 창대 생각이 떠올랐다.

"상질의 복어를 구할 수 있겠소?"

안창학이 다그치듯 물었다.

"물론이지요. 뭣하면 지금 당장 보여 드릴 수도 있소. 흑산도에서 잡아 온 최고의 검복들인데 한양에서도 구경하기 힘든 놈들이오. 대신 값이 만만치 않을 거요."

"복어만 확실하다면 값은 따지지 않겠소. 그럼 내친 김에 구경하기로 합시다."

안창학은 젊은 사람답게 행동거지가 시원시원했다. 임성량은 이게 웬 떡이냐 싶어서 얼른 앞장섰다. 안창학은 처에게 잠시 다녀오겠다고 말하고 임성량 뒤를 따라나섰다.

창대와 정달현이 머물고 있는 물상객주는 보행객주에서 그리 멀지 않은 곳에 있었다. 같은 객주라고 해도 창대가 머무는 물상객주는 부상들이 머무는 보행객주에 비하면 형편없이 초라해서 주막과 별반 다를 바 없었다.

"계신가? 나 임성량일세."

임성량이 문 앞에서 호기 있게 창대를 불렀다. 임성량에게 전갈을 보내 놓고서 연락이 오기만을 기다리고 있던 창대는 임성량이 직접 찾아오자 얼른 방문을 열었다. 그런데 누구일까. 제법 기품이 있어 보이는 젊은 남자가 임성량의 뒤에 서 있었다.

"직접 오실 줄 몰랐소. 그런데 뒤에 계신 분은 동행이시오?"

"그렇다네. 한양에서 복어를 사려고 내려오신 분일세."

저 젊은 남자가? 복색은 상민 차림이지만 그래도 어딘지 모르게 기품이 느껴지는 게 장사꾼으로 보이지 않았다. 아무튼 복어를 사러 왔다니 흥정을 시작해야 할 것이다. 창대는 정달현에게 눈짓을 보내고 몸을 일으켰다.

창대와 정달현, 임성량 그리고 안창학은 밖으로 나가서 주안상을 마주 대한 채 목상 위에 올라앉았다.

"이분은 본시 반가의 자제로 이런저런 형편으로 장사로 나서게 되었고 곧 송파에 어물 전포를 내기로 했다네. 그런데 장사를 하려면 아무래도 현지 돌아가는 것을 알아 두는 게 좋을 것이기에 직접 나주까지 내려오셨다네."

임성량이 꽤나 잘 알고 지내는 사이인 것처럼 안창학을 소개하고 나섰다.

"장덕순이라고 하오. 그리고 이분은 흑산도에서 같이 온 정달현 형님이오."

"안창학이라 하오. 한양에서 왔소. 잘 부탁하오."

창대가 자기소개를 하자 안창학이 따라서 고개를 숙이며 답례를 했다. 역시 잔반이었군. 어쩐지 기품이 있어 보이더라 했더니. 창대는 안창학의 면모를 차분히 살펴보았다. 기품은 있되 거만함은 없는 얼굴에 창대는 호감이 들었다.

"이왕 장사로 나선 길에 밑바닥부터 배워 볼 요량으로 나주까지 내려왔소. 잘 부탁하오."

그깟 체면이 무엇인지 몰락한 양반들은 장사를 시작하더라도 거간꾼에게 거래를 맡기고 뒷전에 물러앉기 일쑤다. 그런 판에 바닥부터 배우겠다고 나주까지 내려왔으니 참으로 성실한 사람이다. 창대는 점점 더 친근감이 일었다.

"내자까지 동행을 했다네. 아무튼 결심이 대단한 분이지."

임성량이 옆에서 거들었다.

"부인도 함께 장사에 나서기로 했다니 참으로 대단한 결심을 하셨군요. 제주도에 김씨 성에 만 자 덕 자를 쓰시는 여인 거상이 계시오. 지금은 연로하셔서 일선에서 물러나셨는데 치마만 둘렀지 호탕하고 통 큰 것은 웬만한 송상이나 경상의 대방들보다 윗길이신 분이지요."

창대는 김만덕에게 도움을 받았던 일이 새삼 떠올랐다.

"그 얘기는 나도 알고 있소. 선대왕(정조) 연간에 사람들에게 큰 덕을 베푼 공으로 입궐해서 중전마마를 알현하는 영광을 누렸지요. 또 채제공 대감께서 그 여인의 전기를 쓰시기도 하셨고."

반가의 자제답게 안창학은 구사하는 말투부터가 임성량과는 달랐다. 안창학은 어딘지 모르게 슬픈 눈매를 하고 있었지만 비굴함은 찾아볼 수 없었다. 창대는 안창학이 더욱 마음에 들었다.

"복어를 거래하려는 데 본보기가 마음에 들면 아예 배를 세내서 흑산도로 가겠다고 하는군. 배포가 대단한 분이야. 흑산도 복어는 돈 주고도 못 사는 귀한 물건이지만 그래도 본보기를 안 볼 수는 없는 법. 그럼 창고로 가실까."

임성량이 흥정을 서둘렀다. 그야말로 눈길 한 번 준 적 없는 물건을 가지고 구전을 먹으려는 판이다. 하지만 상대가 만만치 않은 창대인지라 임성량은 자꾸 서둘렀다. 네 남자는 술자리를 파하고 창고로 향했다.

다행히 창대가 별 이의를 제기하지 않았다. 이제 곧 이천 냥짜리 어음이 내 손에 들어올 판이다. 임성량은 덩실덩실 춤이라도 추고 싶었다. 세상 물정을 모르는 봉이 제 발로 품 안으로 날아들어 온 것이다.

정달현이 물통을 열자 임성량이 얼른 고개를 디밀었다. 얼핏 보기에 열 마리 가량 되는 것 같았다. 임성량은 정신이 번쩍 들었다. 물통이 좁다는 듯 휘젓고 다니는 검복들은 전부 세 자 이상 됐는데 하얀 배에 붉은 줄의 등이 선명하게 눈에 들어왔다. 그렇다면 최상질의 검복이다. 흔히들 상질의 복어 회는 달콤한 맛이 난다고 하는데 보기만 해도 군침이 돌았다.

"좋군요. 값은……?"

물통을 들여다본 안창학이 임성량과 창대를 번갈아 보며 값을 물어 왔다.

"보다시피 최상질이라서 값이 좀 나가지요. 세 자짜리를 기준으로 마리 당 두 냥은 주셔야……."

임성량이 여우 눈을 하고서 안창학을 노려봤다. 두 냥이라는 말에 창대와 정달현의 표정이 굳어졌다. 아무리 검복이 상질이라고 해도 그렇지 그건 너무 비싼 값이다.

정달현이 당황해서 창대를 쳐다봤다. 아무리 장사라고 하지만 임성량이 너무하는 것 같았다. 창대도 같은 생각이지만 일단 입을 다물기로 했다. 거간꾼이 흥정을 하는데 물주가 나서서 깎아 주겠다고 할 수도 없는 노릇이다. 창대는 잠자코 안창학의 눈치를 살폈다. 그가 너무 비싸다고 하면 그때는 나서서 깎아 줄 생각이었다.

"좋소. 이백 마리든 삼백 마리든 내가 전부 사겠소."

그런데 안창학이 선뜻 승낙했다. 삼백 마리라니. 정달현은 입이

떡 벌어졌다. 그렇다면 잡아 놓은 건 물론 동리 어민들의 복어까지 전량 긁어모아도 모자랄 판이다. 돈으로 치면 얼마나 될까. 얼른 계산이 되질 않았다. 아무튼 그 무거운 물통을 메고 나주까지 온 보람이 있었다.

창대는 곤혹스러웠다. 아무리 결심이 깊고 배포가 크다고 해도 그렇지 얼마 전까지만 해도 책상에 앉아서 글을 읽고 있었을 젊은 이가 이렇게 선뜻 승낙하고 나올 줄은 몰랐다. 임성량이 아무 말 하지 않는 것으로 봐서 돈줄은 든든한 모양이었다.

어떻게 해야 하나. 정달현을 위해서 한 푼이라도 더 받아야겠지만 그래도 터무니없는 폭리를 취할 생각은 없다. 창대는 머릿속으로 대책을 강구해 보았다. 만약에 임성량이 뒷돈을 요구하면 창대는 단호하게 거절할 생각이다. 오히려 복어 값을 조금 깎아 주고 싶었다. 물론 물주인 정달현하고 상의해야겠지만 그도 남에게 바가지 씌우고 두 발 뻗고 잘 사람이 아니기에 반대하지 않을 것이다.

"좋소. 그럼 세선을 알아보겠소. 흑산도에서 한양까지 가려면 제법 실한 배를 마련해야 할 텐데 돈이 좀 들게요."

행여 다른 소리가 나올 세라 임성량이 얼른 거래를 종지부 찍으려 했다.

"튼실한 배만 구할 수 있으면 세선비는 걱정하지 마시오. 그럼 흥정이 끝난 셈이군. 쇠뿔도 당김에 빼랬다고 날이 밝는 대로 서두릅시다."

안창학은 거침이 없었다. 그 배포에 어지간한 창대도 질려 버렸다.

"그렇다면 이제 구전을 정해야겠군. 아시는지 모르겠지만 어물거래는 외구(外口)로 사는 사람 쪽에서 지불하게 되어 있소. 그리고 총

거래액의 이 푼(二分)을 구전으로 받고 있소."

어물은 분명히 외구지만 구전으로 통상 일 푼을 받는다. 임성량은 창대에게 뒷돈을 요구해 봤자 소용이 없을 거라 짐작했는지 구전에서 붙여 먹으려 했다.

구전이 이 푼이라는 말에 정달현이 화들짝 놀라며 창대를 쳐다봤지만 창대는 모른 체했다. 외구의 경우 파는 사람은 구전에 관여하지 않는 게 이쪽 관례다.

구전이 이 푼이라는 말에 안창학은 잠시 멈칫했지만 곧 고개를 끄덕였다. 어쩌다 저렇게 심성 고약한 거간꾼에게 걸렸단 말인가. 창대는 속으로 화가 치밀었다. 하지만 이 바닥은 이 바닥대로 통하는 규율이 있는 법이다. 물건을 파는 사람이 거간꾼이 돈을 많이 받아 줬다고 불평을 하면 미친 사람 취급을 받을 것이다. 창대는 안창학이 어상으로 자리를 잡는 대로 직접 거래를 해야겠다고 생각했다.

"그럼 이것으로 거래가 끝났군. 아예 이 자리에서 문건을 작성했으면 좋겠는데 어떻게 한다? 지필묵을 가져오지 않았으니."

임성량은 구전을 이 푼씩이나 먹게 됐으면서도 크게 만족해하는 표정이 아니었다. 사람의 욕심은 끝이 없어서 진작 사들였으면 훨씬 큰돈을 남겼을 텐데 하는 아쉬움을 떨쳐 버리지 못하고 있었다.

"일단 구두로 계약을 맺은 셈이니 문건은 내일 우리가 묵고 있는 여각에서 만들도록 합시다."

안창학이 호기 있게 제안했다.

"그리하는 것이 좋겠소. 내가 밤사이로 배편을 알아볼 테니 그럼 세선 계약도 그때 같이 하면 되겠군."

임성량이 얼른 동의를 했다. 바가지를 씌울 게 하나 더 있었다.

"그럽시다. 그럼 우리가 내일 오전 중에 댁들이 머무르고 있는 여각으로 찾아가겠소."

"좋소. 그럼 내일 정식으로 문건을 만들기로 하겠소. 저 본보기들도 아예 내게 파시오. 값은 방금 정한 대로면 되겠소? 열 마리니까 스무 냥을 드리겠소."

안창학이 본보기로 가지고 온 복어들도 사겠다며 엽전 꾸러미를 꺼내들었다. 돈을 보자 정달현의 얼굴이 환해졌다. 그렇지 않아도 가진 돈이 간당간당해서 걱정을 하던 참이었다.

"잠깐만. 돈은 나중에 건네주는 게 좋겠소. 거래 관행이라는 게 있으니까."

갑자기 임성량이 끼어들면서 돈을 건네려는 안창학을 만류하고 나섰다. 그의 말이 틀린 것은 아니다. 물건을 다 넘기고서 대금을 청산하는 게 이쪽 거래 관행이다. 하지만 임성량이 나선 이유는 따로 있었다. 본보기 거래에서도 구전을 받아먹겠다는 속셈이었다.

어찌 인간이 저리 야박할 수 있단 말인가. 손에 물 한 방울 묻히지 않고서 구전을 받아먹었으면 됐지 그것도 모자라서 본보기 거래에도 끼어들려 하다니. 창대는 입맛이 썼다. 하지만 여태껏 참았는데 이제 와서 얼굴을 붉히지 않기로 했다.

"세선을 알아보려면 아무래도 먼저 나가봐야겠소."

임성량이 안창학의 손에 들려 있는 엽전을 힐끗 쳐다보고는 서둘러 창고를 나갔다. 하긴 당장 내일 흑산도로 떠나려면 서둘러 수소문을 해야 할 것이다.

"흑산도에서 오셨다고 하셨소?"

안창학이 친근감이 넘치는 표정으로 창대에게 말을 붙였다.

"그렇소."

"그렇다면 혹시 손암 어른을 알고 계신지 모르겠소. 오래전에 그곳으로 유배를 가셨던 분인데."

안창학의 말에 창대는 귀가 번쩍 뜨였다. 손암은 정약전의 호다.

"알다 뿐이겠소. 선비님께서는 유배 중에도 어보를 만들고 표류기를 찬술하셨지요. 또 서당을 열어서 학동들을 가르치고 계십니다. 마을에 무슨 일이 생기면 제일 먼저 선비님에게 달려가지요. 모자란 게 많은 몸이지만 한양 선비님을 모시고 어보를 만들고 서당을 꾸려나가고 있소."

창대가 얼른 대답했다.

"허! 그렇군요. 어쩐지 언변이 예사 뱃사람 같지 않다고 했소. 뜻밖에 여기서 손암 어른을 모시고 있는 분을 만나게 됐군요. 내 비록 손암 어른에게 직접 배운 적은 없지만 늘 손암 어른을 흠모하고 있었소. 참으로 반갑습니다. 마치 사형을 만난 기분입니다."

안창학이 반색을 했다. 그러면서 어느새 말투도 바꿨다.

"사형은 무슨……, 그저 어깨너머로 통감이나 배운 형편인데. 아무튼 수인사나 제대로 합시다. 내 이름은 장덕순이오만 사람들은 다 창대라고 부르지요. 편한 대로 불러 주시오."

창대는 조금 당황스러웠다. 아무리 장사로 나선 몸이라고 하지만 그래도 반상의 구별이 엄연한 세상인데 사형이라니.

"그럼 창대 형님이라고 부르겠습니다. 이렇게 뵙게 돼서 정말 반갑습니다."

안창학의 얼굴에 웃음이 가득했다. 그렇게까지 나오는데 굳이 호형호제를 마다할 필요는 없을 것이다.

"그렇게 말씀을 하시니 그럼 나도 아우님이라고 부르겠소. 나도 아우님을 만나서 정말 반갑소. 요즘은 장사를 하겠다고 나선 반가 사람들을 만나는 게 드문 일이 아니지만 그래도 어려운 결심을 하셨소. 힘든 일이 많겠지만 기왕 시작한 일이니 잘 참고 견디기를 바라겠소."

"고맙습니다. 많이 도와주십시오. 흑산도 복어 소문은 한양에서도 익히 들었습니다. 그런데 초행에 좋은 복어를 손에 넣었고 또 창대 형님같이 좋은 분을 만나게 됐으니 내게 장사 운이 따를 것 같습니다."

창대는 임성량을 상대할 때와는 달리 마음이 편했다. 이번에는 어떻게 임성량을 통해서 거래를 하게 됐지만 다음부터는 직접 거래를 하면서 어물 장사에 필요한 것들을 하나하나 안창학에게 알려 줘야겠다는 생각이 들었다.

"우리가 할 테니 아우님은 먼저 여각으로 돌아가 계시오. 부인께서 기다리고 있을 텐데."

물통을 수레에 싣는 것을 도우려는 안창학을 창대가 만류하고 나섰다.

"그럼 그리 하지요. 이따가 여각에서 손암 선생의 근황도 물어볼 겸해서 창대 형님하고 술 한잔하고 싶습니다."

안창학이 창대와 정달현에게 목례를 보내고서 자리를 떴다.

"이거 생각지도 않았던 큰돈을 만지게 되었군. 꼭 내가 바가지를 씌운 것 같아서 마음이 편치 못하군. 봐서 아무래도 값을 좀 내려줘야 할 거 같네."

소박한 성품의 정달현은 무슨 큰 죄라도 지은 양 얼굴이 벌개가지고 앞장서서 복어 값을 깎아 주겠다고 나섰다.

객주마다 등불이 불을 환하게 밝히면서 과객들을 유혹하고 있었다. 내내 초조한 표정을 감추지 못하고 있던 이소담(李素潭)은 안창학이 들어서자 비로소 안도의 숨을 내쉬었다.

"일은 다 보셨습니까?"

"그렇소. 다행히 좋은 사람들을 만났소."

세선을 알아보겠다던 임성량은 아직 돌아오지 않은 모양이다. 안창학이 행여 누가 들을 세라 목소리를 낮추었다.

"부인, 정말 미안하오. 어쩌다 이런 고생까지 시키게 되었는지 모르겠소."

"그런 말씀 마십시오. 오히려 이 몸이 짐이 될까 봐 마음이 쓰입니다."

이소담이 나지막한 어조로 대답했다. 안창학은 다소곳이 고개를 숙이고 있는 이소담을 쳐다보니 가슴이 메어질 것만 같았다. 혼인 가약을 맺은 지 채 일 년이 지나지 않았으니 아직 새색시다. 좋은 시절 같으면 서로 아끼며 해로했을 텐데 어쩌다 피바람 부는 세월을 만나 몰리고 쫓긴 끝에 멀리 남쪽 땅까지 흘러오게 된 것이다.

안창학의 입에서 한숨이 새어 나왔다. 대의는 꺾였고 처절한 최후를 맛봤지만 후회는 없었다. 지옥을 탈출해서 여기까지 온 게 기적처럼 느껴졌다.

"좋은 사람들을 만났다니 다행이로군요. 그런데 아까 그 거간꾼은 어쩐지 마음에 걸립니다."

"나도 그리 생각하고 있소. 조심을 해야 할 것 같소. 그렇지만 흑산도에서 온 어상들은 믿어도 좋을 것이오. 손암 선생을 모시고 있다고 하더군."

"손암 선생이라면 평소 서방님께서 말씀을 하셨던 분 아닙니까?"

이소담이 총기 가득한 눈동자로 안창학을 쳐다보았다. 그린 듯 고운 자태에 흰 눈이 내린 듯한 피부는 분명히 흔히 볼 수 없는 미모였다.

"그렇소. 기회가 닿으면 흑산도에서 손암 선생을 뵈올 생각이오."

진작부터 실학에 뜻을 두고 있었던 안창학에게 정약전과 정약용 형제는 꼭 만나고 싶은 존재였다. 안창학은 진작 소과에 급제했음에도 대과를 서두르지 않고서 《본초강목(本草綱目)》이며 《천공개물 (天工開物)》같은 실용서에 관심을 기울이고 있었다.

"손암 선생께서는 유배 중에도 어보를 만들고 서당을 세웠다고 하더군. 참으로 대단하신 분이야. 중원에서 건너온 어보는 있지만 우리 어보는 없었거든. 손암 선생께서 어보를 만드셨다면 필시 중원의 그것에 못지 않는 훌륭한 어보일 거야."

안창학은 제 일처럼 기뻐했다.

"서방님 마음은 충분히 헤아립니다만 손암 선생을 만나는 것은 삼가는 게 좋을 듯합니다. 어쨌든 손암 선생은 죄인의 신분이니 혹시 관에서 감시를 하고 있을지 모릅니다."

흥분을 감추지 못하고 있는 안창학을 보며 이소담이 걱정스런 눈길을 보냈다.

"나도 그런 생각을 하지 않은 것은 아니오. 부인의 충고를 따르리다. 잠시 처지를 망각했던 것 같소."

안창학이 잠시 흥분했던 걸 인정했다.

"아직도 그자를 찾으시려는지요."

잠시 침묵이 흐른 뒤에 이소담이 안창학의 눈치를 살피며 조심스럽게 입을 열었다.

"물론이오. 천운이 우리 편이 아니어서 평서대원수의 원대한 포부는 물거품이 되었고 동생공사를 결행했던 동지들은 모조리 도륙을 당하고 말았소. 그 와중에서 목숨을 부지한 건, 해야 할 일이 있기에 하늘이 잠시 이 몸의 명을 맡아 주신 것이라 생각하고 있소."

안창학은 눈을 감았다. 그러자 정주성이 함락되던 날의 그 처참한 장면이 생생하게 떠올랐다. 불길이 치솟고 피가 사방으로 튀었다. 처참하게 쓰러진 농민들과 울부짖는 아이들…… 대체 저들에게 무슨 죄가 있어서 저렇게 도륙을 당해야 한단 말인가.

"내게는 해야 할 일이 있소. 우선은 배신자를 찾아서 처단하는 것이고 둘째는 흩어진 동지들을 규합해서 평서대원수의 뜻을 이어가는 것이오."

안창학이 눈을 번쩍 떴다. 눈에 살기가 형형했다. 그런 안창학을 보며 이소담은 안쓰러운 표정으로 고개를 돌렸다. 참으로 비정한 세월이고 야속한 세상이다. 이소담은 울고 싶었다.

안창학은 곽산의 향반이다. 집안은 하루 세끼를 잇기도 힘들만큼 가난했지만 글 읽기를 좋아했고 어릴 적부터 신동 소리를 들으며 자랐다. 안창학은 향교 학동 중에서 제일 먼저 소과에 등제하면서 세인들의 기대를 모았지만 출사의 길은 포기해야 했다. 국초 이래 계속되어 온 관서인 차별책은 안창학으로 하여금 대과를 볼 생각을 단념케 했던 것이다.

그렇게 불우한 처지를 한탄하며 스물네 해를 살아온 안창학에게 어느 날 갑자기 새로운 세상이 찾아왔다. 홍경래가 평서대원수를 자처하며 관서인들의 봉기를 주도한 것이다. 불만스런 현실을 개탄하며 울분의 세월을 보내고 있던 안창학이 이에 가담한 것은 당연했다. 안창학은 주저하지 않고 봉기군에 합류했고 봉기의 횃불을 높이 들고 앞장섰다.

민란의 불길이 무섭게 타올랐다. 그동안 쌓이고 쌓였던 관서인들의 울분과 한이 화산 폭발하듯 터진 것이다. 관군은 패주를 거듭했고 봉기군은 관아를 접수하고 자치를 실시했다. 백성들이 스스로 다스리는 세상을 이룩한 것이다.

안창학은 유진장(留陣將)으로 선출되었고 쫓겨난 곽산 군수를 대신해서 일대를 관장하게 되었다. 관직에 오를 수 없었던 불운한 수재는 그렇게 해서 오래 전에 접었던 목민관의 꿈을 펼치게 되었다.

그러나 좋은 세월은 오래가지 못했다. 승승장구를 하던 봉기군은 평서대원수 홍경래가 박천에서 피습을 당하면서 급격히 세가 기울기 시작했다. 수세로 몰린 봉기군은 정주성으로 후퇴했고 농성에 들어갔다.

안창학이 나중에 정주성이 함락될 때 죽음을 당한 안주 유진장인 이순암의 여식 소담과 백년가약을 맺은 것은 급히 정주성으로 후퇴를 한 직후다. 이순암은 홍경래가 피습될 때 현장에 있다가 부상을 당했는데 일점혈육 여식을 젊은 안창학에게 맡기기로 했다. 내일 당장 어떻게 될지 모르는 세월이다. 아무래도 젊은 안창학이 자기보다 나을 거란 생각이 들었다.

그렇게 해서 안창학과 이소담은 냉수 한 그릇을 떠 놓고서 봉기군의 수뇌들이 지켜보는 가운데 백년가약을 맺었다. 그리고 제대로 신방을 차리지 못하고 정주성 싸움을 맞은 것이다. 처절한 공방전이 계속되었다. 봉기군은 죽을힘을 다해서 저항을 했지만 양곡이 바닥나고 식수마저 동이 난 마당이었다. 그렇게 버티기를 석 달, 사월 십구 일에 마침내 정주성 최후의 날이 찾아왔다. 기아와 기갈, 그리고 병과 부상으로 제대로 서 있는 사람을 찾아보기 힘든 지경인 봉기군을 향해서 관군이 밀려든 것이다.

성이 함락되자 살상이 시작되었다. 차마 눈뜨고 볼 수 없는 처참한 광경이었다. 성으로 밀려들어 온 관군은 이미 싸움을 포기한 봉기군과 성안으로 피신을 했던 농민들을 사정없이 도륙했다. 평서대원수 홍경래는 총탄에 맞아 죽었고 선봉장 홍총각은 관군에 잡혀서 효수형에 처해졌으며 모사꾼 우군칙과 자금을 책임졌던 이희저는 난민 속에 섞여 달아나려다 붙잡혀서 목이 달아났다. 단순 가담한 농민들에게도 자비는 베풀어지지 않았다. 여자와 열 살 이하의 어린아이 천여 명만 빼고 나머지 이천여 명은 모조리 형장의 이슬로 사라졌다. 전례가 없었던 혹독한 처사였다.

안창학의 얼굴에 고뇌의 빛이 스치고 지나갔다. 그날, 그 지옥에서 살아남은 것은 오로지 천운이라고 해야 할 것이다. 솟구치는 불길과 널린 시체들, 살려 달라고 아우성치는 사람들, 그리고 살기등등해서 무자비하게 칼을 휘둘러 대던 관군들. 도망갈 곳은 어디에도 없었다.

안창학은 이소담의 손을 잡고 불길 속을 무작정 달렸다. 죽음은 이미 각오하고 있었다. 죽는 게 두렵지는 않았다. 다만 처 이소담만은 어떻게 해서든 이 사지에서 빠져나가게 하고 싶었다. 그것은 애지중지하던 딸을 자기에게 맡긴 장인과의 약조이기도 했다.

천운이 닿은 걸까. 여러 차례 죽을 고비를 만났지만 그래도 추격하는 관군을 물리치고 날아오는 화살을 피하며 용케도 목숨을 부지해서 무사히 정주성을 빠져나왔다. 사지를 벗어난 안창학과 이소담은 신분을 감추고 남쪽으로 발길을 옮겼고 두 사람은 천신만고 끝에 한양에 도착했다. 신분을 감추기 위해서는 몰락한 양반 행세를 하는 게 제일 좋을 듯했다. 다행히 성을 빠져나올 때 토호들로부터 빼앗았던 재물을 챙겼기에 장사 밑천은 걱정하지 않아도 됐다.

장사를 하려면 어상이 좋을 것이다. 안창학은 기회를 봐서 일본이나 유구로 도주할 생각이었다. 배를 구하려면 당연히 어상이 제격이다. 그렇게 되어서 안창학과 이소담은 멀리 나주 땅까지 오게 된 것이다.

괴로운 표정으로 지난날을 회상하고 있던 안창학의 얼굴에 돌연 살기가 일었다. 이 땅을 떠나기 전에 해야 할 일이 있었다. 그것은 배신자를 찾아서 응징하는 일이다.

작년 선달 이십 일, 남진군이 박천에 주둔하고 있었을 때 홍경래 대원수는 김대린과 이인배 등의 배신자들로부터 피습을 당했다. 평서대원수가 갑자기 큰 부상을 당하면서 봉기군은 급히 가산으로 후퇴를 했고 사기가 땅에 떨어지면서 관군에게 패배를 당하고 말았다.

일이 예상보다 크게 전개되자 덜컥 겁이 난 김대린과 이인배는 제 살길을 찾을 속셈으로 군사회의 도중에 갑자기 홍경래에게 칼을 휘둘렀다. 모반은 실패로 돌아갔고 모반을 꾀한 무리들은 잡혀서 처형되었는데 그중 대원수의 호군(護軍)으로 있던 자는 용케 현장을 빠져나갔다. 호군은 대원수의 신변을 책임지는 무관이다. 그런데 그런 자가 모반에 가담해서 홍경래 대원수에게 칼을 휘둘렀던 것이다. 안창학은 세상 끝까지 쫓아가서 배신자를 처단하기로 했다.

"그자를 찾을 수 있겠습니까?"

이소담이 걱정스러운 얼굴로 물었다.

"꼭 찾고야 말겠소. 그자의 이름은 손현영인데 본시는 노비였다고 했소. 어쩌다 면천이 되어 광산에서 일하던 중에 후군장(後軍將)

188

윤후검 장군의 눈에 들어서 봉기군에 합류했고, 무예에 재질이 있어서 호군으로 발탁이 되었다고 들었소. 은혜를 원수로 갚는다더니 그토록 큰 은혜를 입은 자가 대원수에게 칼을 휘두르다니……. 그때 대원수가 피습을 당하지 않았으면 대사를 도모할 수 있었을 것이오. 그러니 절대로 손현영을 용서할 수 없소."

안창학의 눈에서 불길이 일었다.

"하지만 조선 팔도 어디서 그자를 찾는단 말입니까. 더구나 드러내놓고 찾을 형편도 아니지 않습니까."

손현영은 그날 이후로 종적이 묘연했다. 무슨 이유에서인지 관군에 투항한 것 같지도 않았다.

"부인 말에 일리가 있소. 쉽지는 않을 게요. 하지만 불가능한 것도 아니오. 조정은 지금 달아난 봉기군을 잡으려고 추포사를 풀고, 민심을 수습하려고 안핵사를 파견하는 일로 정신이 없지만 차차 일이 수습되는 대로 논공행상이 벌어질 것이오. 그때가 되면 홍경래 대원수에게 칼을 휘두르고 달아난 손현영이 모습을 드러낼 거요."

배신자를 꼭 내 손으로 처단하고 일본이나 유구로 피신할 것이다. 압록강 변은 지금 엄중하게 봉쇄돼 있지만 배를 타고 바다로 빠져나가는 것은 그리 어렵지 않을 것 같았다.

이소담의 표정은 내내 어두웠다. 아무리 생각해도 위험천만한 계획이지만 안창학의 의지가 워낙 강해서 만류해 봤자 들을 것 같지 않았다. 제발 더 이상 가슴 아픈 일이 생기지 말아야 할 텐데……. 이소담의 눈에 눈물이 가득 고였다. 정주성이 무너지던 날의 처참했던 광경이 떠올랐다. 불타는 성과 무참하게 학살당하던 봉기군들. 지옥이 따로 없었다. 아버님도 그때 죽임을 당했다.

이소담은 죽는 게 크게 두렵지는 않았다. 그렇지만 그 전에 확인해 보고 싶은 것이 하나 있었다. 사건 당시 아버님은 대원수와 함께 있었다. 물론 아버님은 모반과는 관련이 없는 것으로 판명이 났지만 어딘지 모르게 석연치 않은 구석이 있는 것은 사실이었다. 그리고 노비에서 호군으로 발탁될 만큼 대원수로부터 큰 은혜를 입은 자가 왜 대원수를 배신했을까…….

'설마…….'

이소담은 저도 모르게 고개를 흔들며 짧은 한숨을 토해냈다. 안창학으로부터 전해들은 손현영의 모습이 왠지 낯설지 않게 느껴졌던 것이다.

"너무 걱정하지 마시오, 부인. 나는 경솔한 사람이 아니니까."

이소담이 한숨을 내쉬자 안창학은 표정을 부드럽게 고치며 이소담을 위로했다.

"잠시 다른 생각을 했습니다. 어쨌든 빠져나올 때 패물을 챙겼기에 그나마 다행입니다."

이소담이 애써 얼굴에 웃음을 지어 보였다. 안창학의 마음을 무겁게 만들고 싶은 생각은 추호도 없었다.

"그리고 한양에서 어음으로 바꾸기를 정말 잘했소. 최규철 상단의 어음을 제시하니까 거간꾼이 두말을 않더군. 행여 금붙이를 내놓았다가는 관아에 신고했을지도 모르니까."

안창학의 얼굴에 두려운 빛이 스치고 지나갔다.

"전에 말씀하셨던 사람 때문인가요?"

이소담이 조심스럽게 물었다.

"그렇소. 곽산 향교에서 동문수학을 했던 자인데 이상하게 악연이 계속되고 있소. 그자는 한양으로 올라가서 대과에 급제하고 훈련원 주부(主簿)가 됐는데 토벌군이 되어 정주성에 나타났소. 그자는 내가 정주성을 빠져나간 걸 알면 조선 팔도를 다 뒤져서라도 나를 잡으려 할 거요. 어쩌면 지금쯤 내가 살아 있다는 것을 확인하고 추포사(追捕使)를 자청했을지도 모르지."

"동문이라면서 어찌 그렇게 악연이 되었는지요?"

이소담이 눈동자를 살포시 치켜들고서 물었다.

"그자는 서북인이 아니오. 외직을 맡은 부친을 따라서 그곳으로 온 것이오. 향교에서는 줄곧 내가 그자를 앞섰소. 소과 급제도 내가 먼저 했고. 하지만 내가 할 수 있는 것은 거기까지였소. 서북인이 대과에 응시한들 급제를 바랄 수 없는 처지였으니까. 그런데 그자는 글보다는 무예 쪽에 관심을 두더니 결국 무과에 급제를 했소. 나는 세상을 원망하며 술로 세월을 보내고, 그자는 훈련원에서 말을 달리던 중에 홍경래 대원수께서 봉기의 깃발을 드신 것이오."

안창학은 짧은 한숨을 내뱉고는 말을 이었다. 이소담은 처음 듣는 말에 잠자코 귀를 기울였다.

"나는 곽산 유진장이 되어 관아를 접수했소. 그래서 가렴주구를 일삼던 탐관오리들을 처단했소. 그때 곽산 군수가 바로 그 친구의 부친이었소. 물론 내가 자신의 아들과 동문수학을 한 사이라는 걸 잘 알고 있었지. 의관이 파열되고 머리가 다 헝클어진 채 끌려온 곽산 군수를 대하면서 참으로 만감이 교차했소. 어쨌든 나를 아들의 동무로 대해 주던 사람이었는데……. 나는 그와 눈이 마주치는 순간 참으로 곤혹스러웠소. 그렇지만 서북인을 핍박하고 수탈을 일삼은 것은 엄연한 사실. 나는 마음을 모질게 먹기로 했소. 하지만 내가 미처 논죄를 하기도 전에 성난 농민들이 밀려들었고 죽창으로 군수 일가를 도륙해 버렸소. 그것은 내가……."

감정이 격해진 안창학은 말을 멈추고 숨을 거칠게 내쉬었다.

"그만 하십시오. 더 말씀하지 않으셔도 잘 압니다. 서방님께서는 그런 식의 보복보다는 군수를 상대로 왜 서북인들이 봉기를 해야만 했는가를 조목조목 따지고 싶으셨겠지요. 하지만 이미 피바람이 분 마당입니다. 누가 서방님을 탓하고 농민들을 책하겠습니까. 세월의 탓으로 돌리십시오."

이소담이 차분한 어조로 자신의 생각을 전했다.

"피바람의 세월이라……. 하지만 장인어르신께서 유진장을 맡으셨던 안주는 다른 데보다 살생이 훨씬 덜했다고 들었소. 하긴 내가 어찌 인덕 높으신 장인어른과 비교가 되겠소만. 지금도 홍경래 대원수를 따라서 봉기의 횃불을 든 것이 자랑스럽지만 그런 식의 유혈보복은 내가 바라던 바가 아니었소."

안창학의 얼굴에서 회한과 울분이 교차했다. 이소담은 입을 다물었다. 가만히 지켜보면서 울분이 삭기를 기다리기로 한 것이다. 사실이 그러하니 동문수학했던 동무는 조선 팔도를 다 뒤져서라도 불구대천인 남편을 찾아내려 할 것이다. 신분을 감추고 외지를 전전하는 것만도 힘이 드는데 눈에 불을 켜고 쫓는 사람이 있다니. 이소담은 사는 게 너무 원망스러웠다.

그런데 왜 손현영이라는 이름이 뇌리에서 지워지지 않는 걸까. 참으로 이상한 일이었다. 왠지 낯설지 않은 이름과 전해 들은 생김새.

'손현영이라……, 혹시 손달이가 아닐까.'

퍼뜩 그런 생각이 들었던 이소담은 행여 누가 자기 생각을 훔쳐보기라도 했을 세라 흠칫 놀라며 주위를 둘러보았다.

'그럴 리가 없어.'

이소담은 고개를 가로저었다. 생김새가 비슷한 듯했지만 손현영은 절대로 손달이가 아닐 것이다. 손달이가 대원수의 호군이 됐을리도 없으며 대원수에게 칼을 휘두를 이유는 더욱 없었다. 더구나 그날, 그곳에는 아버님이 계셨는데 아버님이 손달이 얼굴을 몰라볼리 없었다.

그런데도 왜 자꾸만 마음이 끌리는 걸까. 이상한 일은 또 있었다. 정주성을 빠져나올 때의 일이다. 위기가 닥칠 때마다 누가 도와주었다. 누굴까. 어둠 속이라서 똑똑히 보지는 못했지만 멀지 않은 곳에서 어른거리던 그림자를 이소담은 분명히 목격했었다. 그는 달려드는 관군을 막아서며 탈출로를 열어 주었다.

"계시오?"

그때 문밖에서 누가 부르는 소리가 들렸다. 선편을 알아보겠노라며 먼저 자리를 떴던 거간꾼 임성량이었다. 안창학이 문을 열자 임성량은 방안을 힐끔 들여다보고는 배시시 웃었다.

"아직 주무시지 않았소?"

"그래 배는 구하셨소?"

외간 남자가 내실을 들여다보는 것 같아서 불쾌했지만 그렇다고 여각에 머무는 처지에 임성량을 탓할 수도 없었다.

"물론이지요. 내가 누군데. 그런데 요즘 한참 세곡을 실어 나를 때다 보니 체선료를 비싸게 부르는 통에…… 허참 여기에 이렇게 서서 말하는 것도 그렇고 부인께서 계신데 들어가서 얘기할 수도 없고……."

임성량은 뭔가 할 얘기가 있다는 투였다.

"알겠소. 내가 나가겠소."

안창학은 임성량을 따라서 그의 방으로 갔다. 혹시 체선료를 터무니없이 비싸게 부르는 것은 아닐까. 안창학은 경계심이 일었다. 아무튼 이자는 순박한 흑산도 어민들과는 다른 부류의 인간이다.

임성량은 자기 방으로 가더니 거간꾼이 무슨 대단한 벼슬이라도 되는 양 거드름부터 피웠다.

"그래 얼마나 달라고 하오?"

안창학은 빨리 얘기를 끝내고 싶었다.

"흑산도는 물길이 험해서 체선료가 제법 되지요. 제대로 된 배를 구하려면 적어도 천 냥은 주어야 할 것 같소."

그렇게 말하고서 임성량은 안창학을 빤히 쳐다봤다. 안창학은 기가 막혔다. 복어 값을 달라는 대로 줬더니 완전히 봉 취급하고 있다. 옆에서 괜히 미안해하던 창대와는 질이 다른 인간이었다.

'참으로 상종하지 못할 자로군.'

안창학은 울화가 치밀었다. 체선료가 그렇게 비쌀 리 없다. 이쪽 사정에 어둡다고 하지만 그래도 사람에게는 눈치라는 것이 있다. 은혜를 원수로 갚는다더니 어떻게 이럴 수가.

"무슨 체선료가 그리 비싸오? 제대로 알아보기는 한 것이오?"

안창학이 정색을 하고 따졌다. 여차하면 거래를 끊어 버리겠다는 의사를 분명히 한 것이다. 뭣하면 창대에게 부탁해도 될 거라는 생각도 들었다.

그런데 의외였다. 강하게 나오면 굽히고 들어올 줄 알았는데 임성량은 배시시 웃기만 할 뿐 전혀 당황하는 기색이 아니었다.

"내가 마치 모리배라도 되는 듯 말하는군. 이거 섭섭한데. 나니까 그렇게 싼 값에 배를 빌릴 수 있는 건데."

갑자기 임성량이 말투마저 하대로 바꾸더니 잡아먹을 듯 안창학을 노려봤다. 이자가……. 안창학은 분노가 치밀었다. 장사로 나선 마당에 이제 와서 양반임을 내세울 생각은 없지만 그래도 어디까지나 돈을 주고 물건을 사는 사람이다. 거간꾼이 원매자에게 이렇게

194

불손하게 나올 수는 없었다.

"그리 화를 낼 것 없어. 지금 여각 밖에는 나를 따라온 산졸들이 있어. 험한 바다에서 막 구른 억센 뱃사람들이지."

"지금 나를 협박하는 거냐? 사람 잘못 봤군. 일개 거간꾼 따위의 협박에 겁을 낼 내가 아니다. 나는 유약한 책상물림이 아니야. 나름대로 각오를 하고서 장사판에 뛰어들었다. 허튼수작을 말거라. 중개 의뢰한 것은 취소할 테니 그리 알거라."

안창학은 준엄한 말투로 임성량을 꾸짖었다. 생각 같아서는 면상이라도 한대 후려치고 싶었지만 지금 말썽을 일으킬 처지가 아니었다.

"기개가 대단하군. 아무렴 그렇겠지. 그렇지 않고서야 어떻게 그렇게 엄청난 일을 저질렀을까."

임성량이 벌떡 일어선 안창학을 올려다보며 비꼬듯 중얼거렸다. 안창학은 흠칫 놀라며 임성량을 쳐다봤다. 이자가 지금 무슨 말을 하는 걸까.

"송파 최규철 단주가 발행한 그 어음에 대해서 알아봤다."

임성량이 차갑게 입을 열었다.

"그래서? 그게 가짜 어음이라고 하더냐?"

안창학이 대차게 받아쳤다. 어음은 틀림없는 진짜다.

"분명히 최 단주가 발행한 어음이더군. 짐작건대 금붙이를 담보로 잡히고 어음을 끊은 모양인데……. 그런데 그 금붙이가 어디서 나온 걸까?"

임성량은 안창학의 얼굴을 스치고 지나가는 당혹감을 놓치지 않았다. 역시 내 짐작이 맞았군. 임성량은 속으로 쾌재를 불렀다. 그렇다면 틈을 주지 않고 몰아붙여야 한다.

"보부상들을 붙잡고 수소문을 했더니 지금 한양에서는 최 단주에게서 어음을 끊어 간 자의 뒤를 쫓고 있다고 하더군. 그럴 수밖에 금붙이의 본래 주인이 나타났으니까."

일순 안창학의 얼굴이 백지장처럼 하얗게 변했다. 예기치 못했던 위기였다.

"제법 한양 말투를 흉내 내고 있지만 당신의 말투에는 분명히 서북 사투리가 섞여 있어."

"……!"

"당신 정체를 말해 볼까. 당신은 용케 정주성을 빠져나온 홍적(洪賊)의 잔당이야. 계집은 진짜 부인인가? 꽤나 곱상하게 생겼던데. 도주를 하면서 챙겨 넣은 패물은 많나?"

임성량이 눈에 불을 켜고서 안창학을 몰아붙였다. 안창학은 앞이 깜깜했다. 정주성을 탈출해서 여기까지 오는 동안 경계의 눈초리를 늦추지 않았고 늘 도주할 곳을 마련해 두고 있었다. 그런데 그만 남녘 끝에 이르러 방심을 했던 것이다.

여각 밖에 뱃사람들이 지키고 서 있는지 어떤지는 몰라도 처를 데리고 야반도주를 할 수는 없다. 안창학은 절망감을 느꼈다. 배신자를 처단하지도 못하고 여기서 이렇게 잡히고 마는 것인가.

"관에 알리면 당신은 목이 달아나고 계집은 관노가 되겠지. 어쩌면 고변의 공으로 내게 소실로 줄지도 몰라."

임성량이 음흉한 눈빛을 굴리며 키득거렸다. 안창학은 더 이상 분을 참지 못하고 임성량의 멱살을 움켜잡았다.

"진정해. 아직 고변한 것은 아니니까."

임성량이 분기탱천해서 달려드는 안창학을 밀쳐 냈다. 그때 밖에서 인기척이 났다. 안창학은 긴장이 되어서 몸을 뒤로 물렀다.

슬며시 방문이 열리면서 사동이 고개를 디밀었다.

"누가 찾아왔는데요."

포교가? 안창학은 가슴이 철렁했다. 그러나 사동의 뒤를 따라서 얼굴을 드민 사람은 창대였다.

"복어를 싣고 왔소. 그런데 아우님이 이 방에 있다고 하더군."

창대가 안창학에게 반가운 웃음을 지어 보였다.

"이 밤에 그 무거운 것을 옮기느라 고생이 많았겠습니다. 그럼 이제 복어 값을 치러야겠군요."

안창학이 창대에게 복어 값을 지불하려 하는데 임성량이 또 제지를 했다.

"본보기 값은 나중에 흑산도에서 복어를 실을 때 함께 계산하는 게 좋겠소. 세선은 구했는데 배를 띄우려면 수삼 일을 기다려야 할 것 같소. 그러니 댁들은 여기서 기다릴 것 없이 날이 밝는 대로 흑산도로 돌아가도록 하시오."

일이 이렇게 된 마당에 임성량으로서는 창대가 귀찮을 뿐이다.

"허! 그 양반 참 이상하군. 아 원매자가 값을 치루겠다는데 왜 거간꾼이 자꾸만 막아서는 거요!"

정달현이 언짢은 표정을 지으며 나섰다. 당장 수중에 가진 돈이 없어서 이 밤에 그 무거운 것을 가지고 여기까지 온 마당이다. 그러니 자꾸만 가로막고 서는 임성량이 괘씸했다.

"장사 하루 이틀 해본 것도 아니면서 왜 이러시오. 따질 것은 따지고 지킬 것은 지키는 게 장사 아니겠소. 관례라는 게 왜 있는 거요? 서로 제 입장만 내세우면 싸움밖에 안 되니 상도며 관례라는 게 있는 것 아니겠소."

임성량은 절대로 물러설 기미가 아니었다. 당장 몇 푼이 아쉬워서 밤길을 달려온 창대와 정달현으로서는 임성량이 야속하기 그지 없었지만 상도의를 따지는 마당에 더 이상 고집을 부릴 수 없었다. 창대는 아쉽지만 발길을 돌리기로 했다.

"그럼 우리는 먼저 흑산도로 돌아가겠소. 아우님은 흑산도에서 보도록 합시다."

돈이 다 떨어졌으니 이제는 가지 말래도 흑산도로 돌아가야 할 판이다. 창대가 딴 생각을 하고 있는 듯 멍하니 앉아 있는 안창학에게 작별의 말을 건넸다. 안창학은 그제야 제정신이 들었는지 답례를 보냈다. 창대는 투덜대는 정달현을 달래며 발길을 돌렸다.

임성량은 두 사람이 객사를 나가는 것을 확인하고는 복어가 들어 있는 물통을 열어 보았다.

"흑산도 복어라고 하더니 정말 물이 좋군요."

사동이 물통을 들여다보며 호들갑을 떨었다.

"창고에 옮겨 놓거라. 임치증서는 내일 주인에게 쓰라고 할 테니까. 참, 너 복어 회를 뜰 줄 아느냐?"

"그럼요. 이래뵈도 나주 제일의 보상객주에서 삼 년째 몸을 굴리고 있습니다."

사동이 눈을 반짝이며 대답했다. 잘하면 돈푼이 생길 판이다.

"그럼 그 복어를 가지고 회를 뜨고 주안상을 따로 마련하거라. 하루 종일 돌아다니느라 끼니를 걸렸더니 몹시 시장하구나. 회를 뜨는 김에 복어 국도 끓이도록 해라. 네 솜씨를 봐서 인정전(人情錢)을 줄 테니까."

"염려 마십시오."

사동이 입을 헤벌리고 나가자 다시 안창학과 임성량 둘만 방에 남게 되었다. 안창학은 절망감에 사로잡혔다. 어떻게 해서든 이 위기를 모면해야 할 텐데 뾰족한 수가 보이지 않았다. 이자를 없애 버린다……. 그러나 임성량은 나이가 사십 줄에 접어들었지만 평생을 장바닥에서 구른 몸이라 완력이 만만치 않을 것 같았다. 어쨌든 소동이 일면 사람들이 몰려올 테고 포교도 달려올 것이다. 그것을 잘 알기에 임성량은 지금 이렇게 여유를 부리고 있는 것이다. 위기다. 하지만 호랑이에게 물려 가도 정신만 차리면 살 수 있다고 했다. 이럴수록 침착해야 한다. 안창학은 심호흡을 하고 임성량을 똑바로 쳐다봤다.

"내게 원하는 것이 무엇이요?"

금붙이라면 아직도 꽤 지니고 있다. 입만 틀어막을 수 있다면 가진 것 모두를 줄 수도 있다.

"뭘 그리 서두시오. 곧 주안상이 들어올 텐데 술이나 한잔하면서 앞날을 천천히 상의해 보도록 합시다."

임성량은 여유 만만한 태도를 보이며 말투도 다시 올렸다.

"술자리를 마련한 김에 부인도 부르는 게 어떻겠소. 이렇게 된 마당에 우리 모두 한 배를 탄 신세니 새삼 내외를 할 게 뭐 있겠소. 그런데 보면 볼수록 절색입디다."

이자가……. 안창학은 끓어오르는 분을 간신히 삭였다.

———◦◦◦◦◦———

밤새 걸음을 재촉한 창대와 정달현은 주린 배를 부여잡고 법성포 나루터로 들어섰다.

"주막집에서 장국밥이라도 한 그릇씩 먹고 가야 하질 않겠나."

정달현이 주위를 둘러보며 말했다. 저쪽에 주막이 보이는데 아직은 나루터가 붐빌 시간이 아니어서 드나드는 사람이 별로 없었다. 시장하기는 창대도 마찬가지다. 수중에 지니고 있는 돈은 뱃삯을 제하고도 그럭저럭 장국밥 값을 치를 정도야 될 테지만 선뜻 걸음을 옮기지 않는 건 미안한 마음이 들었기 때문이다. 본보기로 가지고 간 복어 값을 제때 받지 못한 게 자기 잘못 같아서 창대는 마음이 편치 못했다.

"그 양반이 수일 내 흑산도로 올 거라고 하니 너무 마음 쓰지 말게."

정달현이 오히려 창대를 위로하고 나섰다. 하긴 달리 도리가 없었다. 임성량은 별로 정이 가지 않는 인간이지만 그래도 셈만은 분명한 거간꾼이니 그런 큰 거래를 소홀히 하지는 않을 것이다. 창대는 못이기는 척 정달현의 뒤를 따라 주막으로 들어섰다. 아무리 사정이 궁해도 먼 뱃길을 주린 배를 움켜쥐고 갈 수는 없었다. 주모가 반색을 하며 달려왔다. 정달현은 국밥 두 그릇을 시켰다.

"술은 어찌하시려우?"

"됐소. 국밥만 주시오."

보아하니 허탕치고 돌아가는 어민들 같은지라 주모는 더 묻지 않고 휑하니 부엌으로 들어갔다. 몸이 물에 젖은 솜뭉치처럼 무거웠지만 그래도 속을 채우고 나면 조금 나을 것이다. 창대와 정달현은 편안한 자세로 침상 위에 자리를 잡았다.

인근에 도적이라도 들었을까. 갑자기 한 무리의 나졸들이 주막으로 들이닥쳤다. 그러더니 놀라서 쳐다보는 창대와 정달현을 가리키며 포교가 소리쳤다.

"저 두 놈을 당장 포박하라!"

나졸들이 우르르 달려들더니 창대와 정달현을 에워쌌다.

"이게 무슨 짓이오! 우리들은 아무 죄가 없소!"

창대가 깜짝 놀라며 소리쳤다.

"시끄럽다! 허튼 수작을 하면 목을 벨 것이니 잔말 말고 오라를 받거라!"

포교가 환도를 뽑아들더니 뒷걸음치는 창대에게 겨누었다. 정달현은 사색이 되어 벌벌 떨었다. 이 무슨 날벼락이란 말인가. 필시 무슨 오해가 있는 모양인데 섣불리 저항하다가는 괜한 봉변만 당할 것이다.

"대체 우리가 무슨 죄를 저질렀다고 이러시오."

창대는 순순히 오라를 받기로 했다.

"잔말 말고 따라오너라. 나주 관아로 압송할 것이니 단단히 묶어라. 그리고 지니고 있던 것들은 하나도 빠뜨리지 말고 챙기거라."

나주 관아로? 도대체 무슨 일이 생긴 것일까. 그러나 포교에게 물어봤자 소용이 없을 것 같았다. 창대는 사시나무 떨 듯 떠는 정달현에게 걱정할 것 없다는 표정을 지어 보이고 앞장섰다. 무슨 일인지 몰라도 잘못한 것이 없으니 곧 시비곡직이 가려질 것이다.

⎯⎯◈◈◈⎯⎯

창대와 정달현은 그렇게 영문도 모른 채 나주로 끌려와서 투옥이 되었다.

"도대체 왜 우리를 잡아 온 걸까?"

정달현이 퀭한 눈으로 물었다.

"뭔가 오해가 있는 모양인데 곧 진상이 밝혀질 것이니 너무 걱정하지 마십시오."

창대 역시 답답하기는 매한가지였지만 잘못한 게 없으니 걱정할 이유가 없다며 자위하고 있었다. 그래도 마음 한구석에서 자꾸만 불안한 생각이 들었다. 나졸들이 법성포 나루까지 쫓아온 걸로 봐서 뭔가 큰 사건에 연루된 것이 틀림없었다.

발자국 소리가 들렸다. 창대와 정달현 두 사람은 반사적으로 몸을 일으켰다. 인상이 험악한 옥리가 두 사람을 노려보더니 문을 열었다.

"나와! 목사 나리께서 직접 문초를 하실 것이니 사실대로 고해야 할 것이다."

목사가 직접 문초를? 도대체 무슨 일이 벌어졌기에 목사가 직접 문초를 한단 말인가. 애써 태연함을 잃지 않으려던 창대도 가슴이 철렁 내려앉았다.

"심문을 받더라도 자초지종을 알아야 할 거 아니오? 도대체 왜 목사 나리께서 우리를 문초하시겠다는 거요?"

창대의 목소리에 다급함이 묻어 있었다.

"허 그놈 참, 사람을 죽여 놓고도 큰소리일세. 이놈아! 네놈들이 사람을 죽여 놓고서 돈을 훔쳐 달아나지 않았더냐. 그것도 오백 냥이나 되는 거금을 말이다."

옥리가 호통을 쳤다. 이건 또 무슨 소리인가. 사람을 죽이다니. 그리고 오백 냥을 훔쳐서 달아났다니. 창대는 어처구니가 없었다.

동헌 뜰에 형구가 마련되어 있었다. 정달현은 치도곤을 들고 있는 집장사령(執杖使令)을 보더니 사색이 되어 그대로 주저앉았다. 치도곤을 맞으면 살점이 묻어나고 매가 뼛속까지 파고든다고 한다. 어지

202

간한 창대도 치도곤을 보자 오금이 저려서 발을 제대로 옮길 수 없었다. 두 사람은 뜰에 꿇어앉은 채 목사가 입정하기를 기다렸다.

얼마나 지났을까. 창대에게는 억겁의 세월처럼 느껴졌다. 마침내 나주 목사가 동헌에 모습을 드러내자 형방을 위시해서 관아의 관속들이 얼른 자리를 잡았다.

침착해야 한다. 이럴수록 침착해야 한다. 창대는 스스로에게 그렇게 타일렀다. 죄가 없으니 모든 것을 사실대로 얘기하면 될 것이다. 창대는 숨이 막힐 것만 같은 긴장감을 떨쳐내며 침착할 것을 다짐했다.

형방이 목사에게 예를 올리더니 창대와 정달현을 심문하기 시작했다.

"임성량이라는 나주의 어물 거간꾼이 어젯밤에 죽었다. 그리고 그자가 지니고 있던 돈 오백 냥이 없어졌다. 네놈들의 짓이 틀림이 없으렸다!"

형방이 호통을 쳤다. 임성량이 죽었다고? 어젯밤까지 멀쩡하던 자가 왜 갑자기? 창대와 정달현은 깜짝 놀라서 서로를 쳐다봤다.

"이놈들이 잡아떼려 하는군. 임성량은 네놈들이 가지고 온 복어를 먹고 죽었다. 그리고 네놈들이 임성량과 돈 문제로 다툼을 했다는 걸 여각 사동이 증언했다. 이래도 잡아뗄 테냐?"

임성량이 복어 독에 중독이 되어 죽었다면 본보기 복어 중에 독이 있는 놈이 있었단 말인가. 창대는 가슴이 철렁 내려 앉아서 정달현을 쳐다봤다. 정달현은 벌벌 떨면서도 절대 아니라는 듯 고개를 세차게 가로저었다.

잠시 흔들렸던 창대는 자신을 되찾았다. 본보기 복어들은 틀림없이 전부 독이 없는 검복들이다. 그런데 어떻게 그런 일이……. 아무튼 사람이 죽었으니 간단히 풀려나지는 않을 것 같았다.

"증인을 대령하라!"

형방이 소리를 치자 나졸들이 보상객주의 사동을 끌고 왔다.

"사실대로 고하라!"

형방이 호통을 치자 사동은 벌벌 떨면서 말을 더듬었다.

"거간꾼 임씨가 주안상을 마련하라고 하면서 복어 회를 뜰 줄 아냐고 묻기에 인정전이라도 얻어낼 속셈으로 그렇다고 대답을 하고 돌아섰습니다만 실은 복어 회를 떠본 적이 없어서 난감했습니다. 그런데 저 사람들이 복어가 든 물통을 창고로 옮기고 있었습니다. 그래서 급히 달려가서 저 사람에게 회 뜨는 방법을 물어봤습니다."

사동이 창대를 지목했다. 그것은 사실이다. 사동이 헐레벌떡 달려오며 도움을 청하자 창대는 친절하게 가르쳐 주었다.

'인정전을 얻어 볼 생각으로 회를 뜰 줄 안다고 큰소리를 쳤단 말이지. 맹랑한 놈이로구나. 좋다. 우선 싱싱한 놈을 골라서 코 바로 위에서 아래로 곧장 절개하고서 지느러미를 떼어 내거라. 이 지느러미를 가지고 나중에 지느러미 술을 만드니까 버려서는 안 돼. 그 다음에 껍질을 벗기고 내장과 머리를 조심해서 잘라 내야 한다. 복어는 장과 정소, 그리고 난소를 상하지 않게 통째로 제거하는 것이 중요해. 그러고 나서 뼈와 힘줄이 닿는 부분에 있는 피를 잘 씻어 내야 한다. 뱃속과 입술, 입안도 잘 씻어 내야 하는데 특히 피하고 피부의 점액은 꼼꼼히 씻어 내야 해. 복어에는 무서운 독이 있거든. 하지만 걱정을 하지 않아도 돼. 이 복어는 독이 없는 놈이니까.'

분명히 그렇게 복어를 다룰 때의 주의할 점과 회 뜨는 법을 일러 주었던 적이 있었다. 그런데 이게 어떻게 된 일일까. 가지고 간 복어들은 틀림없이 독이 없는 검복들이다. 임성량도 그 사실을 익히 알고 있기에 사동에게 요리를 맡겼을 것이다. 그런데 왜 이런 일이 생겼을까. 귀신이 곡할 노릇이었다.

아무튼 정황이 너무 불리했다. 사동은 돈을 받지 못한 정달현이 임성량의 험담을 늘어놓는 것을 들었을 것이다. 더구나 임성량이 지니고 있던 돈 오백 냥도 없어졌다고 한다. 그러니 임성량에게 원한을 품은 창대와 정달현이 일부러 독이 있는 복을 골라 주었을 거란 의심을 받는 것도 무리는 아니었다.

"몸 뒤짐은 했느냐?"

형방이 호기 있게 소리쳤다.

"그렇습니다. 하지만 돈은 보이지 않았습니다."

압송을 담당했던 포교가 대답했다.

"필시 어디다 숨겨 놓았을 것이다. 어디다 숨겼는지 자백을 해라. 순순히 자백하지 않으면 치도곤을 안길 테다."

눈앞이 깜깜했다. 치도곤을 맞으면 요행히 목숨은 건진다고 해도 불구가 되기 십상이다.

형방이 집장사령에게 치도곤을 준비시키려는데 도포 차림의 젊은 남자 둘이 천천히 동헌으로 들어섰다. 날카로운 용모의 남자는 목사의 객인 듯했고 뒤따르는 기골이 장대한 남자는 그를 수행하는 사람 같았다. 좋은 구경거리라도 생겼다는 듯 도포 차림의 객은 목사에게 목례를 보내고 옆에 자리를 잡았다.

"우리는 절대로 사람을 죽이지 않았습니다. 우리가 가져간 복어는 독이 없는 검복입니다."

창대가 항변을 했다. 무슨 수를 써서라도 이 위기를 벗어나야 한다.

"저놈이 아직도 거짓말을 하는구나. 애들아 저놈들을 형틀에 묶어라. 아무래도 치도곤 맛을 봐야 자백할 것 같다."

형방이 소리치자 옥리들이 창대와 정달현에게 달려들었다. 창대는 끌려가지 않으려고 발버둥을 치며 소리쳤다.

"독이 있을 리 없습니다. 그러면 함께 술을 마셨던 자는 어떻게 되었습니까?"

그러고 보니 그동안 안창학의 존재를 까맣게 잊고 있었다.

"한양에서 내려왔다는 새내기 어상 말이냐? 그자는 세선을 살펴보겠다며 먼저 새벽같이 여각을 떠났다는데 어디서 피를 토하고 죽었겠지. 내자와 함께 내려왔다고 하던데 그 여인은 창졸간에 과부가 되어서 돌아가겠군."

형방이 형틀에 묶인 창대와 정달현을 내려다보며 냉소를 지었다. 집장사령이 치도곤을 집어 들자 매를 셈하는 산판사령(算板使令)이 산판을 끌어안고서 명령이 떨어지기를 기다렸다.

꼼짝없이 살인죄를 뒤집어쓰게 되었다. 창대는 무시무시한 치도곤을 보면서 허위 자백이라도 하고픈 심정이었다.

형방이 목사를 쳐다보고는 집장사령에게 지시를 내렸다.

"저놈들을 매우 쳐라!"

"잠깐!"

그때 도포 차림의 객이 손을 내저으며 집장사령을 제지했다. 그리고 형방에게 물었다.

"방금 한양에서 내려온 새내기 어상이 내자를 대동했다고 했느냐?"

"그……, 그렇소이다."

도포 차림의 객이 돌연 끼어들자 형방은 당황해서 말을 더듬었다. 목사가 좌정하고 있는 마당에 이렇게 불쑥 끼어들 정도면 예사

206

객이 아닐 것이다. 어쩌면 조정에서 밀명을 받고 내려온 어사일지도 모른다.

"한양에서 내려온 새내기 어상도 중독이 되었다면 내자가 벌써 의원을 찾았을 터, 복어 중독으로 의원을 찾은 사람이 있었는지 살펴보았느냐?"

"그게……."

형방은 얼른 대답하지 못했다. 도포 차림의 남자는 직접 심문을 하겠다는 듯 목사에게 목례를 올리더니 앞으로 나섰다.

"당장 나졸을 풀어서 의원을 찾은 여인이 있었는지를 확인하도록 해라. 그리고 당시의 정황을 자세히 고하거라. 복어를 어떻게 요리해서 올렸느냐?"

추상같은 물음에 증인으로 불려 나온 사동과 여각 주인은 죄인이라도 된 양 벌벌 떨었다.

"주안상과 함께 복어 회를 떠서 올렸습니다. 죽은 사람은 한양에서 온 어상과 함께 술을 마셨는데 많이 마시지는 않은 것 같습니다. 다투는 소리도 들리지 않았습니다. 잠시 후에 한양 어상은 자기 방으로 돌아갔습니다. 그러다가 죽은 임씨가 다시 부르기에 갔더니 출출하다며 야참으로 복어 국을 끓이라고 했습니다. 그래서 회를 뜨고 남은 복어로 국을 끓였습니다."

임성량은 아마도 복어 국을 먹고 죽은 듯 했다. 하지만 복어에 독이 있었다면 회로 먹었든 국으로 먹었든 중독을 일으킬 것이다. 창대는 대화에 귀를 기울였다.

"혹시나 해서 다른 물통 속의 복어들도 살펴봤습니다만 전부 독이 없는 검복들이었습니다."

여각 주인이 눈치를 보며 끼어들었다. 다른 물통이라니? 그럼 복어가 또 있었단 말인가? 그것은 금시초문이었다. 뜻밖이라고 생각하기는 도포의 남자도 마찬가지였는지 매서운 눈초리로 여각 주인을 쏘아봤다.

"죽은 임씨는 영광 어민에게서도 복어를 사들였는데 창고에 같이 보관하고 있었습니다."

형방이 수사를 소홀히 하지 않았음을 내세우기라도 하려는 듯 대신 대답하고 나섰다.

"복어 독에 중독되어 죽은 것이 확실한데 저자는 자기가 판 복어는 절대 독이 없다고 우기고 있다. 그렇다면 혹시 영광 어민에게서 사들인 복어 중에서 독이 있는 복어가 섞여 있었고, 누가 복어를 바꿔치기 했을 수도 있지 않겠느냐?"

도포의 남자가 형방을 몰아세웠다. 누구인지는 몰라도 추궁하는 솜씨가 예사롭지 않았다. 창대는 처지도 잊고서 두 사람의 대화를 지켜봤다.

"물론 그럴 수도 있습니다. 그래서 방금 말씀하신 대로 사동이 잠시 자리를 비운 사이에 누가 바꿔친 것은 아닌가 의심도 해 봤습니다. 하지만 어상들 말로는 독이 있는 복어와 독이 없는 복어를 구별하는 게 그렇게 간단치 않다고 합니다. 물통 속의 복어는 전부 열 마리인데 혹시 그중에 독이 있는 놈이 한 마리 섞여 있었다고 해도 웬만큼 노련한 어상이 아니고서는 골라내지 못했을 것이라고 합니다."

형방이 자신만만하게 고했다. 그것은 맞는 말이다. 복어의 독 유무를 구별하는 것은 쉬운 일이 아니다. 경험 많은 어상이나 어민들도 가끔 실수를 한다.

그렇다면 도포의 사내는 안창학을 의심하는 것일까. 창대는 잘하면 누명을 벗을지도 모른다는 생각에 얼굴에 화색이 돌았다. 그렇지만 선뜻 이해가 되질 않았다. 안창학이 임성량을 죽일 이유가 없었다. 흥정은 이미 끝이 났다. 그리고 아무리 생각해도 안창학이 돈 때문에 사람을 죽일 것 같지는 않았다.

도포의 남자는 잠시 생각을 하더니 목사에게 무어라 말을 했고 목사는 고개를 끄덕였다.

"저자들을 옥에 가두라. 그리고 나졸들을 풀어서 혹시 아침에 의원을 찾은 자가 있는지 확인토록 하거라. 나졸들이 돌아오는 대로 다시 심문할 것이다."

이렇게 되어서 창대와 정달현은 일단 치도곤을 맞을 위기를 모면하게 되었다.

동헌을 물러나온 나주 목사는 도포 차림의 사내와 그를 수행하는 건장한 남자에게 따라 들어올 것을 지시했다. 한양에서 내려온 추포사 김여훈과 좌포청 소속 기찰포교 남대희라는 자다.

"일단은 추포사의 의견을 따랐네만 솔직히 그럴 필요가 있을지 모르겠군. 추포사는 어상을 하려고 나주에 왔다는 잔반 내외를 의심하는 모양인데 그자는 죽은 어상과 아무런 다툼이 없었다고 하지 않는가. 더구나 어상을 해 본 적이 없는 자가 어찌 독이 있는 복어를 골라낸단 말인가."

목사가 거드름을 피며 입을 열었다.

"책상에 앉아서 글이나 읽던 양반이 어찌 독이 있는 복어와 그렇지 않은 복어를 구별할 수 있겠습니까. 실은 소직(小職)도 살아 있는 복어를 본 적이 없습니다. 그저 복어 중에는 사람을 죽일 수 있는 맹독을 지닌 놈도 있다는 정도만 알고 있습니다."

추포사 김여훈이 차분하게 대답했다. 종육품 훈련원 주부로 직급은 목사와 비하면 한참 아래지만 홍경래의 난을 진압한 공으로 공훈 직에 오른 사람이다. 그리고 최대한 물심을 다해 도와주라는 관찰사의 훈령이 있었기에 나주 목사는 김여훈을 소홀히 대하지 못하고 있었다.

"추포사는 흑산도 어민들은 범인이 아니라고 생각하는 것 같군. 그렇지만 그 잔반에게도 특별한 혐의가 없지 않은가. 혹시 진범이 따로 있다고 생각하고 있는 겐가?"

목사는 어쩐지 조금 불만스러운 얼굴이었다.

"사대부들 중에는 실학이니 서학이니 하면서《본초강목》이나《직방외기》같은 책을 탐독하는 자들이 있습니다. 그런 책을 본 자라면 사대부라 할지라도 독이 있는 복어와 그렇지 않은 복어를 구별해 낼 수도 있을 겁니다. 그자가 어상을 택한 것을 보면 아마 나름대로 해산물에 대해서 아는 바가 있기에 그런 게 아닌가 하는 생각도 듭니다."

김여훈의 추리가 점점 날카로워졌다. 옆자리의 기찰포교 남대희는 묵묵부답 입을 봉한 채 두 사람의 대화를 듣고 있었다.

"아무래도 염두에 두고 있는 자가 있는 것 같네."

목사도 눈치가 아둔한 사람이 아니었다.

"그렇습니다. 목사 영감께서 짐작하신 대로입니다. 추포 중인 자가 있습니다. 성명은 강동화라고 합니다."

김여훈이 비로소 본심을 털어놓았다.

"대체 어떤 자이기에 한양에서 이 먼 남쪽까지 쫓아왔단 말인가?"

목사가 흥미를 드러냈다.

"소직의 집안은 홍적 패거리들에게 멸문의 화를 입었습니다. 홍적이 반기를 들었을 때 선친께서는 곽산 군수셨습니다. 당시 곽산 진장으로 반도들을 이끌던 자는 소직과 어릴 적에 동문수학을 했던 자입니다. 소과에 급제했지만 대과를 포기하고 칩거 중에 반란에 가담을 했지요. 그리고 소직에게 철천지한을 남겨 주었습니다."

김여훈의 눈가에 파르르 경련이 일었다.

"참으로 통탄할 일이로군. 하면 추포사와 동문수학을 했다는 그 자는 정주성이 함락될 때 용케 빠져나간 모양이로군."

"그렇습니다. 소직은 정주성 진격 때 제일 선봉에 서서 돌입을 했습니다. 그래서 그자를 찾기 위해서 성 구석구석을 다 뒤졌지만 종적이 묘연했습니다. 물론 시신도 발견하지 못했습니다. 용케 성을 빠져나간 게 틀림없습니다. 비록 정주성에서는 놓쳤지만 세상 끝까지 쫓아가서라도 꼭 내 손으로 잡을 겁니다."

"추포사의 심정은 이해가 가지만 너무 막연하지 않은가. 정주는 조선 팔도 북쪽 끝이고 나주는 남쪽 끝일세. 행방을 감춘 잔반이 그 자라고 단언하기는 무리일 것 같군."

"지금 북변은 철통같이 봉쇄되어 있습니다. 목숨을 부지하려면 어쩔 수 없이 배를 타고 왜국으로 가야 할 겁니다. 그리고 이것은……."

김여훈이 품에서 작은 금붙이를 꺼내 들었다.

"뭔가? 여인네 비녀 같은데."

"그렇습니다. 모친의 물건입니다. 폭도들이 곽산 관아를 급습했을 때 약탈을 당했던 것이지요."

"그런데 그게 어떻게 자네 손에……?"

"한양의 경상에게서 구했습니다. 웬 양반이 패물을 맡기고 어음을 끊어 갔다고 하더군요. 패물을 맡긴 자는 경상에게 어물 장사를 하려고 나주로 갈 거라고 했다고 하던데 소직은 그자가 정주성이 함락될 때 패물을 챙겨서 달아났을 거로 보고 있습니다."

김여훈의 얼굴에 살기가 스치고 지나갔다. 마주 앉은 목사는 섬뜩한 기분이 들었다.

"그렇다면 그자의 정체를 의심할 수밖에 없겠군. 그런데 왜 거간 꾼을 죽였을까?"

"아마 정체가 탄로 났기 때문일 것 같습니다."

"일리가 있군. 하긴 흑산도 어민들이 거간꾼을 죽이지는 않았을 거야. 말다툼 좀 했다고 사람을 죽이기까지 하겠나. 어쨌든 기왕에 나졸들을 성내에 풀었으니 돌아올 때까지 기다려 보세."

그때 형방이 들어오더니 나졸들이 돌아왔음을 고했다.

"그래 어상을 찾았다고 하더냐?"

목사가 얼른 물었다.

"근동 의원들을 모조리 뒤져 봤지만 그런 자는 없었다고 합니다."

목사가 김여훈을 쳐다봤다. 일이 이렇게 된 마당에 처리를 맡기겠다는 뜻이었다.

"흑산도 어민들은 일단 석방하는 게 좋겠습니다. 나중에라도 필요하면 증인으로 부르면 되니까요."

김여훈이 목사에게 창대와 정달현의 방면을 요청했다.

"그리고 거간꾼은 일단 사고로 죽은 걸로 공표해 두십시오. 그쪽이 진범을 체포하는 데 도움이 될 것입니다."

"그런가? 좋아. 이번 살인 건은 아무래도 홍적의 잔당들과 관련이 있는 듯하니 추포사에게 일임키로 하겠네. 형방은 흑산도 어민들을 방면토록 하라."

"그런 일이 있었느냐? 누명을 벗었기에 망정이지 하마터면 큰일 날 뻔했구나."

창대로부터 나주에서 있었던 일을 전해 들은 약전은 깜짝 놀랐다. 창대가 꼼짝없이 살인죄를 뒤집어쓸 뻔했던 것이다.

"다행히 지혜로운 목사였기에 이렇게 무사히 돌아오기는 했습니다만 치도곤을 생각하면 지금도 소름이 돋습니다. 집사람에게는 비밀로 해 주십시오."

창대는 그때 목사 옆에서 형장을 지켜보던 도포 차림의 젊은이가 생각났다. 아마도 그 젊은이가 없었다면 무사히 풀려나지 못했을 것이다.

"그러는 게 좋겠다. 사실을 알면 얼마나 놀라겠느냐. 그런데 목사 옆에 웬 젊은이가 있었다고?"

약전도 그자의 정체가 궁금했다.

"그렇습니다. 추궁을 하는 게 여간 날카롭지 않았습니다. 그리고 목사도 함부로 대하는 눈치가 아니었습니다. 혹시 암행어사가 아닐까요?"

"암행어사라……, 그럴지도 모르지. 그것보다도 네 생각은 어떠냐? 정말로 그 임성량이라는 자가 실수로 복어 독을 먹고 죽었다고 생각하느냐?"

"하오면 선비님께서는……?"

누명을 벗어났다는 기쁨에 아무런 생각 없이 흑산도로 돌아온 것인데 곰곰이 생각해 보니 석연치 않은 구석이 분명히 있었다. 관에서는 임성량이 실수로 독이 있는 복어를 골랐고 복어 독으로 죽었다고 공표했다. 그렇지만 정달현이 가지고 간 복어들은 전부 독이 없는 복어들이었고 그 정도를 구별해 내지 못할 임성량이 아니다.

"그러고 보니 이상합니다. 임성량이 밀복과 검복을 구별하지 못할 리가 없습니다. 그럼……?"

"그 안창학이라는 자는 어떤 자이더냐?"

약전이 안창학에 대해서 묻고 나섰다. 역시 안창학이 수상한 걸까. 도포 차림의 젊은이도 안창학에 대해서 꼬치꼬치 묻던 기억이 났다. 아무리 생각해도 악인 같지 않은 안창학과 품위가 배어 있는 그의 내자를 떠올리며 창대는 조심스레 입을 열었다.

"돈 때문에 누구를 죽일 사람 같지는 않았습니다. 그리고 그자가 무슨 수로 밀복과 검복을 알아보고 바꿔치기 하겠습니까."

"그야 복어를 처음 보더라도 어보를 읽었다면 구별이 아주 불가능하지도 않을 것이다. 나도 여기에 와서 처음 본 물고기들이 많지만 고서를 통해서 습성과 형태를 대강 알고 있었기에 쉽게 구별해 낼 수 있었으니까."

그러고 보니 안창학이 약전과 약용 형제를 거명하며 실학을 옹호하던 기억이 났다. 특히 어보를 만들고 있다는 말에 큰 관심을 보이지 않았던가. 약전의 말대로 어보나 의서를 읽었다면 밀복과 검복을 구별해 낼 수도 있을 것이다. 그래도 창대는 안창학이 사람을 죽였을 것 같지 않았다.

"그래도 이상합니다. 그자가 임성량을 죽일 이유가 없지 않습니까?"

"그거야 둘 사이에 무슨 곡절이 있었는지 알 수 없는 일이지. 다만 정황을 살피건대 그 안창학이라는 자의 짓일 것 같다는 심증이 가는구나. 그리고 그자의 정체에 대해서도 나름대로 짐작이 가는 바가 있다. 어쩌면 변성명을 하고 도주 중인 홍경래의 잔당일지 모르지. 내 추측이 틀리지 않다면 도포 차림의 젊은이는 한양에서 내려온 추포사일 것이다."

약전의 입에서 홍경래라는 말이 나오자 창대는 가슴이 철렁 내려앉았다. 그 붙임성 있고 준수한 용모의 젊은이가 서북변을 피바다로 물들였던 무시무시한 패거리의 일원이었단 말인가.

"잔반들이 장사로 나서는 세상이지만 그래도 어물상은 함부로 덤벼드는 게 아니다. 그런데 안창학이라는 젊은이는 제법 많은 돈을 가지고 있는데도 따로 도와주는 사람이 없었다면 쫓기고 있는 게 분명하다. 창대 네 말대로 절대로 남을 해칠 성품이 아니라면……, 정주성을 탈출한 자일 것이다."

약전은 그렇게 추측하고 있었다. 언제 돌아갈 수 있을 지 모르는 한양이지만 그래도 늘 그쪽 소식에 귀를 기울이고 있었기에 어렵지 않게 그리 추리했던 것이다.

창대는 고개를 끄덕였다. 그러고 보니 충분히 그럴 수가 있었다.

"어쩌면 임성량이란 자가 안창학의 정체를 알아내고서 협박을 했을지도 모르지. 어떻게 알아냈는지는 몰라도 안창학이 복어를 골라낼 식견이 있다는 사실까지는 몰랐던 모양이다."

비로소 창대는 자신이 얼마나 끔찍한 상황에 놓였던가를 깨닫고 몸서리를 쳤다. 쫓기는 홍경래의 잔당과 추적하는 자. 그리고 독살. 아무것도 모른 채 살육의 한복판에 있었던 것이다.

"그러고 보니 선비님 말씀이 맞는 것 같습니다. 이제야 전말을 알겠습니다. 안창학, 그자는 이제 어떻게 합니까? 아녀자를 데리고 도피하기가 쉽지 않을 텐데."

창대는 안창학이 걱정이 되었다.

"북변은 철저하게 봉쇄되었다고 하니 배를 타고 나라 밖으로 빠져나가려 하겠지."

"그럼 왜국이나 유구로 가려고 하겠군요."

창대는 배에 유달리 관심을 보이던 안창학의 모습이 떠올랐다.

"쉬운 일은 아닐 것이다. 아무튼 당분간은 나주행을 삼가도록 하거라."

"그런데 다시 나주로 가야 할 것 같습니다. 크게 놀랐는지 달현이 형님이 드러누웠습니다. 장조카 혼례일이 코앞으로 다가왔는데……. 아무래도 소인이 나서서 일을 마무리 지어야 할 것 같습니다."

일이 그렇다면 창대가 이제 와서 나 몰라라 하지 않을 것이다.

"사정이 딱하게 됐구나. 그럼 네 처에게는 입을 굳게 다물고 있을 테니 조심해서 다녀오도록 하거라."

약전이 근심 가득한 얼굴로 조심할 것을 당부했다. 절로 한숨이 새어 나왔다. 홍경래가 주도했던 민란은 쌓이고 쌓였던 서북인들의 불만에 탐관오리들의 학정이 더해지면서 터진 것이다. 한갓 미물인 지렁이도 밟으면 꿈틀거린다. 더 이상 내몰릴 곳이 없는 민초들이 죽기를 각오하고 봉기를 한 것이다.

그렇지만 결과는 너무 처참했다. 평안도 일대는 시신으로 산이 되고 피가 바다를 이루었고 간신히 목숨을 보전한 자들도 살 길이 막막하다고 했다. 대체 그들에게 무슨 죄가 있는 걸까. 사람으로 태어나서 사람처럼 살고 싶었던 죄밖에 없을 것이다. 처절했을 진압과 처형을 떠올리며 약전은 몸서리를 쳤다. 혹시 창대가 다시 그 안창학이라는 젊은이를 만나게 되지 않을까. 그런 생각이 문득 들면서 약전은 창대에게 따로 일러 주어야겠다고 생각했다.

애정 哀情

    안창학은 애처롭게 떨고 있는 이소담을 쳐다보니 가슴이 찢어질 것만 같았다. 남에게 해를 끼치며 산 적 없고 어려운 사람을 보면 모른 체하지 않았다. 그런데 왜 이렇게 모진 일을 겪어야 하는 걸까. 안창학은 사는 게 그저 원망스러울 뿐이다.

    "정말 우리에게 좋은 시절이 올까요?"

    이소담의 목소리에 울음이 배어 있었다. 두 사람은 그날 새벽에 물상객주를 빠져나와 그보다 훨씬 허름한 여각에 방을 잡고서 며칠째 두문불출을 하며 밖의 동정을 살피고 있었다. 안창학은 서당 훈장 자리를 알아보기 위해 돌아다니는 서생으로 신분을 위장했는데 며칠 살피다 별 이상이 없는 것 같으면 나주를 벗어날 생각이다.

    "갑갑하겠지만 조금만 더 살펴보도록 합시다. 거간꾼은 사고로 죽은 걸로 처리됐다고 하지만 그래도 너무 조용한 게 왠지 불안하니."

    그날 안창학은 영광 어상이 맡기고 간 복어 중에 독이 있는 까치복이 섞여 있음을 발견하고서 사동이 복어 국을 끓일 때 슬그머니 바꿔치기를 했던 것이다. 진작부터 실학에 관심이 많았던 안창학은 검복과 밀복을 능히 구별해 낼 수 있었다. 임성량의 입을 막기 위해서는 죽여 버리는 수밖에 없었다. 그래서 안창학은 복어를 바꿔치기 하고서 어둑새벽에 서둘러 객사를 빠져나왔던 것이다.

의도대로 임성량은 복어를 먹고 죽었다. 그리고 나주목에서는 사고로 처리해 버렸다. 그만하면 순조롭게 마무리가 된 셈인데 안창학은 자꾸만 불길한 예감에 빠져들었다. 안창학은 그 이유가 김여훈이 추포사가 되었다는 말을 들었기 때문일지도 모른다고 생각했다. 새삼 패물을 처리할 때 좀 더 신중해야 했는데 하는 후회가 일었다. 헐값을 받더라도 장물아비에게 넘겼으면 꼬투리를 잡힐 여지가 훨씬 덜할 것이다.

지니고 있었던 패물 중에는 김여훈의 집에서 압수한 것도 있었을 것이다. 행여 처분한 패물이 김여훈의 눈에 띄었다가는 당장 출처를 알아볼 것이었다. 그리고 패물을 처분한 자가 자기라는 사실을 알아냈을 것이다. 안창학은 돈을 빌리면서 무심코 남도로 가서 어상을 할 거란 말을 했던 게 너무 후회스러웠다.

당장이라도 김여훈이 방으로 들이닥칠 것만 같은 두려움이 밀려왔다. 빨리 여기를 벗어나야 할 텐데 그렇다고 서두르면 오히려 일을 그르칠 수 있을 것이다. 혹시 김여훈이 벌써 여기까지 쫓아온 것은 아닐까. 관에서는 정말로 사고로 알고 있는데 내가 너무 예민하게 반응하는 것은 아닐까. 생각이 꼬리를 이으면서 안창학은 머리가 터질 것만 같았다. 잡히면 자신은 목이 잘리고 처 이소담은 평생을 관노로 살아야 할 것이다. 안창학은 머리를 세게 흔들었다. 절대로 그런 일이 있어서는 안 된다.

여각에 손이 새로 들어왔는지 입구가 소란스러웠다. 안창학은 문을 살짝 열고 밖을 살펴보았다. 다행히 나졸은 보이지 않았다. 안창학은 안도의 숨을 내쉬었다.

"……!"

그런데 여각으로 들어서는 자의 얼굴이 눈에 익었다. 자세히 살피니 창대였다. 안창학은 가슴이 철렁 내려앉았다. 무죄방면되어 흑산도로 돌아갔다는 말을 들었는데 왜 또 나주로 왔을까.

제발 마주치지 말아야 할 텐데. 맞은편 방으로 들어서는 창대를 보며 안창학은 걱정이 또 하나 늘었다. 좁은 여각이다. 빨리 빠져나가지 않으면 마주칠지 모른다. 혹시라도 한양에서 내려온 젊은 부부가 묵고 있다는 말을 들으면 창대 쪽에서 먼저 찾아올지도 모른다.

"하필이면 이 여각에 묵을 게 무어란 말인가. 그만 여기를 떠야 할 것 같소."

이소담도 눈치를 챘는지 말없이 짐을 챙기기 시작했다.

그때 여각 입구가 부산스럽더니 한 무리의 나졸들이 여각으로 들이닥쳤다. 기찰을 할 모양이다. 역시 서둘러 나주를 벗어나야 했는데…… 안창학은 후회가 막급했다. 꼼짝없이 당하게 되었다.

"나졸들은 가끔씩 여각을 기찰하니 너무 두려워하지 마시오."

안창학은 일단 이소담을 안심시켰다. 그렇지만 일상적인 기찰이 아니고 정말로 두 사람을 찾고 있는 중이라면 빠져나가기 힘들 것이다.

나졸들이 방방을 뒤지기 시작했다. 장사꾼들이 묵고 있는 큰 방은 대강대강 살피는 것으로 봐서 역시 통례에 따른 기찰이 아닌 것 같았다. 안창학은 절망의 구렁텅이 속으로 떨어지는 기분이었다. 나졸이 점점 가까이 다가왔다. 그런데 각오를 했기 때문일까. 이소담은 의외로 차분했다.

안창학이 이소담에게 다가가는데 방문이 열렸다. 안창학은 각오를 하고서 이소담의 앞을 가로막고 섰다. 그런데 의외로 문을 열고 들어선 사람은 창대였다.

"쉿! 조용히 하시오. 시간이 없으니 내 말을 따르시오. 부인은 얼른 나오시오."

창대가 손가락으로 입을 막으며 조용히 할 것을 일렀다. 안창학이 고개를 끄덕이자 창대가 돌연 큰소리로 말했다.

"마님, 가마를 대령해 놓았습니다."

이소담은 놀라서 창대를 쳐다보았다. 그러나 곧 속셈을 알아채고서 태연히 창대를 따라나섰다. 저쪽 방을 뒤지던 나졸이 힐끔 돌아봤지만 하인을 앞세우고서 여각을 나서는 마님으로 알았는지 그냥 고개를 돌렸다. 아마 근친(覲親)에서 돌아오는 반가의 규수로 여겼을 것이다.

"이리로!"

여각을 빠져나오자 창대는 이소담을 끌고 골목으로 내달았다. 안창학은 조금 있다가 시치미를 떼고서 빠져나오면 된다. 정말로 부부를 찾는 거라면 유유자적 혼자서 걸어 나오는 양반을 까다롭게 검문하지는 않을 것이다.

"여깁니다."

안면이 있는 어상 집이 멀지 않은 곳에 있는데 꽤 큰 창고를 가지고 있다. 창대는 얼른 담을 타고 넘어가서 문을 열고 이소담을 안으로 끌어들였다. 어물을 다 내다 판 후라 지키고 있는 사람이 따로 없었다. 다행이었다.

"잠시 기다리고 있으십시오. 다시 가서 아우님을 데리고 올 테니."

겁먹은 얼굴로 쳐다보는 이소담을 안심시키고서 창대는 다시 여 각으로 향했다. 여각에서 맞은편 방에 서당을 알아보려고 돌아다니 는 양반 부부가 묵고 있다는 말을 듣는 순간 창대는 직감적으로 안 창학 부부라고 생각했던 것이다.

여각 앞에 이르자 안창학이 태연스레 빠져나오고 있었다. 창대가 손짓을 하자 안창학이 창대 쪽으로 다가왔다. 창대는 모른 체하며 앞장서서 걸었다.

"정말 고맙습니다. 하마터면 붙잡힐 뻔했습니다. 그런데 창대 형 님이 나주에 웬일입니까? 무죄로 방면되어 흑산도로 돌아갔다고 들 었는데."

사지를 무사히 탈출한 안창학이 창대에게 고마움을 표했다. 창고 에 이르자 기다리고 있던 이소담이 얼른 달려왔다.

"내 생각에는 아우님이 복어를 바꿔치기 한 것 같은데."

주위를 확인한 창대가 정색을 하고 따졌다.

"그렇습니다. 창대 형님에게 거짓말을 할 이유가 없지요. 내가 그 자를 죽였습니다. 창대 형님이 그 일 때문에 고초를 겪은 데 대해서 진심으로 사죄를 드리겠습니다. 하지만 사정이 워낙 다급해서……. 어쩔 수 없었습니다."

안창학이 고개를 숙이며 정식으로 사죄를 했다.

"그 일을 따질 마음은 없네. 그리고 왜 그자를 죽였는지도 대강 짐 작하고 있네. 한양 선비님께서는 아우님은 연초에 평정된 서북의 민란과 관련이 있는 것 같다고 말씀하셨네."

"그렇습니다. 손암 선생 말씀 그대로입니다. 나는 평서대원수를 모시던 사람이지요. 곽산에서 유진장을 지냈습니다. 정주성이 함락 되었을 때 구사일생으로 빠져나왔고 신분을 숨기고서 나주까지 왔습니다. 내 본명은 강동화입니다."

"참으로 먼 길을 용케 빠져나왔군. 그럼 앞으로 어쩔 셈인가? 추포사가 사방에 깔렸다고 들었는데."

창대는 어떻게 해서든 안창학 내외를 돕고 싶었다.

"배를 마련해서 일본으로 건너갈 생각입니다. 그렇지만 그 전에 해야 할 일이 있습니다. 배신자를 처단해야 합니다."

안창학의 얼굴에 굳은 결의가 스치고 지나갔다.

"배신자를 처단하겠다니? 지금 아우님은 쫓기는 신세일세."

창대는 어이가 없었다.

"자세한 사연은 모르겠으나 지금 배신자를 처단할 형편이 아닌 것 같네. 몸을 피하는 게 급선무일 텐데, 일단 나와 함께 흑산도로 가세. 기회를 봐서 황당선을 주선해 볼 테니까."

창대는 어느새 안창학이 친동생처럼 느껴졌다.

"말씀은 고맙습니다만 창대 형님은 그만 돌아가십시오. 우리 일은 우리가 알아서 할 테니. 섣불리 우리를 돕다가는 대역죄를 뒤집어쓰게 됩니다."

안창학은 창대가 도와주겠다는 것을 일언지하에 거절했다. 대역죄라는 말에 창대는 가슴이 철렁 내려앉았다.

"아우님의 딱한 사정을 뻔히 아는 마당에 내 어찌 모른 체할 수 있겠는가. 배신자를 처단하는 일은 내가 도울 수 없겠지만 해외로 피신을 하는 일은 내가 힘이 될 수 있을 걸세. 그리고 행여 그 일로 해서 죄를 받게 되더라도 아우님을 원망하지 않을 것이니 그 이상 마음을 쓰지 마시게."

이들을 데리고 가면 약전도 틀림없이 잘했다고 할 것이다. 창대는 어떻게 해서든 두 사람을 돕기로 했다.

"그렇게까지 말씀을 해 주시는데 이 아우가 어찌 더 사양을 하겠습니까. 그럼 창대 형님에게 도움을 청하기로 하겠습니다. 그리고 이 은혜는 좋은 시절이 오면 꼭 갚겠습니다."

안창학이 창대의 손을 힘껏 쥐었다. 쫓겨 다니기 시작한 이래 처음으로 도움의 손길을 얻은 것이다. 이소담도 고개를 살짝 숙이며 창대에게 사의를 표했다. 저리도 곱고 심성 착한 여인이 어쩌다 세월을 잘못 만나서……. 흑산도로 가면 함께 지내는 동안 처 전옥패가 잘 돌봐 줄 것이다.

"그럼 아까처럼 내가 하인 행세를 하며 부인과 성문을 빠져나갈 테니 아우님은 따로 움직이도록 하게. 일단 나주성만 빠져나가면 그 다음부터는 그리 어려운 일이 없을 것일세. 여기서 숨어 지내다가 해가 기울 무렵에 빠져나가는 것이 좋겠군. 그때쯤에 수졸들의 경계심도 풀어질 테니."

추포사 김여훈과 기찰포교 남대희, 그리고 나주진 첨절제사(僉節制使)는 머리를 맞대고서 숙의를 계속했다. 나주 성내를 샅샅이 뒤졌건만 용의자를 끝내 찾지 못한 것이다.

"벌써 빠져나간 게 아닐까요?"

남대희가 먼저 입을 열었다. 한양 좌포청 소속으로 검술의 달인답게 자세에 빈틈이 없었다.

"그렇지는 않을 거요. 성문을 철저하게 통제하고 있으니까."

첨절제사가 고개를 흔들었다. 목사로부터 추포사를 최대한 도와주라는 지시가 있었다.

"내 생각도 같습니다. 아직 성내에 있을 겁니다. 하지만 아주 영리한 자여서 쉽게 잡히지 않을 겁니다."

김여훈이 첨절제사의 의견에 동조하고 나섰다.

"어쩌면 내가 쫓고 있다는 사실을 눈치 챘을지도 모릅니다. 그렇다면 더욱 신중하게 움직일 겁니다. 그런데 그만큼 뒤졌는데도 꼭꼭 숨어 있을 걸 보면 혹시 우리가 모르는 한패가 있는 게 아닌지 모르겠습니다."

강동화가 난리 중에 혼례를 치렀다는 얘기는 들었다. 그리고 어상은 부부라고 했다. 아녀자를 데리고 도피하려면 혼자 움직이는 것보다 훨씬 어려울 것이다. 그럼에도 아직까지 행적이 오리무중이라면……. 김여훈의 눈매에 의혹의 그림자가 스치고 지나갔다.

"평안도 사람이 나주에 면식이 있는 자가 있을 것 같지는 않지만 추포사의 말대로 그 점도 고려해 넣기로 하겠소."

첨절제사가 고개를 끄덕였다.

"기찰나졸들에게 잔반 내외를 집중적으로 수색하라고 했는데 어쩌면 그자는 남남 행세를 하며 기찰을 피했을지도 모릅니다. 기찰나졸들이야 그저 부부 행세를 하는 반가의 남녀를 찾았을 테니까요."

남대희가 끼어들었다.

"그러면 어쩌면 좋겠소? 다시 뒤지라고 하리까?"

혹시라도 역도를 놓쳤다가는 엄중한 문책이 따를 것이다. 첨절제사는 추포사에게 하회를 물었다. 비록 품계는 아래지만 조정의 밀명을 받은 몸이다.

"다시 수색을 한들 이미 여각을 빠져나갔을 것입니다. 일이 이리

된 마당에 성문을 빠져나가려 할 때 잡는 것이 좋겠지요."

김여훈은 잠시 생각하다가 방책을 내놓았다.

"아마도 날이 저물 때까지 기다렸다가 움직이려 할 겁니다. 그런데 어느 쪽 문으로 빠져나가려 할까요?"

남대희가 눈을 반짝이며 물었다. 한양 기찰포교로서의 진가를 보여 줄 때가 가까워진 것이다.

"변복을 하더라도 내 눈은 피할 수 없어. 문제는 어느 문으로 빠져나갈 것인가인데……."

김여훈은 말을 마치고서 펼쳐 놓은 성내도에 눈길을 주었다. 그리고 품에 지니고 있는 패물에 손을 가져갔다. 모친께서 지니고 계셨던 금붙이 노리개로, 반도들의 손에 넘어갔다가 우여곡절 끝에 한양에서 되찾은 것이다. 반도들에 의해서 무참하게 도륙된 부친과 모친, 그리고 식솔들.

'꼭 복수를 갚겠다.'

김여훈은 이를 갈았다. 그런데 아무리 생각해도 이상한 면이 있었다. 배를 마련해서 나라 밖으로 피신할 요량인 모양인데 그럼 왜 빨리 빠져나가지 않고 한양에서 머뭇거렸을까. 강동화는 한양에서 여러 날을 머물렀는데 도무지 그 이유가 짐작가질 않았다. 아무튼 강동화가 한양에서 머뭇거리는 바람에 여기까지 쫓아올 수 있었다. 김여훈은 성내도를 다시 한 번 찬찬히 살펴보았다.

주위가 어둑어둑했다. 조금 더 있으면 성문이 닫힌다. 그 전에 빨리 나주목을 빠져나가야 한다. 창대는 안창학과 이소담에게 눈짓을 했다. 두 사람은 비장한 얼굴로 몸을 일으켰다.

"동문으로 빠져나가겠어. 법성포로 가려면 동문이 제일 편하니까. 동문을 빠져나와서 한 시각쯤 걸으면 주막집이 있네. 내가 부인을 모시고 먼저 빠져나가서 그곳에서 기다리고 있겠네."

"그저 모든 것을 창대 형님에게 맡기겠습니다. 이 사람을 부탁하겠습니다."

안창학은 바들바들 떨고 있는 이소담의 손을 꼭 잡았다. 죽어도 서방님과 함께 죽고 싶었는데……. 잠시 헤어지는 것이지만 이소담은 안창학과 떨어진다는 사실이 너무 싫고 무서웠다.

창대는 이소담이 진정되기를 기다렸다가 밖으로 나왔다. 동문은 그리 멀지 않다.

"내가 이곳 사정을 잘 아니 너무 염려하지 마시오. 근친 갔다가 돌아가는 길인데 세월이 수상해서 여종 대신 하인을 데리고 왔다고 하면 크게 의심하지 않을 것이오."

아무리 기찰 중이라고 해도 나졸들이 반가의 여인을 상대로 꼬치꼬치 묻지는 않을 것이다. 그리고 현지 사정에 밝은 창대는 얼마든지 구실을 둘러댈 자신이 있었다. 안창학이 마음에 걸렸지만 잘 하리라 믿으며 창대는 동문으로 향했다.

과연 나졸들이 횃불을 환히 밝히고 삼엄하게 기찰하고 있었다. 이소담은 고개를 살짝 숙이고 대열에 끼어들었다. 창대는 한 걸음 떨어져서 이소담의 뒤를 따랐다. 누가 봐도 마님을 수종하는 하인 행색이었다.

나졸들도 그리 생각했는지 별로 까다롭게 기찰하지 않았다. 이대로 무사히 빠져나가는 걸까. 성문에서 한 번 더 기찰이 있다. 창대는 초조한 마음을 누르며 성문으로 향했다.

"앗!"

성문으로 향하던 창대는 가슴이 철렁했다. 그때 나주 동헌에서 보았던 도포 차림의 남자가 성문 위에서 기찰을 지휘하고 있었다. 추측이 맞는다면 한양에서 내려온 추포사다. 그렇다면 안창학의 얼굴을 잘 알 테니 안창학은 꼼짝없이 잡힐 것이다.

하필이면 동문에서……. 하지만 나졸들이 빤히 지켜보고 있는 마당에 이제 와서 발길을 돌릴 수 없었다. 그렇지만 일단 성문을 빠져나가면 안창학에게 연락을 취할 길이 없다.

"큰일났소. 아마도 아우님과 악연인 듯한 자가 저기 지키고 서 있소. 빨리 가서 아우님에게 다른 문으로 빠져나가라고 알려야겠소. 여각에 짐을 놓고 왔다고 하고 줄을 벗어날 테니까 혼자 성문을 빠져나가시오. 친정에 갔다 오는 길이라고 하면 크게 의심하지 않을 것이오."

창대는 이소담에게 얼른 그리 이르고 큰소리로 딴청을 부렸다.

"이런! 보따리가 하나 모자랍니다. 여각에 놓고 온 모양입니다. 정신을 어디다 팔고 사는지 원, 소인이 얼른 갔다 오겠습니다."

나졸들은 호들갑을 떨며 줄에서 벗어나는 창대를 한심하다는 표정으로 바라볼 뿐 달리 제지하지 않았다. 창대는 제발 이소담이 무사히 빠져나가기를 빌면서 안창학이 숨어 있는 곳으로 내달았다.

줄이 점점 줄었다. 하늘같이 믿던 창대가 자리를 뜨고 혼자가 되자 이소담은 너무 무서워서 걸음을 옮기는 것조차 힘들었다. 이소담은 와들와들 떨리는 가슴을 간신히 진정시키며 기찰나졸에게 다가갔다. 기찰나졸은 반가의 여인이 혼자 다가오자 의아한 표정을 지어보였다.

"친정에 다녀오는 길인데 여각에 짐을 놓고 온 것이 있어서 하인을 여각으로 보냈네."

이소담이 차분하게 말했다. 뒷줄에 선 남자가 자기가 봤다는 듯이 고개를 끄덕였다. 그럴 수도 있는 일이다. 반가의 여인을 상대로 캐묻기도 뭣했기에 나졸이 고개를 끄덕이며 통과할 것을 일렀다. 이것으로 무사히 빠져나가는 것인가…….

"잠깐만!"

그러나 채 안도의 숨을 내쉬기도 전에 뒤에서 부르는 소리가 들렸다. 이소담은 가슴이 콩알만큼 오그라들었다. 돌아보니 성문 위에서 젊은 남자가 내려서고 있었다. 이글거리는 횃불에 얼굴이 비쳤는데 눈매가 몹시 날카로웠다. 어쩌면 서방님과 악연이라는 그 사람일지 모른다.

"친정에 다녀가는 길이라고 했는데 그래 친정이 어디시오?"

김여훈은 한 발 앞으로 나서며 이소담의 위아래를 훑어보며 물었다. 자태로 봐서 틀림없이 반가의 여인이었다. 고개를 돌리고 내외하고 있지만 옆모습만으로도 대단한 미모라는 걸 짐작할 수 있었다. 문득 김여훈은 강동화의 부인이 서북 제일의 미인이라는 소문이 떠올랐다. 어쩌면 강동화가 부인과 따로 움직이고 있을지도 모른다고 추측하고 있는 판에 미모의 부인이 혼자서 성문을 통과하려 하고 있었다.

"영암이오."

이소담이 간신히 대답했다. 생전 거짓말이라곤 해 본 적이 없는 터에 거짓말을 하려니 목소리가 저절로 떨렸다. 급한 대로 영암을 꺼낸 것인데 제발 더 이상 묻지 말았으면 하는 심정이었다.

"이상하군. 영암이면 남문으로 빠져나가야지 왜 동문으로 빠져나가는 것이오?"

김여훈이 정면으로 다가서며 물었다.

이소담의 안색이 백지장으로 변했다. 더 이상 뭘 어떻게 해야 할지 아무런 생각이 떠오르지 않았다.

"이 여인을 관아로 압송하라. 보상객주 주인을 불러다 대질을 하겠다."

김여훈이 소리를 치자 나졸들이 달려들었다.

"왜, 왜들 이러시오. 이게 무슨 행패요?"

이소담이 발버둥을 쳤지만 아무 소용이 없었다.

"절제도위(節制都尉)가 직접 관아로 압송을 하시오. 혹 모르니 나졸들을 데리고 가시오."

김여훈이 환도를 차고 있는 절제도위에게 지시를 내렸다. 김여훈의 눈이 가늘게 찢어졌다. 저 여인이 정말로 강동화의 내자라면 강동화는 멀지 않은 곳에 있을 것이다.

"여인을 압송하는 데 무어 그리 요란스럽게 할 필요가 있겠습니까?"

아무 말 없이 김여훈의 뒤를 따르고 있는 남대희가 처음으로 입을 열었다.

"패거리가 있을지 모르니 만전을 기해야 할 거야."

돌아보니 절제도위가 나졸 셋을 인솔하고 여인을 압송하고 있었다. 저만하면 설사 패거리가 있다 해도 걱정하지 않아도 될 것 같았다.

"따르거라. 그자가 부근에 있을지 모른다."

김여훈이 남대희에게 따를 것을 지시하고 줄을 서 있는 자들을 거칠게 헤치며 앞으로 내달았다.

이소담은 정신이 아득했다. 관아에 압송되면 신분이 발각될 게 뻔하다. 그 사이에 서방님이 멀리 달아나야 할 텐데. 아무래도 아까 그자는 서방님과 악연인 인물 같았다. 이소담은 나졸들에게 압송이 되면서도 안창학이 먼저 걱정되었다.

동문을 떠난 일행은 호젓한 산길로 접어들었다.

"……!"

홀연 검은 복면으로 얼굴을 가린 자가 일행의 앞을 가로막고 섰다.

"누구냐!"

앞장서서 걷던 절제도위가 걸음을 멈추고 호통을 쳤다.

"냉큼 비켜서지 못할까!"

절제도위가 환도를 뽑아들자 나졸들이 육모방망이를 휘두르며 복면괴한의 주위를 에워쌌다. 누굴까. 눈만 내놓은 채 일행을 노려보고 있는 복면괴한은 포위를 당했음에도 미동도 하지 않았다.

"이놈이!"

나졸이 복면괴한을 향해 육모방망이를 내리쳤다. 그러나 비명과 함께 나가떨어진 것은 그 나졸이었다. 복면괴한 쪽이 빨랐다. 어느 틈에 칼집으로 후려친 것이다.

절제도위의 안색이 싹 변하더니 환도를 휘두르며 달려들었다. 표두격(豹頭擊 정면 내려치기)의 세(勢)를 취하는 것이 제법 무예를 익힌 듯했다. 복면괴한은 경쾌한 신법(身法)으로 두어 걸음 물러서면서 수세를 취했다.

절제도위가 휘두른 환도가 바람을 갈랐다. 하지만 복면괴한은 가볍게 피했다. 공세가 무위로 돌아간 절제도위는 재빨리 봉두세(鳳頭勢 내려베기)로 돌아서며 방어를 취하려 했다. 그러나 복면괴한은 그 짧은 틈을 놓치지 않았다. 절제도위가 채 환도를 거두어들이기 전에 몸을 날리며 그대로 칼집을 쭉 뻗었다.

"억!"

절제도위가 배를 움켜쥐고 쓰러졌다. 복면괴한이 일순간에 내지른 탄복자(坦腹刺 배 찌름)에 명치를 제대로 얻어맞은 것이다. 칼집 끝으로 맞았으니 생명에는 지장이 없겠지만 당분간 숨쉬기조차 힘들 것이다. 절제도위는 눈을 허옇게 뒤집어 깐 채 헐떡거렸고 육모방망이를 움켜쥐고 싸움을 지켜보던 나졸들은 자신들의 상대가 아니라고 판단을 했는지 슬금슬금 뒷걸음을 쳤다. 그리고 등을 돌리더니 걸음아 나 살려라 하고 달아났다.

이소담은 자기에게 다가오는 복면괴한을 보며 본능적으로 뒷걸음을 쳤다. 이자는 또 누굴까. 이소담은 복면 속에서 쏘아보는 강렬한 눈빛을 느끼며 숨이 막힐 것만 같았다.

복면괴한은 이소담에게 자기를 따르라는 듯 손짓을 하고는 앞장서서 성큼성큼 걸어갔다. 달리 도리가 없었다. 이소담은 후들거리는 다리를 진정시키며 부지런히 복면괴한의 뒤를 따라갔다.

걸음이 빠를 리 없었다. 쫓기는 처지에 이렇게 지체했다가는 금세 뒤를 잡히고 말 것이다. 복면괴한이 뒤를 돌아보더니 성큼 이소담의 손을 잡아끌었다. 이소담은 가슴이 콩닥콩닥 뛰었다. 어쩔 수 없는 상황이지만 창졸간에 외간 남자에게 손목을 잡히고 말았다.

그런데 손끝에서 가벼운 떨림이 전해졌다. 복면괴한도 떨고 있는 모양이었다. 누굴까. 이소담은 와중에서도 호기심이 일었다.

복면괴한은 이소담의 손을 잡고서 나는 듯이 내달았다. 당장 쓰러질 것 같았는데 복면괴한에 대한 신뢰 때문일까 이상하게 힘이 솟았다. 이소담은 부지런히 따라갔다.

어디로 가는 것일까. 복면괴한은 아무 말도 하지 않고 산 쪽으로 달려갔다. 나무를 헤치며 한참을 내닫던 복면괴한은 성벽에 이르자 걸음을 멈추었다. 이소담은 그대로 주저앉았다. 숨이 넘어갈 것만 같았다. 숨을 진정시키고 쳐다보니 그곳은 성벽이 다른 데 비해서 낮아 보였다.

복면괴한이 훌쩍 몸을 날리더니 성벽 위로 올라섰다. 마치 나는 새처럼 가벼운 몸놀림이었다. 복면괴한은 성벽에 엎드리더니 팔을 쭉 뻗었다. 잡을 수 있을 것 같았다. 이소담은 팔을 뻗어 복면괴한의 팔을 잡았다. 강한 힘이 전해졌다. 복면괴한의 힘이 전해지면서 이소담은 몸이 공중에 붕 뜨는 느낌과 함께 어느새 성벽 위에 올라서 있었다. 서방님은 무사히 성을 빠져나오셨을까. 이런 일이 벌어졌다는 것을 꿈에도 모르고 있을 것이다.

성벽 아래로 내려서야 할 텐데 마땅히 발을 디딜 곳이 눈에 띄지 않았다. 뛰어내기에는 너무 높았다. 어떻게 하나 망설이는데 복면괴한이 다가오더니 이소담을 껴안았다. 그리고 그대로 성벽 아래로 훌쩍 몸을 날렸다. 두 사람은 새가 내려앉듯 가볍게 땅 위에 내려섰다.

이소담은 가슴이 콩닥콩닥 뛰었다. 창졸간에 외간 남자의 품에 안긴 것이다. 기겁을 하고 뿌리칠 일이건만 이상하게 포근함이 느껴졌다. 이소담은 스스로에 놀라며 복면괴한의 뒤를 따랐다.

두 사람은 야트막한 산을 내려왔다. 길이 보이자 복면괴한은 걸음을 멈추었다. 그리고 이소담을 쳐다보며 저쪽으로 가라는 듯 손으로 가리켰다.

무슨 말을 할 것도 같은데도 복면괴한은 끝내 한마디도 입을 열지 않았다. 마침 달이 구름에서 벗어나면서 복면의 모습이 또렷이 눈에 들어왔다. 누굴까. 아무튼 믿음직스럽고 늠름한 자태였다. 이소담이 혼자서 갈 수 있다는 듯 고개를 끄덕이자 복면괴한은 그대

232

로 돌아섰다.

"잠깐만!"

이소담은 말없이 돌아서는 복면괴한을 불렀다.

"누구신지는 모르겠으나 정말 고맙습니다. 관아로 끌려갔다면 목숨을 부지하기 힘든 처지였는데."

이소담은 생명의 은인인 복면괴한에게 진심으로 고마움을 전했다. 복면괴한은 걸음을 멈추고 고개를 돌렸다. 여전히 입을 굳게 다물고 있었지만 복면 속의 눈빛은 분명 애절한 정을 담고 있었다.

저 눈빛……. 이소담은 복면 속의 눈빛이 어쩐지 낯이 설지 않다는 생각이 들었다. 어딘지 모르게 슬픔을 담고 있는 복면 속의 눈빛은……. 어디서 봤더라…….

"혹시……?"

이소담은 돌아서는 복면괴한을 다시 불러 세웠다.

"손달이……, 손달이 아니니?"

이소담은 자신이 알고 있는 이름을 불러 보았다. 그러나 복면괴한은 뒤를 돌아보지 않고서 그대로 산속으로 몸을 날렸다.

＊＊＊

간신히 숨을 몰아쉬며 저간의 상황을 얘기하는 절제도위를 보며 김여훈은 도무지 갈피를 잡을 수 없었다. 역시 그 여인은 강동화의 내자인 듯했는데 그렇다면 복면괴한은 또 누구란 말인가. 절제도위를 단 일격에 쓰러뜨렸다면 강동화는 아닐 것이다. 강동화는 봉기의 선봉에 섰을지언정 무예는 모르는 자다.

"신출귀몰의 재주를 지닌 자였소. 소직도 무예 수련을 게을리 하지 않았는데……."

절제도위의 얼굴이 벌겋게 되어 말을 끝내지 못했다. 꼴이 말이 아니었다. 같은 종육품이지만 상대는 특명을 지니고 한양에서 내려온 추포사다. 질타를 들어도 할 말이 없다.

"일이 우습게 되었군요. 이럴 줄 알았으면 소장이 직접 호송을 하는 건데."

남대희가 어처구니없다는 표정으로 나섰다. 절제도위를 가지고 놀 정도의 무예를 지닌 자라는 사실에 구미가 당긴 것이다.

"그렇게 무예가 출중한 자가 옆에 있다는 말을 한 적은 없지 않소? 그럼 추포사도 그 강동화라는 자에 대해서 제대로 모르고 있단 말이오?"

첨절제사가 책임을 떠넘기려는 듯 김여훈을 닦달하고 나섰다. 홍적의 잔당을 놓쳤다가는 자리를 보전하기 힘들 판이다.

김여훈은 소태를 씹은 기분이었다. 첨절제사의 말대로 자신도 복면괴한의 정체를 모르는 판에 무턱대고 나주목 관헌들만 닦달할 수도 없었다. 도대체 누굴까. 조그마한 단서도 놓치지 않고 여기까지 쫓아왔다. 그런데 막다른 골목까지 몰아넣고서 이런 변수를 만나게 될 줄이야. 정황으로 봐서 복면은 성내에서 그의 탈출을 도와준 인물과는 다른 자 같았다. 그렇다면 도대체 일행이 몇 명이란 말인가.

"만만한 상대가 아닌 것 같은데 짐작이 가는 자가 없습니까?"

남대희가 환도를 만지작거리며 앞으로 나섰다. 눈에서 빛이 일었다. 한양 제일의 기찰포교가 기껏 책상물림의 선비나 아녀자의 뒤를 쫓는 일에 동원된 걸 내심 못마땅해 하고 있던 차에 비로소 제대로 된 상대를 만난 것이다. 나주목의 절제도위가 칼을 뽑지도 못하고 당할 정도로 무예에 능한 자다. 죽이려 들었으면 나졸들은 한 명도 살아서 돌아오지 못했을 것이다.

"도무지 짐작이 가질 않는다."

김여훈이 고개를 흔들었다. 홍적의 잔당일까. 복면은 그럴 수도 있겠지만 그럼 그자는 왜 나주에 나타났을까. 나졸들 말로는 강동화의 처도 그자의 정체를 모르고 있는 것 같다고 했다.

"일이 생각했던 것보다 복잡한 것 같소."

첨절제사가 헛기침을 하며 자리에서 일어섰다.

"좋은 기회를 놓쳤군요. 하지만 일이 재미있게 돌아가는 것 같습니다."

남대희의 말에 김여훈은 대꾸를 않고 생각에 잠겼다. 복면괴한은 누굴까. 강동화와 따로 나주에 당도한 것은 분명했다. 강동화는 정주성에서 한양을 거쳐 나주에 이르는 동안 곳곳에 흔적을 남겼다. 그래서 여기까지 쫓아올 수 있었다. 복면괴한이 동행했다면 그렇게 허술한 짓은 하지 않을 것이다.

그럼 왜 따로 행동하는 걸까. 그리고 나주에서 강동화를 돕고 있는 자는 또 누굴까. 아무리 궁리를 해 봐도 생각은 거기에서 꽉 막혔다.

"그 정도 솜씨라면……. 소문대로 홍적이 살아있는 건 아닐까요?"

남대희가 침을 꼴깍 삼켰다. 백성들 사이에서 홍경래가 살아 있다는 소문이 은밀하게 퍼지고 있었다. 소문이 사실이어서 달아난 홍경래를 잡는다면 공신은 떼어 놓은 당상이다.

"쓸데없는 소리! 목사께 아뢰어 날이 밝는 대로 대대적인 색출을 하겠다. 복면괴한과 대결할지 모르니 대비를 하고 있도록."

김여훈이 편잔을 주었다. 홍경래가 살아 있다는 건 헛소문일 뿐이다. 홍경래는 분명히 죽었고 잘린 목이 한양으로 압송되었다.

"알겠습니다. 그 일이라면 염려 놓으십시오."

남대희가 환도를 뽑아 들었다. 스르륵 소리를 내며 칼집을 빠져나온 환도가 환한 빛을 발했다. 남대희의 눈에서 살기가 번쩍였다. 사실 홍경래 얘기는 제대로 된 상대를 만났다는 기쁨에 괜히 말해 본 것이다.

주막 어귀에서 기다리고 있던 이소담을 보는 순간 안창학은 깜짝 놀랐다. 표정으로 봐서 무슨 일이 있었음에 분명했다. 옷매무새도 이상했다. 함께 기다리고 있었던 창대도 무슨 일이 생겼음을 직감하고서 얼른 주위를 살폈다. 그렇지만 눈에 띄는 사람들은 없었다.

"어찌된 일이오? 무슨 일이 있었소?"

안창학이 이소담에게 달려갔다. 하지만 이소담은 선뜻 입을 열지 못했다.

"우선 안으로 들어가는 것이 좋겠네. 남의 눈을 피해야 하니."

창대가 앞장서서 주막 봉놋방으로 들어갔다. 안창학도 그게 좋겠다고 생각했는지 이소담을 부축하며 창대의 뒤를 따랐다.

"창대 형님에게서 사정을 들었소. 그자가 동문을 지키고 있다고 해서 남문으로 돌아서 성을 빠져나왔소. 그런데 무슨 일이 생겼소? 무사히 빠져나왔으니 일단은 마음이 놓이지만 아무래도 무슨 일이 있었던 것 같소."

봉놋방에는 세 사람 외에 아무도 없었다. 말이 좋아 주막집이지 늙은 과부가 입에 풀칠이나 해 볼 요량으로 주막을 낸 것으로 길 잃은 행인들이나 가끔 들르는 다 쓰러져 가는 너와집이다. 주모는 잠이 들었는지 내다보지도 않았다. 세 사람에게는 오히려 잘 된 일이다.

"실은……."

이소담은 침착하게 저간의 사정을 얘기했다.

"그예 그자에게 발각이 되었군. 그렇다면 빨리 여기를 떠나야 하지 않을까요? 곧 추격해 올 텐데."

안창학의 얼굴이 흙빛으로 변했다. 끝내 우려했던 일이 발생한 것이다. 복면괴한이 누군지 궁금했지만 지금은 안전한 곳으로 피신하는 게 우선이다.

"그야 빨리 안전한 곳으로 옮겨야겠지만 서두른다고 될 일이 아니라고 보네. 추격대가 쫓아온다고 해도 여기는 워낙 외진 곳이라 쉽게 찾지 못할 게야. 그리고 무턱대고 도주할 수도 없으니 차분하게 대책을 마련해 보기로 하세."

이럴수록 침착해야 한다. 어차피 날이 밝기 전에는 쫓아오기도 또 달아나기도 힘들다. 여기서 쉬고 있다가 동이 트는 대로 빠져나가는 게 좋을 것이다.

"그게 좋을 것 같군요."

안창학이 선선히 동의했다. 충격이 컸던 탓일까. 아무 말 없이 고개를 숙이고 있는 이소담의 얼굴이 백지장처럼 창백했다. 창대는 미안한 마음이 들었다. 상황이 어쩔 수 없었지만 그래도 이소담 혼자서 성문을 통과하도록 내버려 두었던 게 마음에 걸렸다.

"미안하게 되었소. 어쩌다 아우님의 내자를 사지에 혼자 남겨두었소."

"그런 말씀 마십시오. 창대 형님 덕분에 사지를 무사히 빠져나왔습니다. 창대 형님이 아니었으면 꼼짝없이 그자에게 잡혔을 겁니다."

안창학이 황급히 손을 내저었다. 세 사람 모두 입을 굳게 다물고 있었지만 궁금하게 생각하는 것은 한 가지였다. 대체 복면은 누굴까. 창대는 혹시 안창학이 그의 정체를 알까 해서 유심히 살펴봤지만 그도 복면의 정체를 모르는 것 같았다.

"흑산도로 가면 추포사도 쉽게 따라오지 못할 거네."

창대는 일단 두 사람을 안심시키기로 했다. 흑산도로 따라가겠다고 했지만 안창학은 여전히 복수에 미련을 두는 눈치였다. 창대는 전에 받았던 다짐을 되풀이할 필요를 느꼈다.

"일전에도 얘기했지만 이제 와서 배신자를 찾아 응징하는 건 무망할 듯하네. 그러니 미련일랑 버리고 몸을 피하도록 하게. 청국 어선들이 가끔씩 흑산도 부근까지 와서 고기를 잡는데 내가 황당선을 알아볼 테니 아우님은 그 배를 타고 떠나게."

"창대 형님께서 우리 내외를 그렇게까지 생각해 주시는데 이런 말씀 드리기 정말 뭣합니다만 도저히 용서할 수 없는 자입니다."

안창학이 결연한 태도로 얘기했다. 이소담은 그런 안창학을 불안한 얼굴로 쳐다봤다.

"하면……?"

"일단 흑산도로 피신해서 이 사람을 안전한 곳으로 보낸 후에 나는 다시 한양으로 잠입하겠습니다. 배신자를 처단한 연후에 이 사람에게 가겠습니다."

안창학의 결심은 절대로 흔들릴 것 같지 않았다. 창대는 더 설득하지 않기로 했다.

"배신자라면 대체 누구를 말하는 건가?"

누구기에 안창학은 끝까지 쫓아가서 목숨을 거두려는 걸까. 창대는 궁금했다.

"그자는 평서대원수의 신변경호를 맡은 호군이었는데 배신을 하고서 평서대원수에게 칼을 휘둘렀습니다. 평서대원수께서 부상을 당하는 바람에 봉기군은 전열이 흩어졌고 결국 대의가 물거품으로 돌아가고 말았지요."

안창학의 눈에서 불길이 일었다.

"그런 자가 있었군. 아우님께서 왜 그리도 응징을 입에 담는지 이제야 알겠네. 하지만 추포사가 나주까지 쫓아온 마당에 한양으로 잠입하는 게 쉽지 않을 텐데."

"물론입니다. 쫓기는 몸으로 배신자를 찾아서 처단한다는 게 얼마나 어려운 일인지는 나도 잘 알고 있습니다. 그렇지만 배신자를 처단하지 못하면 죽어서 무슨 낯으로 평서대원수와 장인어른, 그리고 무참하게 죽어간 동지들을 볼 수 있겠습니까."

흥분한 탓일까. 안창학의 목소리가 가늘게 떨렸다.

"어쩌면 관에 붙잡혀서 목이 잘릴지도 모릅니다. 하지만 나는 하나도 두렵지 않습니다. 이 사람에게는 정말 미안한 말이지만 그냥 달아나느니 그 편이 오히려 떳떳하고 속 편합니다."

안창학은 외면하는 이소담에게 눈길을 준 후에 창대에게 얼굴을 돌렸다. 자신에게 무슨 일이 생기더라도 이소담을 외국으로 도피시켜 줄 것을 당부하겠다는 뜻이 눈빛에 담겨 있었다. 그 일은 그만 왈가왈부하는 게 좋을 것이다. 창대는 화제를 돌렸다.

"그 일은 일단 흑산도로 피신을 한 후에 다시 얘기해 보기로 하세. 한양 선비님께서 현명한 해결책을 일러 주실 것일세. 그보다는 여하히 여기를 빠져나느냐는 건데……."

창대는 안창학과 이소담을 차례로 쳐다봤다. 두 사람 모두 긴장해서 창대의 말에 귀를 기울였다. 모든 것을 창대에게 의지해야 하는 실정이다.

"어쩌면 벌써 포구마다 기찰이 시작됐을지 모르네."

"하면 빠져나갈 수 있겠습니까?"

안창학이 다급한 목소리로 물었다.

"잘 아는 어상 중에 제법 큰 배를 가지고 있는 자가 있네. 그자에게 부탁을 하면 기찰을 피해서 흑산도까지 갈 수 있을 걸세. 그리 알고 날이 밝을 때까지 잠시라도 눈을 붙이기로 하세."

창대가 잠시 생각하더니 대답했다. 창대는 그리 말하고 몸을 일으켰다. 어쩔 수 없는 상황이지만 그래도 외간 남자와 한 방에서 밤을 새는 게 많이 불편할 것이다. 이소담을 편히 쉬게 하려면 자리를 비켜 주는 것이 좋을 것이다.

"밖을 한 바퀴 둘러보겠네. 동이 트려고 할 때 떠나기로 하세. 여기 주모는 잠이 많은 여자라 날이 새기 전에 떠나면 우리가 왔었단 사실도 모를 걸세."

창대는 헛간이라도 찾아볼 생각으로 봉놋방을 나섰다.

"다리를 펴고 편히 쉬시오 부인. 곧 먼 길을 떠나야 하니까."

안창학이 얼른 이소담에게 다가갔다. 그리고 이소담을 자세히 살폈다. 안색이 창백했지만 다행히 다친 데는 없는 것 같았다.

"누굴까? 그 복면 말이오."

안창학은 내내 궁금하게 여기고 있던 것을 입에 담았다. 이소담은 아무 말이 없었다. 하지만 안창학은 짧은 순간이지만 이소담의 눈빛에 당혹의 그림자가 스치고 지나가는 것을 감지했다.

"어쩌면 나주 일대에서 암약하고 있는 검계(劍契) 일당일지 모르지. 무예 솜씨가 엄청난 자 같은데 아무튼 무사해서 다행이오."

안창학은 적당히 말을 돌리며 그 일은 일단 덮어 두기로 했다.

"꼭 평서대원수의 원수를 갚아야 합니까?"

이소담이 고개를 살포시 들면서 처음으로 입을 열었다. 그리고 애원하듯 안창학을 쳐다봤다.

"당신의 마음을 모르는 건 아니오. 하지만 그자를 처단하지 않고서는 죽어서도 눈을 감지 못할 것이오."

안창학은 애써 이소담을 외면하며 비감한 어조로 대답했다.

"창대 형님에게 부인을 부탁할 생각이오. 여차하면 부인 먼저 피신하시오. 나는 한양으로 올라가서 그자를 처단하고 뒤를 따르겠소."

이소담은 울고 싶었다. 섶을 지고 불 속으로 뛰어드는 길이건만 아무리 말려도 안창학은 절대로 고집을 꺾지 않을 것 같았다.

"거처조차 모르지 않습니까? 그러니 일단 피신을 하고서 후일을 도모하는 것이 어떠실는지요."

뻔히 죽을 땅인 줄 알면서 보낼 수는 없다. 이소담은 어떻게 해서든 안창학을 만류하고 싶었다. 안창학은 괴로운 얼굴로 이소담을 쳐다봤지만 뜻을 굽히지는 않았다.

"손현영이라는 자의 용모를 대충 파악하고 있소. 그리고 곧 모습을 드러낼 것이오. 그 일은 그만 얘기하기로 하고 그만 눈을 붙이도록 하시오. 먼 길을 떠나야 하니까."

안창학은 말을 마치고 괴로운 듯 눈을 감았다.

세 사람은 날이 밝기가 무섭게 주막을 나섰다. 몸은 피곤했지만 지체할 틈이 없었다. 어쩌면 벌써 수색이 시작되었을지도 모른다.

산길로 접어들자 이소담이 숨을 몰아쉬며 힘들어했다. 그렇지만 큰 길로 갈 형편이 못됐다.

"힘이 들겠지만 조금만 참으시오. 해가 중천에 뜨기 전에 배를 타야 하니까."

숨넘어갈 듯 헐떡이며 간신히 쫓아오고 있는 이소담을 재촉하려니 창대는 마음이 편치 못했다. 세월을 잘못 만난 죄로 이 무슨 고생이란 말인가. 난리를 겪고 부친을 잃은 마당에 생사를 기약할 수 없는 도피를 하고 있었다.

"안 되겠습니다. 잠깐 쉬었다 가지요."

안창학이 손을 내저었다. 더 무리했다가는 이소담이 쓰러질 것 같았다. 일각이 아쉽지만 어쩔 수 없었다. 창대는 잠시 쉬어 가기로 했다.

대로는 벌써 나졸들이 지키고 섰고 포구에서는 기찰이 시작되었을 것이다. 계획대로 어상에게서 배를 빌릴 수 있어야 할 텐데. 창대는 자기를 하늘처럼 믿고 따르고 있는 두 사람을 보며 짧은 한숨을 내쉬었다. 어상이 집에 있을지, 배를 빌려줄지는 가 보기 전에는 모른다.

막상 쉬기로 하자 안창학은 걱정이 되는지 연신 뒤를 돌아봤다. 산길은 괜찮을까. 솔직히 창대도 자신할 수 없었다.

"추포사는 어떤 자인가?"

아무튼 이소담이 숨을 돌릴 때까지 쉬어야 한다. 창대는 궁금했던 것을 물었다.

"어릴 때 동문수학을 한 사이인데 내가 평서대원수를 따라서 봉기를 하면서 그만 악연이 됐습니다. 꼬리를 잡은 이상 절대로 포기하지 않을 겁니다."

안창학은 괴로운 표정으로 눈을 감았다. 그러자 그날의 일이 떠올랐다. 허겁지겁 곽산 동헌으로 달려갔을 때는 이미 성난 농민들이 군수 일가를 모조리 때려죽인 다음이었다. 그 처참한 광경에 안창학은 망연자실했다. 안창학은 군수와 대좌하고서 백성들의 고초를 일일이 밝히고 목민관의 소임을 게을리 한 것을 꾸짖은 후에 내쫓을 생각이었다. 하지만 동헌에 도착했을 때는 모든 것이 끝난 후였다.

사정이 어떻든 봉기군 유진장으로 치소 내에서 일어난 일에 대해서 책임을 회피할 생각은 추호도 없다. 김여훈에게 체포되어 목이 달아나도 그를 원망하지 않을 것이다. 그렇지만 그 전에 할 일이 있다. 가엾은 사람 이소담을 안전한 곳으로 옮기고 평서대원수를 모살하려던 자를 찾아서 응징해야 한다.

"그만 일어섭시다. 갈 길이 머니."

창대가 일어설 것을 종용했다. 이미 주위가 환했다. 걷기 편하지만 그만큼 남에 눈에 잘 띌 것이다. 서두르면 해 질 무렵에 바닷가에 도달하여 어두워지면 배를 띄울 수 있다. 배만 타면 그 다음은 큰 문제가 없다. 창대는 주위를 살피며 부지런히 걸음을 재촉했다. 그 사이에 작은 산을 하나 넘었는데 내리막길의 오솔길은 개활지를 향해 곧게 뻗어 있었다.

창대가 걸음을 멈추고 얼른 자세를 낮추었다. 두 사람도 따라서 얼른 몸을 낮추었다. 저 아래에 나졸들이 길목을 막고 서 있었다.

"벌써 길목을 차단하고 있을 줄이야. 너무 쉽게 생각했군."

창대는 후회가 됐다. 추격대는 밤새 쫓아왔던 것이다. 그리고 지리에 밝았기에 길목을 모조리 차단하고 있었다. 어떻게 한다. 대로는 물론 샛길까지 전부 차단됐다면 산을 타고 넘는 수밖에 없다. 그런데 안창학이라면 모를까 이소담이 산을 넘는 건 아무래도 무리였다.

"일단 숲 속으로 피신합시다."

곧 일대를 샅샅이 뒤질 것이다. 숲 속이라고 안전하지는 않겠지만 그래도 당장은 몸을 숨길 수 있다. 세 사람은 허겁지겁 숲 속으로 뛰어 들어갔다.

"괜찮을까요?"

원수를 갚겠다며 호언을 하던 기개는 다 어디로 갔는지 안창학은 길목을 막고선 나졸을 보자 사색이 되었다.

창대는 김여훈 옆에서 날카로운 눈매를 하고 있던 자가 마음에 걸렸다. 아마도 추포사를 수행하고 있는 기찰포교일 것이다. 그렇다면 남겨 놓은 발자국을 보고 뒤를 쫓아올 것이다. 그자에게 발각되기 전에 빨리 멀리 달아나야 할 텐데. 창대는 초조해졌다.

나졸이 사라지자 창대는 두 사람을 재촉하며 부지런히 발길을 옮겼다. 이소담은 벌써 가쁜 숨을 몰아쉬었고 안창학도 헉헉거리며 간신히 따라오고 있었다. 발자국을 없애려면 빨리 시내를 건너야 하는데 벌써부터 처지니 큰일이다. 아직 산 중턱에도 이르지 못했다.

한숨을 내쉬며 두 사람을 살피던 창대의 몸이 얼어붙었다. 산마루에서 나졸들이 내려오고 있었다. 그럼 벌써 저 위까지…… 그렇다면 이미 포위망이 쳐진 것이다.

"야단났군. 이제 저들의 추격을 피할 길이 없게 되었네. 내가 나졸

들을 따돌릴 테니 그 사이에 아우님은 부인을 데리고 여기를 빠져
나가게. 포위망을 벗어나면 법성포구로 가서 어상 장씨를 찾게. 법
성포구에는 기찰나졸들이 쫙 깔렸을 테니 조심해서 움직여야 할 것
이네.”

시간이 없다. 창대는 생각나는 대로 안창학에게 일러주고서 얼른
수풀 속으로 몸을 숨길 것을 일렀다.

“창대 형님…….”

안창학이 겁먹은 얼굴로 창대를 쳐다봤다.

“시간이 없네. 내가 나졸들을 따돌리는 동안 빨리 여기를 빠져나
가게.”

말은 그렇게 했지만 그게 말만큼 쉬운 일이 아니다. 하지만 달리
도리가 없다. 창대는 지체하지 않고서 몸을 날리며 맞은편으로 내
달렸다. 다리가 후들거렸지만 혼자 몸이라면 나졸들을 따돌릴 수도
있을 것 같았다. 곧 산마루에서 나졸들의 고함 소리가 들렸다. 창대
는 죽을힘을 다해서 산을 내달렸다.

안창학은 이소담을 꼭 껴안고 납작 엎드렸다. 나졸들이 고함을
지르며 창대 뒤를 쫓아가고 있었다. 잠시 몸을 숨겼다가 반대편으
로 달아나면 될 것이다. 그런데 창대도 없이 과연 이 난관을 빠져나
갈 수 있을까. 그저 모든 것을 천운에 맡길 수밖에 없다.

“제가 꾸물거리는 바람에 그만.”

“그런 소리 마시오. 부인을 이런 사지로 이끈 것이 그저 미안할 따
름이오. 조금만 참아주시오. 곧 좋은 세월이 올 것이오.”

안창학은 이소담의 손을 잡아끌며 걸음을 재촉했다. 무사하려
면 한참을 더 벗어나야 한다. 다행히 산길은 크게 가파르지 않았
지만 그 대신에 갈수록 개활지로 변해서 몸을 숨기기가 마땅치 않았

다. 발각되면 도주는 불가능하다. 몸을 숨겼으면 좋겠는데 왜 이렇게 키 작은 나무들만 있을 걸까. 단숨에 빠져나가야 할 텐데 이소담이 따라올 수 있을까. 안창학은 걱정이 되어 이소담을 쳐다봤다. 이소담의 이마에 땀이 송골송골 맺혀 있었다.

"괜찮습니다."

이소담은 괜찮다고 말하더니 기력이 다했는지 비틀거리며 주저앉았다. 어떻게 해야 하나. 그러나 더 이상 고심할 필요가 없었다. 산마루에서 고함 소리가 들려왔다.

"저기다! 빨리 쫓아가라!"

포교가 소리를 치며 나졸들을 다그쳤다. 그예 나졸들에게 발각된 것이다. 거리는 제법 떨어졌지만 이소담이 기진을 한 데다 마땅히 몸을 숨길 곳도 없었다. 안창학은 최후의 순간이 다가왔음을 직감했다.

"저는 틀렸으니 서방님만이라도 빨리 달아나십시오."

이소담이 안창학을 쳐다보며 애원했다.

"안 될 말이오! 살아도 같이 살고 죽어도 같이 죽기로 하지 않았소. 힘을 내시오. 죽음의 정주성을 빠져나온 부인 아니요."

안창학이 이소담을 다그쳤다. 그 바람에 이소담이 억지로 걸음을 옮겼지만 몇 걸음 가지 못하고 다시 쓰려졌다. 앞이 깜깜했다. 나졸들은 쫓아오는데 이제 어쩌란 말인가.

나졸들은 소리를 지르며 달려왔다. 대여섯 명은 되는 것 같았다. 안창학은 눈을 감았다. 그러자 평서대원수를 따라서 거병을 하던 일부터 유진장이 되어 꿈을 펼쳐보려 하던 일, 이소담을 만나서 백년가약을 맺고 이어서 죽음의 정주성을 탈출하던 일들이 주마등처럼 뇌리를 스치고 지나갔다.

이제 나졸들에게 잡히면 김여훈과 대면하게 될 것이다. 그는 내가 자기 가족을 죽이라 명령한 줄 알고 있다. 사실이 아니지만 어떻든 유진장으로서 고을에서 일어난 일에 대해서는 어떤 형태로든 책임을 질 생각이다.

"반도는 꼼짝 말고 오라를 받아라!"

호통 소리에 안창학은 눈을 떴다. 어느 틈에 다가왔는지 포교가 환도를 뽑아든 채 눈을 부라리고 있었다. 육모방망이와 장창으로 무장을 한 나졸 다섯이 주위를 에워싸고 있었다. 안창학은 이소담을 쳐다보았다. 맑은 눈동자에서는 더 이상의 떨림을 찾아볼 수 없었다. 오히려 서방과 최후를 함께할 수 있게 된 걸 다행으로 여기는 듯 엷은 미소를 짓고 있었다. 후회는 없다. 짧은 시간이었지만 뜻을 펼칠 수 있었다. 먼저 간 동지들의 뒤를 따를 것이다.

"순순히 따라가겠으니 이 사람에게 함부로 대하지 말거라."

안창학이 이소담을 가로막아서며 포교에게 당부했다.

"반도 주제에 건방지게 누구 보고 해라야!"

뒤에 있던 나졸이 육모방망이를 휘둘렀다. 안창학은 등짝이 떨어져나가는 것 같은 아픔을 느끼며 그대로 주저앉고 말았다.

"서방님!"

이소담이 달려들며 안창학을 감싸 안았다.

"소문대로 미색이로군. 관노로 삼기에는 아까워. 아무래도 목사 영감께서 딴 생각을 품겠는데."

포교가 이소담을 보고 농을 지껄여대자 나졸들이 키득거렸다. 안창학은 피가 거꾸로 솟는 것 같았지만 제대로 일어설 수도 없는 형편이라 할 수 있는 게 아무것도 없었다. 수배 중인 반도는 그 자리에서 목을 쳐도 죄가 되지 않는다.

"관찰사 나리도 소문을 들으셨을 텐데 어쩌면 관찰사 나리께서 압송하라고 명을 내리실지도 모르겠습니다."

"이놈들아 그러니까 괜히 쓸데없는 소문을 내고 돌아다니지 말란 말이야. 한 다리 건너 두 다리라고, 멀리 떨어져 있는 관찰사 영감보 다는 허구한 날 면대를 해야 하는 목사 영감에게 잘 보이는 게 여러 모로 편할 테니까."

제법 큰 공을 세운 포교는 벌써부터 논공행상을 생각하고 있었다.

"빨리 가자. 첨절제사께서 기다리고 계실 것이다."

포교가 어깨를 으쓱하며 앞장섰다. 한양에서 내려왔다는 그 거만 한 기찰포교의 코를 납작하게 만들 생각을 하니 벌써부터 신명이 났다. 나졸들은 안창학과 이소담을 에워싸고 앞장 선 포교의 뒤를 따라서 산을 내려왔다.

"헉!"

갑자기 뒤에서 비명이 들렸다. 포교가 놀라서 돌아보니 어느 틈 에 나타났는지 복면을 한 괴한이 나졸을 일격에 해치웠다.

"웬 놈이냐!"

포교가 환도를 뽑아들고 호통을 쳤다. 나머지 나졸들이 육모방망 이와 장창을 꼬나들고서 얼른 복면괴한을 포위했다.

안창학은 홀연히 나타난 복면괴한을 보자 잠시 묻어 두었던 호기 심이 다시 발동했다. 아마도 처를 구해 주었던 바로 그 복면괴한일 것이다. 이소담의 눈빛에서 그 사실을 확인할 수 있었다. 도대체 저 복면괴한은 누구기에 우리를 도와주는 것일까. 아무리 궁리를 해도 떠오르는 사람이 없었다.

다섯 사람이 에워싸고 있음에도 복면괴한은 미동도 하지 않았다. 어쩔 영문인지 들고 있는 환도조차 뽑아들지 않았다. 무예에 능통한 자 같지만 그래도 상황이 아주 불리했다. 환도를 든 포교에 장창을 든 나졸이 둘이고 나머지 둘은 육모방망이를 들고 있었다. 일격을 당한 나졸은 정신을 잃었는지 쓰러져 있었다.

"쳐라!"

수의 우세를 믿었는지 포교가 달려들 것을 명했다. 장창을 든 나졸이 먼저 달려들었다. 피하는 사이에 틈이 생기면 환도를 든 포교와 육모방망이를 든 나졸이 달려들 것이다. 어쩔 셈인가. 안창학은 숨을 죽이고서 복면괴한의 대응을 지켜보았다. 뒤로 물러서면 저들의 수법에 말려든다.

복면괴한은 훌쩍 몸을 날렸다. 몸이 마치 날개 달린 새처럼 가벼웠다. 복면괴한은 그대로 나졸을 뛰어넘더니 포교를 향해 돌진해들어갔다. 예상을 뛰어넘는 반격에 포교가 깜짝 놀라 뒷걸음치며 대적세(對敵勢)를 취했지만 그보다는 복면괴한의 발검이 더 빨랐다.

날카로운 금속성 소리와 함께 검이 부딪쳤다. 하지만 그것 한 번으로 끝이었다. 포교가 채 환도를 거두기도 전에 복면괴한은 익좌격(翼左擊)으로 돌아섰고 손목을 얻어맞은 포교는 환도를 떨어뜨리고 나가떨어졌다. 육모방망이를 든 나졸들은 감히 대적할 엄두도내지 못하고 그대로 뒷걸음을 쳤다. 장창을 든 나졸들도 마찬가지였다. 덤벼들지 못하고 서로를 쳐다보기만 했다.

복면괴한이 환도를 치켜들고 접근하자 장창을 든 나졸들은 저들상대가 아니라고 판단했는지 슬슬 뒷걸음을 쳤고 육모방망이를 든나졸들도 덜덜 떨며 뒤로 물러섰다. 그리고 복면괴한이 더 이상 공격할 뜻을 접자 그제야 쓰러진 포교와 나졸들을 부축하고서 허둥지둥 산 아래로 내뺐다.

누굴까. 안창학은 호기심 반 두려움 반의 심정으로 다가오는 복면괴한을 바라보았다. 막연하게 나주 일대에서 암약하고 있는 검계의 일원일지 모른다는 생각도 해 봤지만 아무래도 그런 것 같지는 않았다. 느낌일까. 어쩌면 아는 사람일지도 모른다는 생각도 들었다.

이소담이 복면괴한을 향해 고개를 숙여 보였다. 또 한 차례 구명의 은혜를 입은 것이다. 복면괴한이 고개를 끄덕이며 가볍게 답례를 하더니 산 쪽을 가리켰다. 그쪽으로 도주를 하라는 뜻 같았다. 말을 할 줄 모르는 자일까. 그러고 보니 여태껏 한마디도 하지 않았다.

"누구신지는 모르겠지만 참으로 고맙소. 벌써 두 번째 우리 목숨을 구해 주신 셈인데 사정이 이러하니 오늘은 그냥 돌아서겠소만 기회가 닿으면 꼭 보은을 하겠소."

육모방망이로 얻어맞은 다리가 욱신거렸지만 걷지 못할 정도는 아니었다. 안창학은 얼른 여기를 벗어나기로 하고 이소담을 재촉했다.

"앗!"

돌아서던 안창학의 입에서 비명이 터져 나왔다. 화살이 날아와서 허벅지에 꽂힌 것이었다.

"저놈들을 잡아라!"

산 위에서 일단의 나졸들이 몰려오고 있었다. 화살이 연이어 날아들었다.

"뒤로!"

복면괴한이 안창학과 이소담을 얼른 막아서며 날아오는 화살을 받아쳤다. 말을 못하는 자는 아닌 모양이다.

"나졸들을 막아설 테니 빨리 부인을 데리고 피하시오!"

복면괴한이 소리쳤다. 그러니 아무리 무예가 능해도 나졸 수십명을 혼자서는 막을 수 없을 것이다.

"처를 부탁하겠소. 빨리 여기를 빠져나가시오."

안창학이 고통을 참으며 말했다. 빠져나가기는 틀렸다고 판단한 것이다.

"서방님!"

이소담이 안창학에게 달려들더니 그대로 품에 안겼다.

"서방님을 놔두고 갈 수는 없습니다. 죽어도 서방님과 함께 남겠습니다."

"부인, 고집을 부리지 마시오. 나는 틀렸소. 제대로 걸을 수도 없소."

안창학은 죽음을 각오했다. 배신자를 응징할 수 없게 된 마당이다. 그렇다면 이제 죽어도 여한이 없다. 한 가지 바람이 있다면 이소담만이라도 피신시키는 것이다. 나졸들이 점점 가까이 다가왔다. 빨리 피하지 않으면 모조리 잡힐 판이다.

"일단 부인을 안전한 곳으로 피신시키고 돌아와서 구해 드리겠소."

주저하던 복면이 안창학에게 그리 말을 하고서 얼른 이소담을 끌어안았다.

"부탁하오. 내 걱정은 말고 처를 안전한 곳으로 데려가 주시오."

안창학은 떨어지지 않으려는 이소담을 밀치듯 복면에게 내맡겼다. 복면은 이소담을 번쩍 들어 안더니 재빨리 산 위로 몸을 날렸다. 그야말로 다람쥐가 숲 속을 달리듯 날렵한 자태였다.

"저놈을 잡아라!"

고함 소리와 함께 화살이 복면을 향해서 날아들었다. 하지만 복면의 걸음은 그보다 더 빨랐다.

안창학은 복면과 이소담이 무사히 빠져나가는 것을 보고는 그대로 바닥에 드러누웠다. 파란 하늘이 눈에 들어왔다. 어쩌면 파란 하늘을 보는 것도 마지막일지 모른다.

곧 나졸들이 에워싸더니 창끝을 겨누었다. 안창학은 눈을 감았다. 이미 대항할 의지를 상실했다. 화살을 맞은 다리가 몹시 아팠다.

"쫓아라! 계집을 데리고 있으니 멀리 가지 못했을 것이다!"

포교의 호통 소리가 들려왔다. 무사히 빠져나갔을까. 복면의 날랜 몸놀림으로 봐서 위기를 벗어나는 게 가능할 것도 같았다.

"일어서!"

호통 소리가 들려왔다. 안창학은 허벅다리를 움켜쥐고서 힘들게 상체를 일으켜 세웠다. 포교가 환도를 목에 들이댔다.

"그래 복면이 또 나타났다는 말이냐?"

첨절제사가 헐떡거리며 달려왔다. 첨절제사는 안창학을 보더니 눈을 부라렸다.

"나졸들이 따라갔으니 곧 잡아올 겁니다."

포교가 우물쭈물 대답했다. 복면의 솜씨를 봤던 터다. 나졸들이 쫓아가 봤자 잡기 힘들 것이란 사실을 잘 알고 있었다.

"감히 관군을 상대로 칼을 휘두른 자다. 절대로 놓쳐서는 안 돼!"

첨절제사가 제법 위엄을 갖추고서 호통을 쳤다. 아무튼 안창학을 잡은 것만으로도 일단 책임은 모면한 마당이다.

"나졸들에게 잡힐 자는 아닌 것 같소. 하지만 너무 염려하지 마시오. 아마도 제 발로 다시 나타날 테니."

언제 나타났는지 기찰포교 남대희가 첨절제사의 뒤에 서 있었다. 남대희는 묘한 웃음을 지으며 안창학에게 천천히 다가갔다. 안창학은 본능적으로 뒤로 물러섰다. 틀림없이 김여훈이 한양에서 데리고 온 기찰포교일 것이다.

"살을 맞았군. 손을 쓸 테니 기다려라. 빨리 손을 쓰지 않으면 살이 썩어 들어갈 테니까."

남대희는 화살대를 꺾어 버리더니 작은 칼을 뽑아들고서 익숙한 솜씨로 살을 쨌다. 그리고 주저하지 않고 화살촉을 끄집어냈다. 피가 튀면서 엄청난 통증이 몰려왔지만 안창학은 이를 악물고 참았다. 죽을 때 죽더라도 최후의 순간까지 의연하게 행동하고 싶었다.

"어차피 효수에 처해질 죄인인데 살이 썩든 말든 상관할 게 뭐 있겠소."

첨절제사가 못마땅한 눈길로 입을 열었다.

"추포사께서 꼭 살려서 데리고 오라고 하셨소."

남대희는 통명스럽게 대답을 하고는 품에서 약초를 담은 듯한 꾸러미를 꺼내 들었다.

———◆◇◆———

복면은 걸음을 멈추고 뒤를 살펴보았다. 더 이상 따라오는 기색이 없었다. 나졸들을 완전히 따돌렸다. 복면은 비로소 안도의 숨을 내쉬며 이소담을 내려놓았다. 복면의 품에서 숨도 제대로 쉬지 못하고 있던 이소담은 땅에 발을 디디자 얼른 뒤로 몇 걸음 물러섰다. 불가피한 상황이긴 했지만 어쨌든 외간 남자의 품이다.

"저……."

이소담이 외면을 하고 있는 복면에게 말을 걸었다. 훤칠한 키에 떡 벌어진 어깨, 그리고 날랜 걸음. 무예의 달인이라는 느낌이 저절로 전해졌다. 하지만 무섭다는 생각은 전혀 들지 않았다. 그러나 벙어리가 아님이 분명한데도 복면은 한 발짝 떨어져서 외면을 한 채 한마디도 입을 열지 않았다.

"저……"

이소담이 다시 복면을 불렀다. 이소담이 부르는 소리에 고개를 돌리던 복면이 이소담과 눈이 마주쳤다.

"……!"

분명히 눈가에 가벼운 떨림이 일었다. 이소담은 전에 불렀던 적이 있던 이름을 다시 불렀다.

"손달이……, 너 손달이 맞지?"

이소담이 복면에게 다가가자 복면은 허둥대며 뒷걸음질 쳤다.

"손달이지? 그런데 왜 복면을 쓰고 있는 거야?"

이소담이 성큼 다가서자 뒷걸음질 치던 복면은 마음을 정한 듯 천천히 복면을 벗었다.

"아씨. 손달이입니다. 오랜만에 뵙겠습니다. 끝까지 모습을 드러내지 않으려 했는데 아씨 눈을 속이지 못했군요."

준수한 용모가 복면 속에서 모습을 드러내더니 이소담에게 고개를 숙였다. 얼굴에 감회가 가득했다.

"역시 손달이 너였구나. 어떻게 된 영문인지는 모르겠지만 왠지 너라는 생각이 들었어."

이소담의 얼굴에 반가움이 가득했다.

"그런데 어떻게 된 일이냐? 네가 왜 복면을 하고서 여기에 나타났어?"

이소담은 복면의 정체를 확인하고도 일이 어떻게 돌아간 건지 도통 짐작이 가질 않았다. 왜 전에 집에서 부리던 노비 손달이가 이 먼 나주 땅에서 복면을 하고 나타났을까. 본시 건장한 사내였지만 무

254

예를 익혔다는 말은 듣지 못했다. 그런데 손달이는 지금 나졸 몇 명 쯤은 칼도 뽑지 않고 해치울 정도로 무예의 달인이 되어 있었다.

"나리의 하해와도 같은 은혜로 면천이 된 후에 여기저기 돌아다니다가 잠채(潛採)꾼들을 만나 금광에서 일을 하게 되었습니다."

이소담의 부친 이순암은 홍경래가 봉기를 하기 이태 전에 가노들을 전부 면천시켜 준 적이 있었다. 안주 향반인 이순암의 솔거노비였던 손달이도 그때 노비 신분에서 벗어나 양인이 되었고 새 삶을 찾아서 집을 떠났다.

광산에서 일을 하던 손달이는 그곳에서 나중에 홍경래 군에서 후진장(後鎭將)으로 활약을 한 윤후검을 만났다. 은밀히 인재를 찾고 있던 윤후검은 한눈에 손달이가 재목임을 알아보고서 손달이에게 무예를 가르쳤다. 본래부터 무예에 자질이 있었던 손달이는 윤후검의 지도를 받으며 무예가 일취월장했다. 그래서 홍경래가 다복동에서 봉기를 하자 즉각 호군으로 선발이 되었고 홍경래의 신변을 경호하게 된 것이다.

"나리께서도 봉기군에 가담하시어 안주의 유진장을 맡으셨다는 소식을 듣고서 소인은 참으로 기뻤습니다. 나리는 응당 봉기군과 뜻을 같이 하실 것이라 생각했습니다. 그때 아씨 소식도 함께 들었습니다."

이소담은 얼굴이 발갛게 상기돼 있는 손달이를 보며 그와 처음 만났던 때가 생각났다. 아마 열세 살 때쯤일 것이다. 또래의 사내 노비가 불안한 듯 연신 사방을 기웃거리며 마름의 뒤를 따라 집으로 들어섰다.

노비를 짐승처럼 다루는 사람도 많지만 선친은 그렇지 않았다. 힘든 일, 천한 일을 시키는 건 어쩔 수 없지만 그래도 노비도 다 같은 사람이라 여겼고 또 그렇게 대해 주셨다. 그런 부친 슬하에서 자란 이소담 역시 손달이를 다른 노비처럼 대하지 않았다. 손달이는 본래 무관 가문 출신으로 조부모가 역모에 관련되면서 노비가 됐다고 했다. 그래서일까 아직 나이가 어린 데도 기골이 장대하고 골격이 우람했다.

이소담은 별로 할 일이 없음에도 공연히 내당 주변을 기웃거리며 안채를 살피던 손달이를 똑똑히 기억하고 있었다. 그러다 눈이라도 마주칠지라면 황급히 고개를 돌리던 손달이. 그때 손달이의 애절한 눈빛을 보며 공연히 가슴이 설레던 기억도 함께 떠올랐다. 여느 집 같으면 언감생심 꿈도 꿀 수 없는 일이지만 이순암의 집에서는 노비도 다 같은 사람이었다.

그러다 면천이 되어 집을 떠났던 손달이가 무예를 익혀서 평서대원수의 호군이 되었다니. 이소담은 늠름한 모습의 손달이가 더 없이 자랑스러웠다.

"나도 그 후로 네 소식이 궁금했어. 성실하고 심성이 곧았기에 어디에 가더라도 자리를 잡고 잘 살 거라고 믿고 있었는데 이렇게 다시 만나게 될 줄이야."

그러다 이소담이 말을 멈추고 긴장해서 손달이를 쳐다봤다. 불현듯 생각난 것이 있었다.

"평서대원수의 호군이었다면 너 혹시 손현영이라는 자를 아느냐?"

무슨 생각이 든 걸까. 이소담이 잔뜩 겁먹은 눈으로 손달이를 쳐다봤다. 손달이는 그런 이소담을 물끄러미 쳐다보더니 결심한 듯 천천히 입을 열었다.

"면천된 후에 이름을 바꾸었습니다. 손현영으로."

"그럼 손달이, 네가……! 네가 평서대원수에게 칼을 휘둘렀단 말이냐?"

이소담의 얼굴에 절망의 빛이 떠올랐다. 손달이가 바로 남편이 목숨을 걸고 뒤를 쫓고 있는 배신자라니. 그리고 평서대원수를 배신한 장본인이라니. 이소담은 악몽을 꾸는 것만 같았다.

"소인은 평서대원수에게 칼을 휘두르는 짓은 결코 하지 않았습니다."

손달이 결연한 어조로 말을 이었다.

"그날, 그러니까 평서대원수께서 칼에 맞으시던 날, 박천에서 있었던 일을 소상하게 말씀드리겠습니다. 평서대원수께서는 박천 일대를 순무하고 돌아오셨습니다. 물론 소인이 옆에서 호종을 했습니다. 진영으로 돌아오니 뜻밖에도 나리께서 와 계셨습니다. 소인은 아주 반가웠습니다. 나리께서 봉기군에 가담하셔서 안주에서 유진장을 맡고 계시다는 얘기는 들었지만 그렇게 다시 뵙게 될 줄은 몰랐습니다."

이소담은 떨리는 가슴을 진정시키며 손달의 이야기에 귀를 기울었다. 손달의 말대로 선친께서는 자주 박천을 드나드셨다.

"나리께서는 소인을 보시고 크게 대견해 하셨습니다. 소인도 나리로부터 아씨 얘기를 듣고 아주 반가웠습니다."

이소담의 얘기가 나오자 손달이의 볼이 발갛게 물들었다. 평서대원수의 호군이 될 정도로 무예가 출중했지만 심성이 여리고 순박하기는 그때나 지금이나 마찬가지였다.

"그런데 그날 나리께서는 김대린과 이인배, 두 사람과 함께 계셨습니다."

김대린과 이인배라는 말에 이소담의 안색이 일변했다. 두 사람은 평서대원수 홍경래를 해치는 데 앞장섰던 배신자들이다.

그럼 선친께서 사건의 현장에 계셨단 말인가. 그것은 처음 듣는 말이다. 이소담이 알고 있기로는 선친께서 박천 진영에 당도했을 때는 이미 평서대원수가 배신자들에 의해 위해를 입은 다음이었다. 남편도 그렇게 알고 있었다.

하지만 손달이 말은 달랐다. 손달이가 이소담의 눈치를 살피며 조심스레 말을 이었다.

"김대린과 이인배는 향후 진로를 놓고서 평서대원수와 언쟁을 벌였습니다. 그들은 관군이 반격해 오자 겁을 먹은 거지요."

이소담은 정신이 아득했다. 평서대원수가 기습을 당한 자리에 선친이 있었다는 사실은 간단히 넘어갈 일이 아니다. 설마 선친께서 배신자들과 공모를……. 이소담은 생각만으로도 주체할 수 없을 정도로 떨렸다.

"나리께서는 싸움이 계속되면서 농민들의 피해가 속출하고 있기에 잠시 진격을 멈추고 쉬는 게 좋겠다는 품의를 올리려고 박천 본영으로 오신 건데 함께 따라 나선 김대린과 이인배가 노골적으로 평서대원수의 지휘에 반기를 들고 나오자 나리께서는 몹시 난감해하셨습니다."

"그래서……."

이소담은 진실을 아는 게 두려웠지만 피할 생각은 없었다. 선친은 절대로 평서대원수를 배신할 사람이 아니라는 믿음에는 변함이 없었다.

"평서대원수께서 호통을 치시자 김대린과 이인배가 칼을 뽑아 들더니 평서대원수를 찔렀습니다. 눈 깜빡할 사이였습니다. 설마 휘하 장수들이 평서대원수를 위해하리라고는 생각하지도 못했었기에……."

손달이는 입을 다물고 회한이 가득한 눈으로 하늘을 쳐다봤다. 호군으로서 평서대원수의 신변을 지키지 못한 것에 대한 회한일 것이다.

"그 다음부터는 모든 것이 순식간에 이뤄졌습니다. 소인은 몸을 날려 김대린과 이인배를 제압했습니다. 칼등으로 후려쳐서 쓰러뜨렸지요. 단칼에 베지 않은 것은 배후를 알아낼 필요가 있다고 판단을 했기 때문입니다. 평서대원수께서는 급소를 찔리고 그대로 쓰러지셨고 사람들이 달려왔습니다."

그때의 긴박했던 순간을 기억해 내는 손달이의 얼굴에 땀방울이 맺혔다.

"그때 순간 한쪽 구석에서 떨고 계시는 나리의 모습이 눈에 들어왔습니다. 속사정이야 어쨌든 일단은 김대린, 이인배와 한패라는 혐의를 벗기 힘든 상황이었습니다. 소인은 몹시 당혹스러웠습니다."

이소담은 숨을 죽이고 손달이의 말에 귀를 기울였다. 그의 긴장된 표정에서 그날의 긴박했던 순간들이 생생하게 전해졌다.

"발자국 소리가 점점 가까워졌습니다. 지체할 틈이 없었습니다. 뒷말이 나지 않게끔 소인은 칼을 휘둘러 김대린과 이인배를 목을 날려버렸지요. 그리고 나리께 얼른 이 자리를 피하실 것을 말씀 드리고서 반대쪽으로 몸을 날렸습니다. 곧 '저놈 잡아라!' 하는 소리가 들렸습니다. 그날 이후로 소인은 봉기군에서도 쫓기는 신세가 되었습니다."

이소담은 충격에 휩싸여 쓰러질 것만 같았다. 그럼 손달이가 선친의 죄를 대신해서 누명을 쓰고 달아났단 말인가. 꿈에도 생각해 본 적이 없었다. 비록 선친께서는 평서대원수에게 칼을 들이댈 생각이 없었다고 해도 배신자들과 함께 있었다는 사실이 밝혀지면 중죄를 면치 못했을 것이다.

그렇게 되어 관군과 봉기군 모두에서 쫓기는 신세가 된 손달이를 이소담은 처연한 표정으로 바라보았다. 눈물이 나올 것만 같았다.

"손달이, 네가 아버님을 구하기 위해서 누명을 쓰고 쫓기는 몸이 되었구나. 정말 미안하구나. 그리고 정말 고맙다. 네 덕분에 아버님께서⋯⋯."

이소담이 울먹였다. 그러고 보니 평서대원수께서 피습을 당한 후로 선친은 말수가 부쩍 줄어들었다. 그리고 얼굴에 짙은 그늘이 드리워져 있었다. 그때는 평서대원수가 변을 당했기에 그러려니 했는데 알고 보니 이유가 따로 있었던 것이다.

"그런 말씀 마십시오, 아씨. 나리와 아씨께서 베풀어 주신 은혜에 비하면 아무것도 아닙니다. 나리와 아씨를 위하는 일이라면. 소인은 목숨도 초개처럼 버릴 것입니다."

손달이가 울먹이는 이소담을 위로하고 나섰다.

"아씨께서 혼례를 치르셨다는 소식을 들었습니다. 그리고 얼마 안 있어 나리께서 돌아가시고 정주성은 포위되었지요. 소인은 아씨를 지켜 드릴 생각으로 정주성 부근에 몸을 숨기고 있었습니다. 포위된 정주성을 보면서 아씨께서 저 안에서 고초를 겪고 계실 생각에 하루도 마음 편치 못했습니다."

그 사이에 날이 저물었다. 휘영청 보름달이 주변을 환하게 비추면서 신비감이 더했다. 이소담은 울음을 그쳤고 손달이는 차분한 음성으로 옛날을 회상했다.

"아씨를 처음 보던 날이 생각나는군요. 그날 이후로 한시도 아씨를 잊어 본 적이 없었습니다. 그리고 면천의 길을 열어 주신 나리도.

양인이 되어 두 분께 꼭 보은하리라 다짐했습니다."

"나도 네 눈길을 기억하고 있어. 몰래 나를 쳐다보던……."

이소담은 어쩌다 눈이 마주칠 때면 황급히 고개를 돌리던 손달이의 모습이 떠올랐다. 그리고 붉게 물든 귀 밑도.

"소인도 아씨의 그 부드러운 눈길을 잊지 못하고 있습니다. 노비 주제에 감히 주인댁 아씨에게 연정을 품다니요. 백번 죽어 마땅한 죄지만 그래도 아씨를 뵐 때면 설레는 마음을 어찌할 길이 없었습니다."

교교한 달빛이 두 사람을 포근하게 감싸고 있었다. 손달이는 상기된 얼굴로 말을 이었고 이소담은 가만히 듣고 있었다.

"광산에서의 고된 나날, 그리고 뼈를 깎는 무예 단련……. 어느 한순간도 아씨를 잊은 적이 없었습니다. 한시 빨리 아씨에게 돌아가서 자랑스러운 모습을 보여드리고 싶었습니다. 그러다 봉기의 횃불이 오르면서 평서대원수를 가까이서 지키는 임무가 부여되었지요. 언제 아씨를 다시 뵙게 될까. 그날만 손꼽아 기다렸는데 그만……. 그날 이후로 소인은 밝은 대낮에 모습을 드러낼 수 없게 되었습니다. 그래서 숨어서 아씨를 지켜 드리기로 했습니다."

서글픈 사랑. 달리 표현할 길이 없었다. 이소담은 아무 할 말이 없었다.

"그랬구나. 그런데도 나는 네가 내 곁에 있다는 사실도 모르고……."

이소담은 손달이에게 너무 미안한 마음이 들었다.

"마침내 정주성 최후의 날이 왔습니다. 소인은 성으로 달려갔습니다. 그리고 아비규환의 지옥을 헤치며 아씨를 찾았지요."

이소담은 달려드는 관군을 제압하고는 얼른 연기 속으로 사라지던 그림자를 똑똑히 기억하고 있었다.

"그게 손달이 너였구나. 그래, 그때 누군가 도와주는 사람이 있었어. 그래서 나주성을 무사히 빠져나올 수 있었지."

"아씨께서 무사히 이 땅을 빠져나가실 때까지 지켜 드리겠습니다."

손달이가 결연한 어조로 말했다. 이소담은 기쁘면서도 한편으로 걱정이 되었다. 과연 남편이 손달이의 말을 믿어줄지 걱정이었다. 남편은 손달이가 평서대원수에게 칼을 휘둘렀다고 굳게 믿고 있었다.

하지만 지금 그게 문제가 아니다. 남편은 지금 관군에게 붙잡혔다. 한양으로 압송되면 목이 달아날 것이다. 어쩌면 나주 감영에서 직접 처형할지도 모른다. 이소담은 사색이 되었다.

"어떻게 해서든 서방님을 구해 내겠습니다. 너무 걱정하지 마십시오, 아씨."

손달이가 이소담을 위로했다. 하지만 그게 쉬울까. 아무리 손달이가 무예의 달인이라고 해도 관군에게 잡힌 사람을 구해내는 게 쉽지 않을 것이다.

"서방님께서 무슨 생각을 하고 계시는지 잘 알고 있습니다. 굳이 오해를 풀려고 하지 않겠습니다. 나리에게 보은을 했고 소원대로 이렇게 아씨를 지켜 드리고 있으니 그것으로 족합니다. 서방님을 구하는 대로 서방님과 함께 이 땅을 떠나도록 하십시오."

손달이가 비장한 얼굴로 환도를 집어 들었다.

"그럼 손달이 너는?"

"아씨만 이 땅을 무사히 빠져나가면 소인은 그것으로 족합니다."

손달이의 엷은 미소를 지어 보이며 대답했다.

"쉿!"

순간 손달이가 이소담에게 조용히 할 것을 이르더니 숲 속으로 몸을 날렸다. 이어서 "엇" 하는 비명 소리와 함께 웬 남자가 나뒹굴었는데 살펴보니 창대였다.

"이 사람은 우리를 돕는 분이야."

이소담이 황급히 손달이를 말렸다.

"그렇군요. 아씨와 서방님을 돕는 것을 봤습니다. 인기척이 나기에 관군인 줄 알았습니다."

손달이 손을 뻗으며 창대를 일으켜 세웠다. 창대는 비틀거리며 일어서더니 이소담과 손달이를 번갈아 쳐다봤다.

"당신이 복면을 하고 우리를 도왔군. 그런데 두 사람은 잘 아는 사이 같소."

"고향에 있을 때 한 집에서 살았습니다. 손달이는 면천된 후에 평서대원수의 호군이었지요."

이소담이 차분하게 저간의 사정을 설명했다.

"그렇습니까? 그런 일이 있었군요."

솔거노비 출신으로 홍경래의 호군이 되었다는 말에 창대는 신기한 듯 손달이를 찬찬히 살펴봤다.

"서방님께서 관군에게 잡히셨습니다."

"알고 있소. 지금 아우님의 동정을 살피고 오는 중이오."

"서방님은 지금 어디에 계십니까? 나주목으로 호송되셨습니까?"

이소담이 다급한 목소리로 물었다.

"산 아래 임시 진영에 감금되어 있소. 내 생각인데 어쩌면 나주목으로 압송하지 않을지 모르오. 아우님과 악연이라는 자가 자기 손으로 직접 아우님을 처형하려 할 것 같소."

"소인도 그리 생각합니다. 추포사 훈련원 주부 김여훈은 정주성

토벌 때도 악명을 떨쳤던 자입니다. 그리고 그자를 수행하고 있는 기찰포교 남대희는 한양 포청에서 무예가 제일 뛰어난 자입니다. 동료 호군들이 전부 그자의 손에 목숨을 잃었지요. 남대희를 베서 동료 호군들의 원수를 갚을 생각입니다."

손달이의 눈에서 살기가 서려 있었다.

"하면 그자들을 상대할 셈인가?"

창대가 물었다.

"그렇습니다. 혼란이 일거든 서방님을 구해 내십시오. 서방님과 아씨를 부탁드리겠습니다."

"관군은 지금 당신을 잡으려고 함정을 파 놓고 기다리고 있는데 제 발로 함정으로 뛰어들 수는 없어. 상황이 어렵지만 이럴수록 냉정하게 대책을 강구해야 할 거야."

창대는 당장 달려가려는 손달이를 만류했다.

———≫◇◇◇≪———

피는 멎었지만 화살 맞은 자리가 불에 덴 것처럼 따끔거리고 아팠다. 안창학은 눈을 감고 꼼짝도 하지 않았다. 한양으로 압송되면 군문에 효수될 것이다. 어쩌면 나주에서 처형돼 목만 한양으로 올라갈지도 모른다. 이제 끝인가. 죽는 게 두렵지는 않지만 너무 허무했다. 이소담은 무사히 빠져나갔을까. 아무 말이 없는 걸로 봐서 아직 잡히지는 않은 것 같았다.

안창학은 눈을 떴다. 어느새 달빛 환한 밤이 되어 있었는데 언제 나타났는지 김여훈이 내려다보고 있었다. 무슨 꿍꿍이 속인지 나졸들은 전부 나주목으로 돌아가고 이곳에는 김여훈과 남대희뿐이었다.

"왜 나를 압송하지 않는가?"

안창학은 증오로 가득한 김여훈을 똑바로 쳐다보며 물었다.

"너를 한양까지 압송해서 국문에 넘길 생각은 없다. 내 손으로 직접 처단하겠다. 하지만 그 전에 매듭을 지어야 할 일이 있어서 잠시 살려두고 있는 것뿐이다."

김여훈이 안창학을 쏘아보고는 여태껏 묵묵부답 한 마디도 입을 열지 않고 있는 남대희에게 고개를 돌렸다.

"자네 짐작이 맞는다면 곧 복면이 나타나겠군. 자네를 믿고서 포교와 나졸들을 전부 돌려보냈네만 설마 일이 잘못되는 건 아니겠지? 복면의 무예가 대단하다고 하던데."

김여훈은 첨절제사를 힘들게 설득해서 그와 나졸들을 돌려보냈다. 복면괴한을 유인해서 잡자는 남대희의 계책을 받아들인 것이다. 나졸들이 많으면 복면괴한이 나타나지 않을 것이란 주장에 첨절제사는 불만 가득한 얼굴로 나졸들을 데리고 철수를 했다.

"칼을 다루는 솜씨가 보통이 아니라고 하더군요."

남대희가 묘한 웃음을 지으며 대답했다.

"마치 그자의 정체를 알고 있는 투로군."

"확실치는 않지만 나름대로 짚이는 바가 있습니다."

남대희가 환도를 만지작거리며 대답했다. 조선세법(朝鮮勢法)의 달인으로 무예라면 누구에게도 지지 않는다고 자부하고 있었다.

"궁금하군. 그래 누구라 짐작하고 있는가?"

"무슨 연유인지는 모르겠으나 홍적의 호군 중에서 홍적에게 칼을 휘두르고 도주를 한 자가 있다고 들었습니다. 짐작컨대 홍적의 호군총군 윤후검으로부터 무예를 배웠던 자일 것입니다."

결박당한 채 묵묵히 두 사람의 대화를 듣고 있던 안창학은 귀가 번쩍 뜨였다. 그렇다면 손현영을 말하는 것이 아닌가.

"그럼 기찰포교는 복면이 그자라고 생각하는가?"

김여훈이 흥미를 드러냈다.

"아마도 그럴 겁니다. 예도(銳刀)를 그렇게 능숙하게 다룰 수 있는 자는 흔치 않습니다."

"홍적에게 칼을 들이댄 자가 왜 나주까지 와서 홍적의 잔당과 한패가 되었단 말이냐?"

"솔직히 소장도 그 이유를 모르겠습니다. 뭔지 몰라도 얽히고설킨 은원이 있겠지요."

복면이 정말로 손현영일까. 안창학은 자신의 처지도 잊은 채 흥분이 되었다.

"흠. 재미있군. 홍적에게 칼을 휘두른 자가 그 잔당들을 구하려고 복면을 쓰고 암약하다니."

김여훈이 짧은 화총을 꺼내 들고는 익숙한 솜씨로 탄환을 총구 속으로 밀어 넣었다. 총신이 짧아서 사거리가 멀리 미치지 못하지만 자물통에 부싯돌이 연결되어 있어서 따로 불을 붙이지 않아도 방아쇠를 당기기만 하면 언제든지 발사되는 신형 화총이다. 김여훈은 하늘을 힐끗 쳐다보더니 천천히 화약을 재었다.

기찰포교의 추측이 사실이라면 왜 손현영이 나를 위해서 사지로 뛰어들었을까. 내가 자기 뒤를 쫓고 있다는 사실을 모르지 않을 텐데 그렇다면 그냥 죽도록 내버려 두어야 옳다.

복면이 정말 손현영일까. 안창학은 모든 것이 혼란스러웠다. 분명한 것은 나야 어떻게 되든 이소담만 무사히 이 땅을 빠져나갔으면

하는 바람뿐이다.

"그래, 무지한 백성들을 선동해서 봉기를 도모한 결과가 무엇이더냐? 많은 백성이 목숨을 잃었고 서북은 쑥대밭이 되었다. 신분철폐니 차별철폐니 하며 무지한 백성들을 선동해서 모조리 사지로 몰아넣은 죄는 효수가 오히려 가벼울 것이다."

돌연 김여훈이 안창학을 준엄하게 꾸짖고 나섰다. 하지만 안창학은 대답하지 않았다. 서북인 차별로 인해서 일찍 소관에 급제했으면서도 대과를 볼 생각을 접어야 했던 비통함을 김여훈이 어찌 안단 말인가.

그렇지만 봉기로 얻는 것이 무엇이란 말인가. 피의 보복. 향반들은 분노한 농민들의 손에 맞아 죽었고 봉기군은 관군의 손에 무참하게 도륙되었다. 피는 피를 부르고 원수는 원수를 낳았다. 궐기할 때는 분명 대의명분이라는 것이 있었다. 하지만 일단 불꽃이 당겨지자 농민, 관군 할 것 없이 모조리 피에 굶주린 악귀로 변해 버렸다. 이유 없는 미움, 그리고 무차별 보복과 살육이 이어졌다. 대의고 명분이고 없었다. 이미 수뇌부의 통제를 벗어난 마당이었다. 모두 복수의 화신이 되었고 악귀가 돼서 서로를 죽였던 것이다.

그럼 봉기는 아무런 의미 없는 짓이었단 말인가. 안창학은 고개를 세차게 가로저었다. 그렇지 않다. 대의는 실패로 돌아가고 살육만 남았지만 후회는 없었다. 곪은 상처는 결국 터지게 마련이다. 이번에는 실패로 돌아갔지만 봉기가 이어질 것이고 언젠가는 새로운 세상이 열릴 것이다. 안창학은 그렇게 믿고 있었다. 그렇게 생각을 하니 마음이 조금 편해졌다.

남대희가 갑자기 몸을 일으켰다.

"놈이 온 것 같습니다."

남대희가 수풀을 쳐다보며 칼을 뽑아 들었다. 김여훈도 긴장을 하며 몸을 일으켰다. 손에 화총이 들려 있었다.

과연 어두운 수풀 저편에서 그림자 하나가 천천히 이쪽으로 걸어 오고 있었다. 환도를 들고 있는데 보법(步法)이 아주 가벼웠다. 복면 은 하고 있지 않았다.

마침내 환한 달빛에 얼굴이 드러났다. 안창학은 그자의 얼굴을 확인하기 위해서 아픔을 참아 가며 몸을 일으켰다.

안창학은 가슴이 철렁 내려앉았다. 달빛에 환하게 비친 얼굴은 평서대원수의 본영에서 몇 차례 마주친 적이 있었던 손현영 바로 그자였다. 그런데 저자가 왜 우리를 돕는 걸까. 안창학은 비장한 얼 굴로 다가오는 손달이를 보면서 적개심과 의구심이 동시에 일었다.

"저자를 구하러 왔느냐?"

남대희가 천천히 앞으로 나섰다. 손달이가 가만히 고개를 끄덕 였다.

"너는 홍적에게 칼을 휘두르고 도주했다고 들었다. 관군에 투항 하면 후한 상을 받을 텐데 왜 몸을 숨기고 다니며 잔도들의 도주를 돕고 있느냐?"

김여훈이 나서며 물었다. 하지만 손달이는 두 사람을 노려보기만 할 뿐 입을 열지 않았다.

"뭐 피치 못할 사정이 있겠지요. 좋다. 구차한 네 사정까지 알고 싶지 않다. 다만 저자를 데리고 가려면 그 전에 나를 꺾어야 한다. 들었는지 모르겠지만 홍적의 호군들은 전부 내 칼에 목이 달아났 다. 너도 옛 동료들의 곁으로 보내 주겠다."

남대희가 환도를 뽑아 들더니 지검대적세(持劍對賊勢)를 취하며 나섰다. 살기가 등등했다. 스르륵 소리를 내며 손달이의 환도가 칼

집에서 뽑혔는데 달빛에 반사되면서 번쩍 빛이 일었다.

남대희는 환도를 비스듬히 치켜들고서 표두격(豹頭擊 정면 치기)을 취하며 왼쪽으로 접근해 왔다. 김여훈과 안창학은 숨을 죽이고서 두 자웅의 칼 겨룸을 지켜보았다.

거리가 좁혀지면서 남대희의 격법(格法 치는 법)이 익좌격(翼左擊 왼쪽으로 올려치기)으로 바뀌었다. 환도를 왼쪽 어깨 위에 걸친 남대희는 조심스럽게 거리를 좁히며 접근했다. 손달이는 익우격(翼右擊 오른쪽으로 올려치기)을 취하며 남대희가 거리를 좁히는 만큼 뒷걸음질을 치며 일정한 거리를 유지했다. 누가 선제공세를 취할 것인가. 두 사람은 상대의 호흡까지도 읽고 있었다.

뒷걸음질을 치던 손달이가 돌연 환도를 앞으로 쭉 뻗으며 역린자(逆麟刺 목 찌름)로 전환하는 것과 동시에 공세로 돌아섰다. 눈 깜짝할 사이였다. 어찌될 것인가. 접근하던 남대희의 무게중심이 왼발에 있다면 피하기 힘들고 오른발에 중심을 두고 있다면 그대로 물러서며 반격의 기회를 잡을 수 있다.

남대희가 급히 몸을 뺐다. 그렇다면 손달이가 자법(刺法 찌르는 법)으로 전환할 것을 예상하고 있었단 말이다. 전광석화처럼 뻗어 가던 손달이의 환도는 남대희의 몸 앞에서 끝이 닿을 듯 말 듯 멈추었고 곧 남대희의 반격이 시작되었다.

남대희는 익우격으로 치기를 시도했고, 손달이가 받아치자 기다렸다는 듯이 재빨리 탄복자(坦腹刺 배 찌름)로 세법을 바꾸며 신속하게 돌진해 들어갔다. 피할 수 있을까. 자세를 기울이며 달려들었기에 갑작스런 반격을 피하기 어려울 것이다.

"……!"

그대로 찔린다고 느낀 순간 손달이의 몸이 허공으로 치솟았다.

그리고 남대희를 훌쩍 뛰어넘더니 뒤편에 사뿐히 내려앉았다.

남대희의 얼굴이 일그러졌다. 그토록 날렵하게 신법을 전개하는 자를 본 적이 없었다. 윤후검의 수제자라더니 과연……. 어쨌든 첫 대적은 무승부로 끝난 셈이다. 두 사람은 다시 거리를 좁히고 들어갔다.

손달이는 초조함을 느꼈다. 과연 한양 포청 제일의 무예를 지닌 자다웠다. 꾸물대다가는 나졸들이 몰려올지 모른다. 빨리 승부를 내야 할 텐데 도무지 틈이 보이지 않았다. 그렇다고 서두르면 허점을 보이게 된다.

손달이는 과우격(跨右擊 오른쪽으로 걸어 치기)을 취하며 거리를 좁혀 나갔다. 손달이가 선제 공세를 취하자 남대희는 피하지 않았다. 선풍격(旋風格 어깨 칼)으로 검의 자세를 전환하며 정면 대적을 시도했다. 자세와 발놀림 어느 것 하나 허점이 없었다. 올려칠 경우 뒤로 피했다가 거정격(擧鼎格 위의 칼)으로 내리치며 달려들 것이고 옆으로 후려칠 경우에는 어거격(御車格 가운데 칼)으로 손목을 노리고 들어올 것이다.

그런데 어쩔 셈인가. 손달이는 돌진을 멈추지 않았다. 치기를 시도하던 손달이는 갑자기 찌르기로 검의 자세를 바꿨다. 손달이가 갑자기 등교세(騰蛟洗 올려 베기)로 전환하며 그래도 돌진해 오자 남대희는 당황해서 뒤로 물러섰다. 그대로 들어오면 손달이는 팔뚝을 베이게 될 것이다. 하지만 팔뚝을 내려치는 사이에 극히 짧지만 남대희는 허점을 드러내게 된다.

살을 주고 뼈를 취하겠다는 뜻인가. 하지만 워낙 갑자기 달려든 통에 더 생각할 틈이 없었다. 남대희는 반사적으로 환도를 휘둘렀다.

손달이는 팔뚝이 떨어져 나가는 아픔을 느꼈다. 남대희의 환도가 손달이의 왼쪽 팔뚝을 베고 지나간 것이다. 하지만 대신 손달이는 찌를 수 있는 기회를 잡았다. 손달이는 남대희의 가슴을 향해 곧장 찔러나갔다.

"흑!"

남대희가 비명을 지르며 뒤로 나가떨어졌다. 손달이의 칼이 정확하게 가슴을 찔렀다. 남대희가 눈을 크게 뜨고서 손달이를 쳐다본 후 이어서 가슴 깊이 꽂힌 칼을 바라보았다. 경악한 얼굴의 남대희는 비틀비틀 몇 걸음 옮기더니 그대로 "쿵" 소리를 내며 쓰러졌다.

손달이의 팔에서 피가 뿜어져 나왔다. 깊이 베인 모양이었다.

"안 돼!"

손달이가 왼팔을 감싸 안으며 돌아서는 순간 돌연 안창학의 비명소리가 들렸다. 이어서 총성이 울렸다. 화총을 뽑아든 김여훈이 손달이를 향해 발사를 한 것이다. 굉음을 울리며 발사된 탄환은 손달이의 가슴에 명중했다.

손달이는 비틀거렸지만 쓰러지지는 않았다. 그리고 김여훈을 노려보며 달려들었다. 김여훈은 안창학을 거칠게 뿌리치고 환도를 뽑아 들었다. 하지만 손달이가 더 빨랐다. 손달이의 환도가 허공을 갈랐고 단발마의 비명과 함께 김여훈은 그대로 나가떨어졌다.

손달이가 안창학에게 다가왔다. 팔뚝을 베이고 다시 가슴에 총상을 입은 손달이는 몹시 괴로워하고 있었다. 꿈에도 잊지 못했던 배신자가 앞에 서 있다. 안창학은 환도를 들고 다가갔다.

"네가 평서대원수를 배신한 호군이냐?"

안창학의 목소리가 떨렸다. 손달이는 몹시 괴로워하며 숨을 거세게 몰아쉬었다. 피할 생각도, 대적할 생각도 없는 듯했다.

"왜 나를 구했느냐? 나는 너를 찾아서 처단할 생각이다."

안창학이 다그쳤다.

"빨리 아씨에게 가 보시오. 그리고 얼른 여기를 떠나시오. 곧 관군들이 밀려올 겁니다."

손달이가 가쁜 숨을 몰아쉬며 말했다.

"아씨? 아씨라니. 내 처를 말함이냐?"

안창학이 놀라서 물었다. 그렇지만 손달이는 대답하지 않았다. 팔뚝의 상처는 생각보다 심했다. 아직도 달려 있는 것이 신기할 정도다. 그리고 가슴을 관통당한 곳에서도 피가 끊이지 않고 흐르고 있었다. 아마도 치명상인 듯했다.

"빨리!"

손달이가 손을 내젓고는 괴로운 듯 그대로 눈을 감았다.

"서방님!"

그때 이소담이 숨을 헐떡이며 달려왔다. 창대가 뒤를 따르고 있었다.

"손달아!"

이소담이 피를 흘리며 쓰러져 있는 손달이에게 다가갔다. 그리고 얼른 손달이를 끌어안았다. 손달이가 눈을 간신히 뜨고서 이소담을 쳐다봤다.

"아씨. 이제 그만 작별을 해야 할 것 같습니다. 빨리……, 빨리 서방님을 모시고 여기를 뜨십시오. 머지않아 관군이 몰려올 것입니다."

손달이가 가쁜 숨을 몰아쉬며 간신히 말을 했다.

"너는, 손달이 너는 어떻게 하고?"

"소인은 틀렸습니다. 이미 피를 많이 흘린 데다 총탄을 맞았습니다. 그러니……."

창대가 보기에도 손달이는 살아나기 힘들 것 같았다. 한양에서 내려온 추포사와 그를 수행했던 기찰포교는 이미 이 세상 사람이 아니었다. 둘 다 손달이에게 당한 모양이었다.

창대는 비통한 심정으로 숨을 거두려 하는 비운의 검객을 쳐다보았다. 목숨을 바쳐 마음속의 정인을 지키겠다던 약속을 지킨 것이다.

"끝까지 아씨 앞에 모습을 드러내지 않으려 했는데……."

손달이는 말을 하는 게 힘이 드는지 어깨를 들썩이며 숨을 거칠게 몰아쉬었다. 이미 소생하기는 틀렸다. 그대로 하고 싶은 말을 하도록 내버려 두는 것이 그를 위하는 길일 것이다.

"이렇게 아씨 품에 안겨 숨을 거두게 될 줄이야. 행복합니다. 더 없이……."

손달이는 힘겹게 말하고는 울컥하며 피를 토해 냈다.

"아버님을 위해서 누명을 쓴 네가 나를 위해서 이렇게……."

이소담이 감정이 격해서 말을 잇지 못했다.

"아씨를 지켜 드리겠다는 약속을 지킨 것 같아서 기쁩니다. 먼저 가서 나리를 모시겠습니다. 아씨는 이제 싸움이 없는 땅, 죽고 죽이는……, 흑."

손달이가 다시 피를 한 모금 토하더니 그대로 고개를 숙여 버렸다.

"손달아! 손달아!"

이소담이 놀라서 손달이를 흔들었다. 창대가 재빨리 손달이의 맥을 짚어 보았다. 그리고 당황해서 어쩔 줄 몰라 하는 이소담을 보며 고개를 흔들었다.

"빨리 여기를 벗어나는 게 좋겠소. 아우님도 몸이 불편한 마당이니 서두르지 않으면 관군에게 뒤를 잡히게 될 거요."

창대가 망연자실 손달이를 바라보고 있는 이소담을 재촉했다.

"부인, 대강 전후사정을 짐작하겠소. 장인어른이나 부인이나 참으로 복이 많은 사람 같군. 저렇게 좋은 사람을 곁에 두고 있었으니. 이대로 떠나는 게 가슴 아프지만 일단 피하고 봅시다. 여기서 잡혀서 개죽음을 당하는 것은 저 사람도 원하지 않을 것이오."

안창학이 이소담을 끌어안으며 그만 떠날 것을 재촉했다.

"저 산만 넘으면 배를 탈 수 있네. 일단 흑산도에 도착하면 그 다음부터는 마음을 놓아도 될 거야. 내가 알아서 황당선을 수소문할 테니까."

창대는 여전히 발길이 떨어지지 않는지 자꾸만 뒤를 돌아보는 이소담을 채근했다.

낙조 落照

열기가 밀려오면서 약전은 어지러움을 느꼈다. 어보를 마무리 짓고 섬에서 보낸 세월을 글로 남기는 동안에 다시 계절이 바뀌어 섬마을에 성하(盛夏)의 더위가 찾아온 것이다. 여름이 되면 더운 건 당연하다. 그런데 왜 이렇게 견디기 힘든 걸까. 약전은 몸이 이전과 다르다는 사실을 확연히 느끼고 있었다.

다행히 어보는 끝을 보았고 이제 몇 장만 더 적으면 섬 이야기도 마무리된다. 약전은 숨을 가다듬으며 다시 붓을 들었다.

'자산어보(玆山魚譜).'

약전은 어보의 이름을 그렇게 정했다. 애초에는 해족도설(海族圖說)이라 정하고 그림도 넣을 생각이었다. 약전은 그림에도 상당한 조예가 있다. 하지만 약용 아우의 충고를 받아들여서 그림은 빼기로 했다.

'책을 저술할 때는 여러모로 신중하게 고려해야 할 겁니다. 해족도설은 무척 귀중한 책입니다. 소제의 생각으로는 글로 상세히 설명하는 것이 그림을 그려 넣는 것보다 중요할 것 같습니다. 체계를

바르게 세우려면 먼저 중심을 잡고 대강을 정한 후에 차차 상세히 기술하는 게 유용할 겁니다.'

약용 아우는 그림을 그려 넣기에는 흑산도의 형편이 열악함을 지적하며 차라리 글로 세세히 묘사하는 것을 권했다. 어부들 보라고 지은 책이 아니다. 약전은 순순히 약용 아우의 권유를 받아들였다.

그림을 넣지 않기로 한 마당에 책 제목도 해족도설에서 다른 것으로 바꾸는 게 좋을 것 같았다. 그래서 약전은 어보의 이름을 자산어보로 정했다. 흑산어보라고 하지 않고 자산어보라고 부르기로 한데는 흑산이라는 이름에 거부감을 가졌기 때문이다.

'자산은 곧 흑산이다. 그런데 나는 흑산에 유배된 처지라 흑산이란 이름이 무서웠다. 집안사람들에게 보내는 편지에는 흑산을 번번이 자산이라 썼다. 자(玆)는 흑(黑)이다.'

섬에서 후회 없는 삶을 보냈으면서도 뭍을 동경하고 고향을 그리워하는 약전의 마음은 변함이 없었다.

──◈◇◈──

승선네가 성심껏 수발을 들었지만 약전의 병세는 호전되지 않았다. 약전은 섬 이야기를 끝내고서 그예 자리에 눕고 말았다. 그동안 어보를 완성하고 섬 이야기를 끝내느라 억지로 버텼던 것이다.

"이제 매일 들를 필요 없다."

약전은 근심스런 표정으로 쳐다보고 있는 창대와 전옥패에게 간신히 손을 내저으며 매일 문병 올 필요가 없음을 전했다. 창대는 약전의 퀭한 눈을 보며 눈물이 나오려는 것을 억지로 참았다. 더위를 넘기느라 기력이 많이 떨어진 것은 알고 있었지만 이렇게까지 급격하게 쇠할 줄은 몰랐다.

"마음을 약하게 잡수시면 안 됩니다. 선선한 바람이 불어오면 다시 일어서실 겁니다."

창대는 약전이 다시 일어서기 힘들 거란 사실을 잘 알고 있었다. 자신의 소임을 다했다는 생각에 긴장이 풀리면서 병세가 급격히 악화된 것이다.

창대의 위로의 말에 약전은 희미한 미소로 답하며 눈을 지그시 감았다. 그러자 고향 땅과 그리운 얼굴들이 주마등처럼 차례로 스치고 지나갔다. 여우도 죽을 때가 되면 제 집을 그리워한다더니 그만 생을 정리할 때가 된 것 같았다. 약전은 잠이 들 때마다 다시 눈을 뜰 수 있을까 하는 생각을 떨쳐 버리지 못하고 있었다.

후회 없는 삶을 살았다고 자부하고 있지만 그래도 제일 마음 아픈 일은 외아들 학초가 먼저 세상을 떠난 사실이다. 장가는 들었지만 후사를 남기지 못하고 죽었으니 애통함이 더했다. 늦은 나이에 흑산도에서 서출 학소를 얻었지만 그것으로 유배 중 외아들을 잃은 슬픔을 덮을 수는 없었다.

새삼 내가 대를 잇지 못할 만큼 큰 죄를 지었단 말인가, 하는 생각이 들었다. 영조대왕은 흑산도로 유배 보내는 것을 금했다. 아무리 죄인이라고 해도 절해고도로 유배 보내는 건 너무 가혹한 처사였기 때문이다. 삼십 년 전에 이곳 흑산도로 유배됐던 대역죄인 김귀주(金龜柱)도 죽기 전에 뭍에 발을 디디는 것을 허락받지 않았던가.

그런데 내게는 어찌 이리도 야속하단 말인가. 약전은 지금 조정에서 권세를 누리고 있는 시파들이 너무 야속했다. 시파는 실학을 탄압하고 천주교를 엄격하게 금하던 벽파에 비해서 그래도 실학을 이해하고 선대왕의 개혁에 긍정적이던 사람들이다. 그런데 아는 사람이 더 무섭다고 집권을 하자 실학자들을 더 혹독하게 대하고 있었다. 약전은 그들이 권좌에 있는 한 뭍을 밟기는 힘들 거란 사실을 진작 파악하고 있었다.

다행인 것은 약용 아우가 이 년 전에 유배에서 풀렸다는 사실이다. 그때 약전은 해배되어 한양으로 올라가는 약용 아우를 만날 요량으로 어렵게 배를 마련해서 인근 우이도까지 갔지만 끝내 약용 아우를 만나지 못했다. 관에서 두 사람의 만남을 방해하고 나섰던 것이다. 그 일 이후로 약전은 더욱 실의에 잠겼고 예전과 달리 쉽게 체념에 빠져들었다.

'뭐 어떤가. 좋은 곳에서 좋은 사람들과 살았는데.'

체념은 사람의 의지를 꺾지만 쉽게 주변에 적응하게도 해 준다. 약전은 성실하게 살았다는 자부심으로 밀려오는 회한을 달랬다. 섬으로 와서 마음먹었던 일들은 전부 끝을 보았다. 순박한 섬사람들과 함께 했던 소중한 세월들. 궁핍하게 살지만 넉넉한 인심과 푸근한 인정. 혈육과 벗들에 대한 정이 그리울 뿐이지 권세와 관직 따위는 이미 관심에서 사라진 지 오래다. 그리고 이제 그만 삶을 정리해야 할 때가 온 것 같았다.

"일으켜다오."

약전은 눈을 뜨고 창대를 불렀다.

"밖으로 나가자. 바다가 보고 싶구나."

"선비님, 아직……."

만류를 하려던 창대는 생각을 바꾸고 약전을 부축했다. 아무래도 약전의 당부를 들어주는 게 좋을 것 같았다.

창대의 부축을 받으며 밖으로 나온 약전은 온통 붉게 물든 세상을 보며 눈이 부셨다. 낙조(落照). 낮의 긴 여름 해가 수평선을 붉게 물들이며 장엄하게 하루를 마감하고 있었다.

"지는 해가 이리도 장엄한지 오늘 처음 알았다."

약전의 입에서 절로 감탄의 말이 새어 나왔다. 아낌없이 빛을 뿌리다 때가 돼 이제 바다 너머로 사라지려 하고 있었다.

"그만 들어가는 게 좋겠습니다."

창대는 약전을 다시 방으로 모시고 들어갔다. 창대는 걸음도 제대로 옮기지 못하면서도 낙조에서 눈길을 떼지 않으려는 약전을 보니 눈물이 나왔다.

다시 자리에 누운 약전의 얼굴에 미소가 번졌다. 그리운 얼굴들이 차례로 스치고 지나간 것이다. 부모님과 형제들, 홀로 남은 부인과 먼저 세상을 떠난 아들 학초, 그리고 지인들. 너무도 그립고 보고픈 얼굴들이다.

"흑!"

약전은 갑자기 숨이 답답함을 느꼈다.

"선비님!"

창대가 황급히 약전을 불렀다. 눈을 뜨자 창대와 전옥패의 근심 가득한 얼굴이 눈에 들어왔다. 짧지 않은 세월 동안 지성을 다해 보살펴 주었던 고마운 사람들이다. 창대와 처는 유배가 풀려서 한양으로 돌아가게 되면 따라가서 모시겠노라고 했는데 이제 그럴 일은 없을 것이다. 그들에게 무언가 남겨 주고 싶은데 마땅하게 떠오르는 게 없었다.

"지필묵을!"

약전은 사력을 다해 창대에게 손짓을 했고 지필묵을 찾았다. 이제 두 사람과도 작별을 해야 할 때가 온 것 같았다. 약전은 글로나마

두 사람에게 고마운 마음을 전하고 싶었다.

전옥패는 창대의 눈치를 살폈다. 창대는 잠시 생각하더니 고개를 끄덕였다. 병세가 급격히 악화되면서 아무래도 오늘 밤을 넘기지 못할 것 같은데 그렇다면 마지막 당부를 들어드리는 것이 도리일 것이다. 창대는 약전을 부축했고 전옥패는 얼른 종이와 붓을 대령하고 먹을 갈았다.

숨이 막힐 것 같으면서 정신이 아득했다. 약전은 심한 어지러움을 느끼며 간신히 붓을 잡았다. 평생을 잡아 온 붓인데 이제 이것도 마지막일 것이다.

"흑!"

글을 써 내려가던 약전이 고개를 숙였다.

"선비님! 선비님!"

창대가 화급히 약전을 불렀지만 약전은 다시는 고개를 들지 못했다. 유난히 더웠던 병자년 유월 초엿샛날 약전은 그렇게 지는 해와 함께 쓰러졌다. 그리고 다시는 일어서지 못하고 흑산도에서 한 많은 생을 마감했다.

푸른 바다, 넓은 세상을 품은 사람

신유박해(1801)에 연루되어 흑산도로 유배된 정약전은 조선을 대표하는 실학자 정약용의 둘째 형이다. 그때 함께 체포되어 강진으로 유배된 정약용에 비해서 이름이 널리 알려지지 않았지만 정약전은 그 누구와 견주어도 결코 뒤지지 않는 치열한 삶을 살다 간 사람이다.

절해고도에서 낯선 삶이 시작되었지만 정약전은 결코 좌절하지 않았다. 인정 넘치는 사람들과 어머니 품처럼 포근한 자연이 곁에 있었기 때문이다. 사람을 좋아하고 자연을 사랑했던 정약전은 새로운 환경에 적극적으로 적응해서 새로운 삶을 개척해 나갔다. 그리고 결코 후회 없는 삶을 살다 갔다.

정약전이 흑산도에서 새로운 삶을 개척하고 있었던 19세기 초반의 조선은 커다란 변화의 물결에 직면해 있었다. 경제 규모가 커지면서 오늘날 재벌에 해당하는 사상도고가 등장했다. 돈만 있으면 정승재상이 부럽지 않은 세상이 된 것이다. 동서고금을 막론하고 재물은 한쪽으로 쏠리게 마련이다. 사상도고들이 등장하면서 백성들은 더욱 빈곤해졌다. 빈익빈 부익부가 심해진 것이다. 개혁이 필요했다. 이 소설에서는 개혁을 추진하다 노론 벽파에게 밀려서 흑산도로 유배된 정약전이 그곳에서 환경에 순응하고 시대와 저항하며 새로운 삶을 개척하는 과정을 밀도 있게 그리려고 했다.

변화의 바람은 안에만 국한된 것이 아니었다. 이양선이라 불리던 서양 배들이 조용한 아침의 나라를 찾기 시작한 것이다. 정약전이 흑산도에서 생을 마감했을 무렵에 영국 해군의 알세스트 호가 백령도, 흑산도를 거치며 조선의 서해안을 측량하고 영국으로 돌아간 적이 있었다. 알세스트 호의 선장 배질 홀은 귀로에 세인트헬레나 섬에 들러 나폴레옹을 방문해서 그곳에 유배된 아버지의 친구에게 조선의 이야기를 들려주었다.
"세상에 그런 나라가 있느냐. 나도 한번 방문하고 싶구나."
나폴레옹은 조선에 큰 관심을 보였다. 조선은 이미 더 이상 은둔의 나라가 아니었다. 정약전이 조금만 더 오래 살았다면 흑산도에 정약전이라는 실학자가 있다는 사실을 나폴레옹이 알게 되었을지도 모른다. 조선에 개혁의 바람이 불고 서세동점(西勢東漸)의 물결이 흑산도로 밀려올 때 정약전은 그곳에서 시대를 대비하고 있었던 것이다.

사람들과 어울리기를 좋아하고 자연에 순응할 줄 알았던, 안팎으로 변혁의 바람이 불어오고 있을 때 외딴섬에서 시대를 앞서 읽고 대처해 나갔던 정약전에 대해 큰 호기심을 느낀 나는 그의 파란만장한 삶을 이야기로 꾸미기로 하고 자료를 모으기 시작했다. 그러면서 정약전을 도와 《자산어보》를 완성한 창대를 새로 만나게 되었다. 본명이 장덕순인 흑산도 사람 창대는 정약전과 더불어 이 글의 양대 주인공인 셈이다.

《자산어보》는 정약전이 흑산도에서 물고기와 해산물을 직접 관찰하고 국내외의 문헌들을 참고로 해서 저술한 물고기 백과사전이다. 정약용이 강진에서 《목민심서》와 《흠흠신서》, 그리고 《경세유표》를 저술해서 나라 경영의 큰 틀을 마련하고 있을 때 정약전은 과감하게 어민들 속으로 뛰어들어 실생활에서 그들에게 도움을 줄 수 있는 우리나라 최초의 어류 백과사전을 편찬했던 것이다. 실사구시와 이용후생의 본질을 백성들의 삶에 뛰어드는 것에서 찾은 정약전에게서 인간미를 엿볼 수 있다.

재벌이 등장하면 소상인들은 몰락하게 마련이다. 그것을 막기 위해서 독점금지법을 정하면 재벌들은 다시 금력을 동원해서 빠져나갈 구멍을 찾는다. 그것은 지금이나 이백 년 전의 조선이나 마찬가지다. 사상도고들의 독점을 막으려다 쫓겨났던 정약전은 유배지에서 다시 사상도고와 마주치게 된 것은 피할 수 없는 운명일 것이다. 그리고 풍랑을 만나 멀리 필리핀까지 표류했다 돌아온 어민을 만나 먼 나라의 실정과 언어를 기록으로 남기는 것은 흑산도로 유배되었기 때문에 가능했을 것이다. 정약전에게는 일종의 보너스인 셈이다.

그렇게 자신에게 주어진 삶에 충실했던 정약전이 《자산어보》 못지않게 보람을 느꼈던 일은 사리에 서당을 연 것이다. 서양 수학에 심취해서 과거를 포기하려 했던 적도 있었던 정약전은 서당을 열고 학동들에게 실학을 가르쳤다. 임금의 마음을 움직이고 조정 대신들의 동의를 이끌어 내 개혁을 추진하는 것도 중요하지만 백성들의 삶에 뛰어들어 실질적인 도움이 되고 학동들에게 넓은 세상을 알려 주는 것도 중요하다고 판단했던 것이다.

정약전은 다시는 육지를 밟지 못하고 흑산도에서 생을 마감했다. 조용히 역사의 무대에서 퇴장했지만 그가 남긴 업적은 다른 어느 실학자와 견주어도 결코 가볍다고 할 수 없을 것이다. 흑산도의 푸른 바다는 정약전에게 넓은 세상을 일깨워 준 소중한 보물이었다. 그리고 정약전은 결코 보물을 소홀히 하지 않았다.

나는 정약전을 통해 이백여 년 전의 이야기를 듣는 동안 정말 행복했다. 그러면서 조선을 지탱해 온 힘이 어디에서 비롯된 것인지를 확실히 깨닫게 되었다. 독자 여러분도 그렇게 가슴 찡한 순간을 함께 할 수 있었으면 좋겠다.

오세영